光文社文庫

砂丘の蛙

柴田哲孝

KOBUNSHA

光　文　社

目次

プロローグ

振り返ると、頭上に門が聳《そび》えていた。

古い煉瓦作りの門は天に届くほど高く、両側に西洋の城壁のように一対の門柱が立っていた。

塔の間には、大小三つの鉄格子の扉があった。中央の巨大な扉の格子の向こう側に、綿のような雲が浮かぶ青い秋空が見えた。

自分はなぜ、壁の〝こちら側の世界〟にいるんだろう……。

いま、崎津直也《さきつなおや》の背後で、自分が通り抜けてきたばかりの格子の扉が音を立てて閉じられた。それでも崎津は、両手に二つのボストンバッグを提げたまましばらく立ち尽くしていた。

〈——釈放出迎えの皆様へ
釈放者の出迎えは、構内の混雑を避けるため釈放者1名につき車1台・家族等3人までに制限しますので、それ以外は入構できません。
千葉刑務所長——〉

門の立札に書かれた注意書きを読んでいるうちに、崎津はやっと自分が〝娑婆《しゃば》〟と呼ばれる世界にいるという実感が湧いてきた。だが、殺人罪で懲役九年の刑期を満期まで務め、親族とはまったく連絡が取れない崎津には、誰も出迎えなどいなかった。

崎津はしばらく迷った末に、最寄りの〝県職員能力開発センター入口〟というバス停を目指して歩きはじめた。財布の中には九年間の刑務作業で貯めた金が三〇万円近く入っていた。出所前の一カ月、散髪を免除されていた髪は少し伸びていたが、それでも晩秋の冷たい風は肌身に染みた。

バス停で待っていると、JR千葉駅行きのバスが停まった。一人で千葉刑務所から出所する者のほとんどがそうであるように、崎津もそのバスに乗った。

午前中ということもあり、バスの中は空いていた。病院にでも行くのか、老人が数人。他にはなぜか、制服を着た女子中学生らしき少女が一人、乗っていただけだった。

崎津は、バスの一番後ろの席に座った。落ち着かなかった。千葉刑務所の最寄りのバス停から乗った自分を、少女が大きな瞳でじっと見つめていた。

——あなたは、何をやったの——。

——人を、殺したの——。

いまも、少女の後ろ姿から、崎津の心の中にそう語り掛ける声が聞こえてくるような気がした。

不安を打ち消すように、崎津は溜息をついた。少女から目を逸《そ》らし、外を流れる風景に視線を移す。周囲には、平穏な街並が続いた。九年振りに〝壁の外〟の風景を目にする崎津にとっては、何もかもが物珍しかった。遠くに見える高い建物や大きな看板は、千葉駅のあたりだろうか。

だが、崎津に、このあたりの土地鑑があるわけではなかった。

もしも殺人罪に問われず、千葉刑務所に収監されることもなかったとしたら……。

自分は生涯、この街に来ることはなかったかもしれない。いまもただ、出所前に刑務官に教えられたとおりに、このバスに乗っただけだ。

千葉駅からJR総武線に乗れば、東京に行ける。崎津にも、そこまではわかっていた。だが、東京に出たとしても、何か当てがあるわけではなかった。

いや、たった一人、東京に知っている人間はいた。

自分が事件を起こした時に世話になった石神井《しやくじい》警察署の片倉《かたくら》刑事だ。九年前のあの事件の時には、あの人に本当に迷惑を掛けた。

収監中には、何度か手紙を書いた。片倉さんから、返事をもらったこともある。いまもその手紙の束は、ボストンバッグの中に入っている。

今日、自分が刑期を終えて出所することは、一カ月前の手紙で片倉さんには知らせておいた。もし自分が急に訪ねていったら、片倉さんはどんな顔をするだろう。歓迎はしてくれないとしても、会ってはくれるだろうか。

どちらでも、かまわなかった。ただひと言だけでも、片倉さんに挨拶をしたい。頭を下げて、あの時の礼がいいたかった。

そして、もうひとつ……。

片倉さんに、話しておかなければならないことがある。

千葉駅は、再開発された地方都市特有の大きな駅だった。駅前広場には三越デパートがあり、大小様々なビルが建ち並んでいた。中央にはガラスと金属の骨組でできた巨大な卵のようなオブジェが聳《そび》え、その周囲に広いバスターミナルとタクシー乗り場があった。ターミナルの停留所にバスが停まるのを待ち、崎津は席を立った。目立たないように他の乗客の後ろに並び、バスを降りる。その時、崎津は九年振りの雑踏の風景に見とれ一瞬、立ち止まった。

気が付くと前を歩いていた少女が振り返り、目が合った。崎津はなぜかまた恐ろしくなり、少女から目を逸らした。そして少女と距離を置きながら、駅の方向に歩き出した。

駅の構内は、九年振りに娑婆に放り出された崎津には戸惑うほどの人込みだった。それでも崎津は何とか券売機を見つけ、人の列の後ろに並んだ。路線図を見上げながら、〝石神井公園〟の駅名を探した。

だが、東京に不馴れな崎津は、なかなか駅名を見付けることができなかった。

「あんた、早くしてくれよ……」

後ろから声を掛けられ、我に返った。

「あ、すみません……」

崎津はいつの間にか、列の一番前になっていた。券売機に慌てて一〇〇〇円札を入れ、東京駅までの六四〇円の切符を買った。

切符を、改札機に通す。ボストンバッグを両手に提げ、周囲の人間に追い越されながら、ホームに向かう長い階段をゆっくりと上った。

その時、ふと思った。

自分は、どこに行こうとしているのだろう……。

崎津の心を急《せ》かすように、ホームの上から電車の発車ベルが聞こえてきた。

第一章　記憶

1

秋という季節が、嫌いだった。

街に紅葉が忍び寄り、木枯しが吹く頃になると、毎年のようにそう思う。

特に、今日のような憂鬱な〝仕事〟のある日は、なおさらだ。

石神井警察署の刑事、片倉康孝《やすたか》は、三宝寺池《さんぽうじ》の畔《ほとり》の森の中に佇《たたず》みながらそんなことを考えていた。

いま、片倉の目の前の落葉の上に、一人の老人が倒れていた。年齢は、八〇歳を超えているだろう。木枯しが森の中を吹き抜けて落葉が舞い、老人の白髪が揺れた。

片倉は老人の顔の前に屈み、表情を見た。老人は濁った目を薄く開け、顎を引いた口から舌を出し、地面に突っ伏していた。側頭部と周囲の落葉には、乾きかけた血がこびり付いている。

死体の周囲には、油彩の絵具が散乱していた。ベンチの前に立てられたイーゼルには八号のカンバスが掛けられ、紅葉に染まる三宝寺池の風景が描かれていた。

「おい、山本《やまもと》。この仏《ほとけ》さんを、どう思う。自分の考えをいってみろ」

片倉が、後ろに立っている部下の一人にいった。

「はい……。たぶんこの老人は画家で……。ここで絵を描いている時に、背後から何者かに襲われ……」

山本は、この九月に刑事課に配属されたばかりの〝新人《アンコ》〟の一人だ。停年が近くなったからか、最近は片倉も現役の刑事としての職務は減り、新人の指導員として〝現場《ゲンジョウ》〟に出る機会が多くなった。

「絵を描いていたからといって、画家とは限らんぞ。このあたりの老人は、引退した後に絵を趣味にする者が多い」

カンバスに描かれた絵の拙《つたな》さを見れば、この老人が素人だったことは考えるまでもなく明らかだった。

「はい……プロの画家ではないかもしれません……」

山本は〝現場〟で、〝死体《マンジユウ》〟を目にするのが初めてなのか、あまり老人に近寄ろうとはしない。

「なぜ、〝殺し〟だとわかる」

片倉が訊いた。

「はい……。側頭部に、かなりの量の出血が認められますので……」

「そうか。確かに、出血はしてるな。須賀沼《すがぬま》、お前はどう思う」

もう一人の部下に、いった。須賀沼も今年の九月に配属されたばかりの〝新人〟だが、
片倉のすぐ近くから死体を観察していた。

「私は…… 〝殺し〟だとは思いません。事故か、自然死でしょう。出血は、この老人が倒れた時にどこかに打ちつけたものだと思います……」

須賀沼の分析は、冷静だった。

「よし、須賀沼。お前の見立てが正しい。おい、得《とく》さん……」

片倉は近くにいた、鑑識の得丸和也《とくまるかずや》を呼んだ。

「何だい……」

得丸はメモ帳代わりのバインダーを小脇に挟み、丸い腹を突き出しながら片倉の方に歩いてきた。

「鑑識の方じゃ、どんな感じなんだ」

二人の〝新人〟に聞こえるように、訊いた。

「どんなって……まあ、事件性はないな。おそらく自然死……卒中だろう。絵を描いてい

て立ち上がった時に倒れて、そのベンチの背もたれの金具に側頭部をぶっつけた。出血は、その時のものだろうね……」

「仏さんの身元は」

「絵の仲間の一人が、知ってたよ。この公園の裏手の住宅地に住む、小宮《こみや》という爺さんらしい。いま、生活安全課の奴が、家族に知らせに向かったよ。いずれにしても康《やす》さん、これは刑事課の出ばる〝事件《ヤマ》〟じゃねぇなあ……」

片倉は、イーゼルに掛けられたカンバスを見た。確かに拙い絵だが、三宝寺池の小さな秋の風景が、鮮やかに描かれていた。平穏な人生の最後の記憶としては、悪くない風景だった。

「そろそろ、署に戻るか……」

二人の〝新人〟に声を掛け、片倉は踵《きびす》を返した。ポケットに手を入れて背を丸め、森の中の丘を登った。樹木の間に張られた現場保全のテープを跨《また》ぎ、木枯しに背を丸めて歩きだした。


秋は、警察署の部屋の中まで付いてきた。

窓際の席から眺める風景はどんよりとして薄暗く、染まりはじめた紅葉もどこか色褪せていた。刑事課の部屋の中はすでに暖房が入っているはずなのに、心の中は木枯しが吹き抜けるように寒々しかった。

片倉の目の届く所では、山本と須賀沼が今日の報告書を書いていた。この三年程の間に、片倉はこの刑事課で何人の〝新人〟の面倒を見てきたことだろう。

〝新人〟を見ていると、いつも同じことを思う。自分にも、こんな時があった。だが、彼らはいつの間にか一人前の〝刑事《デカ》〟になり、自分を追い越していく。

「できました……」

須賀沼が先に席を立ち、コンピューターで打った原稿をＡ４の用紙四枚にプリントアウトした報告書を持ってきた。時代は、変わった。片倉が〝新人〟だった時代、上司への報告書といえば、縦書きの調書用紙に万年筆の手書きと決まっていたものだが。

「見せてみろ」

片倉が報告書を受け取り、読みはじめた。苦笑いしたくなるような、下手な文章だった。須賀沼は真剣な顔で、片倉の前に立っている。仕方ないな……と思いながら読み進めている時、刑事課の電話が鳴った。

何となく気になり、報告書から目を離した。片倉の斜め向かいに座る、橋本徳郎《はしもととくろう》という刑事が電話を取った。片倉よりひと回り近く若いが、この部屋では古株だ。

何か、込み入った用件らしい。話が、長くなっている。片倉はまた報告書を読みはじめたが、目で文字を追っても内容が頭に入ってこない。

そのうち、〝サキツナオヤ〟という言葉を聞いたような気がした。おやっ……と思い、顔を上げると、デスクの上の資料の間から橋本と目が合った。橋本が小さく頷き、電話を保留にして受話器を置いた。

「九年前の〝殺し〟で崎津直也を挙げたの、確か康さんでしたよね」

橋本が、身を乗り出しながらいった。

「ああ、そうだ。おれの〝事件《ヤマ》〟だよ。それが、どうしたんだ……」

嫌な予感がした。崎津からは、最近も手紙をもらっている。確か一週間ほど前に、千葉刑務所を出所したはずだ。

「その崎津の件で、いま神戸《こうべ》の水上《すいじょう》警察署から電話が入ってるんです。崎津の〝事件〟の担当と話したいっていってるんで、康さん電話に出てくれませんか……」

「わかった……」

片倉はデスクの上の受話器を取り、保留になっている外線を繋いだ。

「電話を替わりました。片倉です……」

――お忙しいところ、すみまへんな。神戸水上署刑事課の〝信部《しのべ》〟と申します――。

自分の名字が聞き取りにくいことをわかっているのか、〝シノベ〟という部分を強調した。

「崎津が、また何かやりましたか」

あの男は、完全に更生したと思っていたのだが。

――いや、崎津がやったわけではありまへんねん――。

信部という刑事は、どこか話し辛そうだった。

「それなら、どのような……」

――実は、三日前の一一月九日に神戸港内で仏さんが上がりましてな。その身元を洗ってみましたら、六日の木曜日にそちらの千葉刑務所を出所したばかりの崎津直也だと確認できたんですわ。それで、ちょっとばかりお訊きしたいことがありまして――。

あの崎津直也が、死んだ……。

片倉は、受話器の向こうで話し続ける関西弁の刑事の声を、呆然と聞き続けた。

2

自分の挙げた〝犯人《ホシ》〟の訃報を聞くのは、嫌なものだ。

病死や、自然死ならばまだ救われる。だが、犯罪を犯す者は、少なからず数奇な運命を背負っているものだ。長い刑期を終えて出所しても、自殺や事故死、もしくは何らかの別の犯罪に巻き込まれて、逆に犠牲者となることは少なくない。

片倉は、崎津直也という男のことをよく覚えていた。

過去の捜査記録を調べてみると、崎津と初めて会ったのは二〇〇五年の一一月五日。今年とは違い、一一月に入っても東京の街路樹はまだ葉も青々としていた暖冬の年だった記憶がある。

午後一〇時四五分、石神井警察署に一本の一一〇番通報があった。管内の練馬区関町東二丁目の『広東菜館《かんとん》』という中華料理店で、客同士が喧嘩。内、男が一人刃物で刺されて重傷を負っているという通報だった。

通報を受け、武蔵関《むさしせき》駅前交番から警察官二名、石神井消防署より救急車一台が現場に急行。さらに所轄の石神井警察署から刑事課の捜査官二名、鑑識課員三名が現場に向かった。この時の捜査官の一人が、当日の当直に当たっていた片倉だった。

刑事課の第一陣が〝現着《ゲンチヤク》〟した時点で、刺された男はすでに心肺停止が確認されていた。〝被害者《ガイシヤ》〟は鳥取県鳥取市出身のトラック運転手、釜山克己《かまやまかつみ》・当時三九歳。釜山を刺した〝犯人《ホシ》〟は凶器の刃物を持ったまま逃走したため、管内全域に緊急配備が敷かれた。

だが、事件は意外な形であっさりと収束した。事件発生からおよそ一時間後の午前〇時前に、〝犯人〟と名告《なの》る男がふらりと現場に戻り、自首を申し出た。片倉は、その場で男を確保。その男が、崎津直也だった。

崎津の聴取も、当時はまだ中堅の捜査官として現場の第一線にいた片倉が担当した。片倉はいわゆる刑事課の〝落とし屋〟で、嘘や黙秘を決め込む容疑者を落とし、自白を取る名手として知られていた。別に特殊な技術があるわけではなく、ただ容疑者なら誰でも話したがる身上話に真摯に耳を傾けてやるだけなのだが。

だが、崎津直也は頑《かたくな》だった。

自分が男を刺したことは素直に認め、凶器のナイフも証言どおり現場近くの石神井川の川底から発見された。ところが、相手との関係、なぜ刺したのか理由を訊くと、頑として口を噤《つぐ》んだ。

それだけではない。自分の名前も、出身地もいわなかった。身元がわかるようなものは、免許証も携帯電話も持っていなかった。もちろん、身上話などするわけがない。本名が〝崎津直也〟であることがわかったのも、逮捕から何日も経ってからのことだった。

もう、あれから九年になるのか……。

崎津の身元が割れたのは、ちょっとしたことが切っ掛けだった。ある日、聴取というわけでもなく取調室で何気ない雑談に耽《ふけ》っていた時だった。片倉が「戦時中、母方の祖父が海軍だった……」というようなことを話した。刑事が、自分の思い出や身内のことについて話すのは、容疑者の心を開かせるための初歩的な手段のひとつである。

すると、男が奇妙なことをいった。

——おれも、自衛隊の潜水艦を造っていたことがある——。

いった後で男は、しまった……というような顔をした。片倉はその一瞬の小さな表情の変化を、見逃さなかった。

その場は、それ以上は追及しなかった。だが、後で刑事課の席に戻って調べてみると、興味深いことがわかった。当時、日本で海上自衛隊が潜水艦を発注している造船所は、いずれも兵庫県の神戸港内にある『川村《かわむら》重工神戸造船所』と『三菱《みつびし》重工神戸造船所』の二カ所しか存在しなかった。

造船所二社に、〝犯人〟の身体的特徴、推定年齢、さらに顔写真を添付して照会を求めた。すぐに、川村重工の方から回答があった。事件の半年以上も前から、作業員一名が行方不明になっているという。それが崎津直也だった。

その神戸港に、出所したばかりの崎津の遺体が上がった。今回の事件は、崎津の過去に関連するということなのか――。

だが、片倉には直接、関係のないことだ。今回の事件の捜査権は、所轄の神戸水上警察署にある。協力を要請されなければ、片倉が手を出すことはできない。

身元が判明した後も、崎津が素直に自分が〝崎津直也〟であることを認めたわけではなかった。崎津は最後まで、相手を刺した本当の動機と自分の身元については一切語らなかった。仕方なく崎津は身元不詳のまま、刑事訴訟法六四条二項に基づき、『石神井警察署留置番号4番』という身分で起訴され有罪となった。

千葉刑務所に収監後、崎津から改めて〝崎津直也〟の名で片倉の元に手紙が届いたのは、事件から一年以上もの時を経てからだった。その間に、崎津の心境にどのような変化があったのかは謎だ。以来、崎津からは年賀状などを含めて十数通の書簡が届き、片倉からも十数通の返信を送った記憶があった。

その崎津が、出所の直後に殺された。片倉の知る限り、数多くの書簡の内容にも、このような事件を暗示させるような記述はなかったはずだが……。

片倉は、九年前の事件の概要と供述調書の写しを神戸水上警察署の担当者宛に送った。これ以上、情報が必要ならば、先方からまた何かいってくるだろう。

コンピューターを閉じ、溜息をついた。

窓の外は、もう黄昏《たそがれ》の時間も終わりはじめていた。

3

六時になるのを待って、片倉は署を後にした。

現場を離れて、良かったと思うことがひとつだけある。ほとんど毎日のように定時に出署し、この時間には退署できることだ。週末には、ちゃんと休みも取れる。

もし結婚していた時代にこんな生活を送れていたら、別れた妻の智子《ともこ》ともう少しうまくやれたのだが……。

風が、冷たかった。まだコートを着る季節ではないと意地を張ってはみても、冬物の背広に安物の毛糸のチョッキだけでは寒さが身に染みた。ポケットに手を入れ、自然と背が丸くなる。

隣町の大泉学園町《おおいずみがくえん》のマンションまで歩いて帰る途中で、片倉は寒さに堪え兼ねて『吉岡《よしおか》』という小料理屋の暖簾《のれん》を潜った。腕の良い板前と、その姉の女将《おかみ》が二人で切り盛りしている小ぢんまりとした店だ。刑事風情には値段も手頃なので、ここ何年かよく通うようになった。

だが女将の可奈子《かなこ》は、片倉の顔を見るなりこういった。

「あら、片倉さん。お久し振り……」

「よせやい。先週は二度ここに来てるし、今週も一昨日に来たばかりだ……」

「あら、そうだったかしら」

可奈子がそういって、おかしそうに笑った。

時間が早いこともあって、まだ他に客はいなかった。片倉はいつものカウンターの隅の席に座り、日本酒を熱燗で注文した。木枯しの吹く日の夜は、やはりこれに限る。

「今日は、何がおすすめだい」

女将の弟の板前、近藤信久《こんどうのぶひさ》に訊いた。店の屋号と名前が違うのは、新潟で修業していた頃の店から暖簾分けしてもらったからだと聞いたことがある。

「そうですね、お造りならカワハギかキンメ、〆鯖《しめ》……。あとは、きぬかつぎに銀杏《ぎんなん》に……」

「それじゃあカワハギと、きぬかつぎ、それに銀杏ももらおうか……」

肝醤油でカワハギのお造りを肴にしながら、熱燗をちびちびとやりはじめた。

「急に寒くなりましたね……」

「そうだね。今年の冬も、長くなりそうだ……」

そんな世間話に調子を合わせながら、片倉はその合間にふと物思いに耽《ふけ》った。

崎津は、なぜ出所直後に神戸に向かったのだろう。かつての造船所の仲間にでも、会いに行ったのだろうか。

今日、九年振りに当時の事件概要を読んでみると、崎津の本籍地は島根県松江《まつえ》市の美保《みほ》関《せき》になっていた。山陰に一度も行ったことのない片倉は、松江のことはほとんど何も知らない。事件から何年も経ってから、崎津が手紙の中に〈……美保関灯台に立てば日本海の彼方に隠岐島《おきのしま》、美保湾の対岸に大山《だいせん》が見える美しい場所……〉と書いてきた記憶があるくらいだ。

だが、その後になって、ちょっとした疑問が頭の片隅を掠《かす》めたことがある。崎津は相手を刺した動機については最後まで口を閉ざし続けたし、〝被害者〟の釜山克己も偶然その場に居合わせただけで「まったく知らない男……」であるといい張っていた。

だが、釜山が住んでいたのは、同じ山陰の鳥取県鳥取市だった。崎津の本籍地のある島根県は隣の県だし、松江市と鳥取市はそれほど距離も離れていない。

山陰に縁《ゆかり》のある二人が数百キロ離れた東京で、〝偶然〟出会い、〝偶然〟喧嘩になり、〝偶然〟殺人事件に発展した。そんなことが、本当にあり得るのだろうか――。

カウンターに座ってしばらくすると客が二人、店に入ってきた。世間話からも解放され、ゆっくりと物思いに耽る。熱燗の酒も二本目になり、もう少し腹に溜まるものでも注文しようかと思った時に、入口の格子戸が開いて鑑識の得丸が顔を出した。

「やあ、康さん。やっぱりここか……」

得丸がそういいながら、片倉の隣に腰を降ろした。

「ずい分、早かったな。三宝寺池の方は、片が付いたのかい」

片倉が徳利を向けようとすると得丸はそれを断わり、女将にビールを注文した。肥《ふと》り気味で汗っかきの得丸は、冬場でもビールを好む。

「別に〝事件〟というほどのものでもないからね。あの後、救急車で病院に運ばれて医者が正式な死亡診断書を出したよ。やはり、卒中だったようだ。さっき生活安全課の奴に訊いたら遺体は仏さんの家族が引き取ったっていうし、これで一件落着ってところだな……」

得丸はグラスのビールを一気に呑み干してひと息つき、小声でそう話した。

特に、珍しいことでもない。この季節になれば、老人が外で卒中や心筋梗塞で倒れるのはよくあることだ。

「ところで得さん、おれのことを捜してたようだったが……。何か、用があったんじゃなかったのかい」

片倉が、猪口《ちょこ》の酒をすすりながら訊いた。

「ああ、用というほどのことじゃないんだがね……。帰り際に刑事課の橋本から耳にしたんだが、崎津直也が神戸で〝殺《や》られた〟ってな……」

やはり、その話か。そういえば事件が起きた九年前のあの日、片倉と共に最初に〝現着《ゲンチャク》〟した鑑識の一人が得丸だった。

「ちょっと、小上がりの方に席を移そうか」

片倉が他の客の目を気にするように、自分の徳利と猪口を持って席を立った。

小上がりの席で向き合い、話を続けた。

得丸も酒を熱燗に変え、お造りや他の肴《さかな》も追加した。これでゆっくりと、周囲を気にせずに話すことができる。

「まあ、神戸港で仏さんが上がったというのはともかくとして……」得丸が腕を組み、首を傾《かし》げる。「なぜそれが〝殺し〟だとわかるんだい」

「遺体に、刺し傷があったそうだ。それに、かなり暴行を受けていたらしい。それ以上は、神戸の担当も詳しくは話さんがね……」

崎津は、人を刺殺して九年の刑を受けた。その崎津が、今度は出所直後に刺殺された。それが運命か偶然かはともかく、皮肉な話ではある。

「それで、死後何日くらい経ってたんだ」

「三日前に釣り人に発見されて〝上がった〟時点で、かなり腐敗が進んでいたらしい。死後、二日以上といったところだそうだ……」

こんな話をしながら魚の刺身を食い、酒を呑める刑事という自分が時々嫌になることがある。

「するってえと……」得丸が、自分の指を折って数えながら考える。「崎津が〝千葉〟を〝出た〟のが一一月六日の木曜日だろう。今日が、一二日だ。それが三日前に〝上がった〟時点で死後二日以上ってことは、〝刑務所《ムシヨ》〟を出たその日の夜に〝殺られた〟のかもしれないってことか……」

「そういうことになるな」

確かに、そのとおりなのだ。千葉刑務所に問い合わせたところ、崎津が出所したのが六日の午前一〇時。神戸港に死体が上がったのが、九日の午前八時。その時点ですでに死後二日以上が経っていたとすれば、崎津が殺されたのは六日の夜から七日の早朝ということになる。

「ところで、得さん……」今度は、片倉が訊いた。「九年前のあの事件の時、鑑識で何か腑に落ちないことはなかったかな。どんなに細かいことでもいいんだが……」

得丸が口に酒を含み、首を傾げた。

「もう九年も前のことだから、あまりよく覚えていないけどなあ……。でも、おかしいと思ったことはいくつかあったような気がするよ。どんな〝事件〟でも同じなんだけれどね……」

「例えば、どんなことだい」

「そうだな。ひとつは、あの凶器のサバイバルナイフだ。崎津はたまたま持っていたといっていたらしいが、あんなものを使う目的もなく持ち歩く奴がいると思うか。それに、石神井川に投げ込まれてたんだから仕方ないかもしれないが、あのナイフからは指紋もルミノール反応も出なかっただろう……」

そうだった。あのナイフには、〝被害者〟の血痕が付着していなかった。一時は、捜査班の中で「凶器ではないのではないか……」という話も持ち上がったほどだ。だが、刃型は、〝被害者〟の体の刺し傷と一致した。

「他には」

片倉が訊いた。

「もうひとつは、崎津の服だよ。〝被害者〟は、刃渡り一五センチ近い刃物で腹と胸を刺されていた。確か、そうだったよな」

「ああ、そうだ……」

「出血が、かなり大量にあったの、覚えてるだろう。あの中華屋の前の路上だって、血の海だったじゃないか」

「覚えてるよ……」

片倉は、九年前の記憶を辿った。確かに、凄惨な現場だった。

「その割には、崎津の服があまり汚れていなかった。かなり返り血を浴びたはずなのに、血痕がほとんど付いていなかったんだ……」

「それも、覚えてるよ。しかし、まったく血痕が付着していなかったわけじゃない。それに奴の靴底は、血液でべったりと汚れていた……」

片倉はそういって、刺身をひと切れ口に放り込んだ。かすかに、血の味がしたような錯覚があった。

「そういえば、血の足跡が続いていたなぁ……」

「ああ、あったね……」

〝現場〟からは、スニーカーの血の足跡が点々と続いていた。足跡は武蔵関駅の南口から西に向かい、しばらくして右に曲がって石神井川と西武新宿線の踏切を渡った所で消えていた。非常線を張り、警察犬を手配しようかと相談している所に、崎津が〝現場〟にぶらりと戻ってきた。血の足跡は、崎津が履いていた中国製のスニーカーの靴底と完全に一致した。

「なあ、康さん。あの〝事件〟について、納得がいかないところでもあるのかい」

得丸が訊いた。

「納得がいかないといえば、最初から最後までそうだったさ。何しろ崎津は、自分が殺った、という以外のことはほとんど何も話さなかったんだから……」

片倉は、猪口の中の酒を見つめた。酒の中に、一瞬、崎津の顔が浮かんで消えたような気がした。

「まさか康さん、今度の神戸の一件……。自分の責任だなんて思っているんじゃないだろうね……」

「まさか。そこまで思っちゃいないよ……」

片倉は手に持っていた猪口の酒を、心の蟠《わだかま》りを打ち消すようにひと息に呑み干した。

だが、本当にそうなのだろうか。崎津は九年前の〝事件〟について、動機に関しては一貫して黙秘を通した。〝被害者〟の釜山とは面識もなく、喧嘩の発端も思い出せないといい張り続けた。

それは、嘘だ。

のちの公判でも証明することはできなかったが、少なくとも崎津と釜山は面識があった。

崎津にはあの〝事件〟を起こす明確な動機があったはずだ。もし、当時そこまで踏み込んだ捜査をしていれば、今回の神戸の〝事件〟は未然に防げたのではなかったのか――。

「康さん、何を考えてるんだい」

「別に。たいしたことじゃない……」

猪口に酒を注ごうとしたが徳利が空になっていたので、熱燗をもう一本、女将に注文した。

「あまり考え込まない方がいいぜ。あの〝事件〟の康さんの手際に、落ち度はなかったんだ。聴取をやったのが康さんじゃなければ、いまだに崎津の身元すら割れてなかったかもしれないんだ」

得丸が女将から徳利を受け取り、片倉の猪口に酌をした。

「すまん。しかし、もしあの時、もう少し掘り下げていれば……。崎津を死なせなくてもすんだんじゃないかと思ってな……」

「何を馬鹿なことをいってんだい。九年前の〝事件〟と今回の〝事件〟が、まさかひとつの線で繋がっているとでもいいたいのか。ほら、呑もう」

得丸に促され、片倉は猪口に口を付けた。

「わかってはいるんだが……」

現役の刑事は、多忙だ。常に、何件もの〝事件〟を抱えている。送検され、すでに結審した〝事件〟をいつまでも引き摺るほど暇じゃない。

「いずれにしろ、九年前に終わってることさ。今度の件は、〝神戸〟にまかせればいい……」

得丸が、片倉を気遣うようにいった。

店を出る頃には、一〇時半を回っていた。

時間はそれほど遅くはないが、翌日も定刻に出署することを思うと少し酒が過ぎたかもしれない。

片倉は店の前で得丸と別れ、暗い夜道をふらつきながら家に向かった。冷たい風が、酒で火照《ほて》った肌に心地好かった。

歩きながら、考える。自分の捜査に本当に、落ち度はなかったのか……。

いずれにしても、九年前の捜査の是非はともかくとして、崎津直也には悔いが残る。奴が、出所の一カ月前に片倉に宛てた手紙だ。あの手紙には自分の出所の日時が決まったことと、最近の心中が丁寧に綴られていた。そして、はっきりと書かれてはいなかったが、出所の折には一度片倉に会いたいというような思いが文中に見え隠れしていた覚えがある。

だが片倉は日常に忙殺され、返事を書かなかった。

もし、返事を書いていたとしたら……。

もし、出所したら訪ねて来いといってやっていたとしたら……。

崎津は、片倉を訪ねてきただろうか。そうすれば奴を、救ってやることができたのだろうか。

いつの間にか、家の前まで戻ってきた。

片倉のいまの住居は、大泉学園町の閑静な住宅街にある賃貸マンションの一室だ。間取りは2LDKだが、それでも停年の足音が聞こえはじめた独り者の刑事には、十分すぎる広さだった。

誰もいないマンションのエントランスに入り、ポケットから鍵を出した。

三〇二号室の郵便受けを開けた。だが、中にはチラシしか入っていない。

郵便受けを閉じ、鍵をオートロックの鍵穴に差し込んだ。その時、後ろから声を掛けられた。

「片倉さんな……」

振り返った。片倉の背後に、黒っぽい服の、マスクをした小柄な男が立っていた。次の瞬間、男が体を低くして片倉の体に飛び込んできた。

腹に、不快な痛みが疾《はし》った。男と、体が離れた。片倉は体を屈め、壁に寄り掛かるように崩れ落ちた。

片倉を見下ろすように立っている男の手に、血に染まったナイフが握られていた。

やられ……た……。

男がオートロックのドアを開け、マンションの中に入っていった。

「待て……」

立ち上がろうとしたが、体が動かなかった。腹の傷を押さえる手の指の間から、血が溢れ出てくる。これは、まずいな……と、思った。

出血性のショックを起こしたのか、体に力が入らなかった。それでも片倉は、壁に背をもたせかけて座り込んだまま、ポケットの中の携帯を探った。

血だらけの手で、携帯を開く。誰かに電話しなくてはならないと思い、電話番号を検索した。その時、なぜか七年前に別れた妻の名前が目に止まり、気が付くと発信のボタンを押していた。

智子に電話をするのは、二年振りだ。もう、携帯の番号も変わっているかもしれない。だが、電話が繋がった。

「……智子……か……」

朦朧《もうろう》とする意識の中で、いった。

——あなた……康孝さんね。いったいこんな時間に、どうしたんですか——。

智子の、懐かしい声が聞こえた。

「……すまない……。元気で……やってるか……」

――ええ、元気よ。何か、あったの？――。

「……ああ……。いま……ちょっと、刺されちゃって……ね……」

――された？　どういうこと？――。

智子の声が、だんだん遠くなってきた。

「……だから……。腹を、刺されたんだよ……。男に、刃物で……さ……」

――あなた……何をいってるの？　お腹を刺されたの？　怪我はひどいの？――。

「……血が……出てる……。うまく……説明……できない……」

体から力が抜け、片倉は寄り掛かっている壁から滑り落ちるように横になった。床が、自分の血で真っ赤に染まっていた。

――いま、どこにいるの？　救急車は、呼んだの？――。

「……いや……呼んでない……。おれの……マンションに……」

――あなた、頑張って。いま救急車を呼んであげるから……――。

そこまで聞いたところで、片倉の手から携帯が落ちた。

智子の声が、どこからか聞こえていた。だが、何といっているのかはわからなかった。

急速に、意識が遠のきはじめた。

自分は、ここで死ぬのか……。

ふと、そう思った。

4

長いこと、夢を見ていた。
暗く、不安で、出口が見つからないような夢だった。
夢の中で、誰かの声が聞こえていた。

〈――メス取ってくれる――。
――はい――。
――あと、メッツェン。小さいやつがいいな――。
――はい、これでいいですか――。
――うん、これでいい。ああ、ここだな。アオルタをかすめてる――。
――どうしますか――。
――君、そこをクランプで押さえて。それから、ドレーンやってくれるかな――。
――はい、それでは、押さえます――。
――血圧は――。
――下がってます――。

——よし、急ごう。縫合するよ——〉

男女の奇妙な会話の間に、金属同士が触れ合うような音も聞こえてくる。医療物のテレビドラマか何かの、手術室の場面を見ているような気がした。俯瞰《ふかん》する画角の中で手術台の上に寝かされているのは、なぜか片倉自身だった。

次に意識が戻ったのは、それからかなり時間が経ってからだった。堪え難いような、腹の痛みで目が覚めた。焦点の合わない視界の中に、智子の顔があった。

「目が覚めたんですね……」

智子がかすかに笑った。

「……なぜ……お前が……ここにいるんだ……」

「何いってるの。あなたが私に、電話してくれたんでしょう。それで私が、救急車を呼んだの……」

そうだった。

片倉は、自分が誰かに刺されたことを思い出した。すると、死ななかったということか……。

「今日は……何日だ……」

「一一月一三日の、いま午後六時ですよ……。あなたは、二〇時間近くも眠っていたの

「……」

少しずつ、記憶が戻ってきた。自宅のマンションで、待ち伏せしていた男。大理石の床の上に倒れ、腹を押さえていた自分。携帯で、智子と話していたことも覚えている。

「……お前……」

「何ですか」

「髪を……切ったのか……」

「あらいやだ。そんな、つまらないこと……」

「いや……似合うよ……」

その時、腹に強い痛みが襲ってきた。片倉は思わず、呻《うめ》き声を洩らした。

「あなた、だいじょうぶですか。いま、看護師さんを呼びますね」

智子がベッドの枕元に手を伸ばし、ブザーのスイッチを押した。

看護師が点滴を交換し、何種類かの薬を飲まされると、また意識が朦朧としてきた。智子の顔が歪み、声が聞こえなくなった。そして、眠りに落ちた。

次に目が覚めた時には、窓の外が明るかった。もう、智子はいなかった。かわりに、白衣の胸に〝北村《きたむら》〟という名札を付けた医者が立っていた。

「片倉さん、気分はいかがですか」

北村が、片倉の顔を覗き込むようにいった。

「ええ、まあ……。昨日よりは、だいぶいいです……」

麻酔が切れたせいか意識もはっきりしているし、腹の痛みも昨日よりはましだった。だが、智子がこの病室にいたのが夢なのか現実なのか。そのあたりがどうも、はっきりとしない。

「しかし、片倉さんは運が良かったです。傷そのものは深かったんですが、主要な内臓や腹部大動脈はうまく避けてましたからね。ただ、割と大きな血管が一本切れてたんで出血が多かったんですが、救急車の到着が早かったのが不幸中の幸いでした。まあ、手術の痕は割と大きな傷が残ってしまいますが……」

片倉はカルテを片手に話す北村の言葉を、ぼんやりと聞いていた。もし自分が運が良かったのなら、内臓を避けて上手く刺してくれたあの男に礼をいわなくてはなるまい。腹に大きな傷が残ったとしても、この歳まで警察官をやっていればいずれにしても満身創痍《そうい》だ。どうということもない。

午後になって、石神井警察署の面々が次々と見舞いに訪れた。

刑事課長の今井《いまい》国正《くにまさ》。他の刑事課の同僚たち。〝新人《アンコ》〟の山本と須賀沼。次々と花や面白くもない推理小説など、どうでもいいような物を持ってきては置いていく。その同僚たちとの会話の中から、腹を刺されたあの日の夜、片倉のマンションの部屋が荒らされていたことを知った。

刑事課の連中の見舞いが途切れた後に、鑑識の得丸和也が顔を出した。

「まさか、一昨日のあの後に、康さんが刺されるなんてなあ……。おれが付いていながら、申し訳ない……」

得丸がベッドの脇に椅子を引き寄せて座り、まるで自分が悪かったかのように神妙な顔で頭を下げた。

「おいおい、よせやい。得さんには、何の責任もないよ。おれの不始末だ……」

「いや、おれがもう少し早く引き揚げさえすれば……」

それでも得丸は、自分を責めているようだった。

「ところで得さん、〝犯人《ホシ》〟はおれの部屋を荒らしていったそうじゃないか。もう、〝現場《ゲンジョウ》〟は見たのかい」

片倉が、訊いた。〝事件《ヤマ》〟の話になると、やっといつもの得丸らしい表情が戻ってきた。

「ああ、昨日、見てきたよ。〝犯人〟は慌ててたのか、短時間で部屋の中を引っ掻き回していったらしい。デスクや簞笥《たんす》の引出しが全部、引っ繰り返されていた。床の上に手紙やら古い年賀状やらが散乱していたよ……」

片倉は、首を傾げた。〝手紙やら古い年賀状やら〟という部分が、妙に心に引っ掛かった。

「何か、盗られていた物は」

片倉が訊いた。

「それは、康さんに自分で確かめてもらうまではわからんよ。ただ、奇妙なことはあったね……」

「何がだい」

「康さん、簞笥の引出しに預金通帳と判子を一緒にして入れておいたろう。ご丁寧に、クレジットカードまでさ」

最近は、通帳などは持ち歩かない。普段は使わないカードと一緒に、簞笥に入れておいた覚えはある。

「ああ、確かにそうだ。それ、〝やられた〟のか」

だが得丸は、首を横に振った。

「いや、床に全部放り出してあったよ。〝犯人〟は、まったく興味がなかったようだな……」

それは確かに、奇妙だ。

〝強盗《タタキ》〟や空き巣のプロは、足が付くという理由で通帳と印鑑を嫌う場合がある。だが、一応は〝現場〟から持ち去るくらいのことはするものだ。

「指紋は」

「〝前科《マエ》〟のあるやつは出てないね。ほとんど、康さんのものだけだ。〝犯人〟は康さんの鍵を使って部屋に入ったんだが、それにも指紋はなかったね」

「鍵は、どこにあったんだ」

「それも、部屋の中に落ちていたよ」

片倉は、二日前の深夜の光景を脳裏に思い描いた。黒っぽい服装の男が、刃物を構えて腹に飛び込んできた。その刃物を握る手に、黒い革手袋をはめていた記憶がある。

だが、男の顔が見えない……。

「なあ、康さん」得丸がいった。「〝犯人〟に、何か心当りはないのかい。どうも〝流し〟の犯行だとは思えないんだけどな……」

考えてみたが、特に心当りはなかった。刑事という職業を三〇年もやっていれば、多かれ少なかれ人の怨みを買うものだ。一瞬、神戸で死体が上がった崎津直也の一件が頭を過《よぎ》ったが、まさかと打ち消した。

「まったく、わからんなあ……。しかし、ひとつだけ、ちょっと気になることを思い出した……」

「何だい、気になることって」

得丸が、片倉の顔を覗き込む。

「いや、大したことじゃないんだがね……。その〝犯人〟が後ろから声を掛けてきた時に、〝片倉さんな……〟っていったんだよ……」

「〝片倉さんな〟かい。どこかの、方言か何かかな」

「たぶん、そうなんだろうな。どこかで聞いたことがあるような気もするんだが、それがわからないんだ……」

鎮痛剤が切れてきたのか、また腹の傷が痛みだした。

5

この日の夜から、夕食に重湯が出るようになった。

特に何かを食べたいとは思わなかったが、体のあちらこちらに通された管からの栄養分だけで生かされているよりはましだ。

夕食が片付けられた後に、柳井《やない》淳《あつし》が病室に入ってきた。

柳井は同じ石神井警察の後輩だが、顔を合わせるのは久し振りだった。〝新人《アンコ》〟のころには片倉が仕込み、〝コンビ〟を組んで捜査を担当したこともあった。だが、最近の柳井は、刑事課の若手の〝エース級〟として活躍している。いつも現場に出ていて、署内ではあまり見掛けない。

「どうした。忙しいんじゃないのか」

柳井はいまも、大きな〝事件《ヤマ》〟をいくつか担当しているはずだ。

「いや、署の帰りにちょっと時間が空いたもので。はい、これ土産です」

紙袋の中からぶ厚いファイルを三冊出し、ベッドのサイドテーブルの上に置いた。

「何だ、これは。九年前の崎津直也の事件の調書じゃないか……」

「はい。入院中の退屈凌ぎに、ちょうどいいかと思いまして」

やはり、柳井からの見舞いが一番、気が利いている。ちょうど、読み返してみたいと思っていたところだった。

「しかし、何でこんなものを持ってきたんだ」

片倉が、訊いた。

「はい、実は今回の康さんが刺された一件、私が担当になったものですから……」

柳井にいわれ、片倉は首を傾げた。

「おれが刺された件と九年前の〝殺し〟と、いったいどんな繋がりがあるんだ」

「まだ、わかりません。私の〝勘〟です。今日、神戸水上署の方に崎津直也の解剖所見を照会してみました。崎津の体に残っていた瘡痕《そうこん》が、康さんの刺された傷とほぼ一致しました」

片倉は、息を呑んだ。

つい先程、得丸から心当りはないかと訊かれ、片倉の脳裏にも崎津の一件が過ったばかりだった。

「つまり……おれと崎津は、同じ刃物で刺されたということか……」

「まだ、断言はできません。康さんの傷については、手術の執刀をした北村先生という方に訊いただけですので。しかし両方の瘡痕はどちらも深さ約一四・五センチ、幅約三・二センチ、刃物の形状も似ているようでした。同じ刃物が使われた可能性は、あると思います……」

柳井はいつの間にか、一端《いっぱし》の〝刑事《デカ》〟然とした顔つきになっていた。言葉の端々にも、説得力がある。

「もし同一の〝犯人《ホシ》〟がおれと崎津を刺したんだとしたら、どんな意味があるんだろうな……」

崎津が刺されて殺されたのは、千葉刑務所を出所した六日の夜から翌七日の朝にかけてだ。その六日後の一二日の夜に、九年前の〝事件〟を担当した片倉が刺された。状況や時系列を考えても、二つの〝事件〟が水面下で繋がっていると考えた方が自然かもしれない。

「何か、思い当たることはありませんか」

柳井にも、得丸と同じことをいわれた。

「そういわれてもなあ……」

ベッドの上に横になったまま考えても、思ったように頭が回転してくれない。だが、ひとつだけ、小さな疑問が浮かんだ。

もし同一の〝犯人〟だったとしたら、あの男はどうやって片倉の住所を知ったのか……。

「そうだ、手紙だ……」片倉がいった。「手紙だよ……」

「手紙……ですか……」

柳井が、何のことかわからないというように顔を近付けた。

「ああ、そうだ。〝犯人〟が、どうやっておれの家を突き止めたのか、それを考えてたんだ。崎津が収監されている時に、何度か手紙のやり取りをしていたことを思い出してね。たぶん、それだ……」

片倉は、石神井警察の住所で崎津と手紙のやり取りをしていた。相手が自分が逮捕した犯罪者の場合には、いつもそうしている。だが、たった一度だけ、片倉のミスで自宅の住所を印刷した年賀状を崎津に送ってしまったことがあった。崎津を殺した男は、それを見たに違いない。

「手紙の件、洗ってみます」

柳井が、メモを取りながらいった。

「神戸水上署に問い合わせて、崎津の手荷物や所持品が出なかったか確認してくれ。それから、もうひとつ……」

片倉の部屋の床に手紙や年賀状が散乱していたと聞いた時、何かが心に引っ掛かった。その〝何か〟が、やっと少し見えてきた。もしかしたら〝犯人〟は、片倉の部屋で、崎津

から送られてきた書簡を探していたのではなかったのか……。

「康さん、どうかしましたか」

柳井にいわれて、我に返った。

「おれの、デスクだ……」

「デスク……ですか」

「そうだ。デスクの一番下の引出しを開けると、ここ一〇年分くらいの、おれが挙げた受刑者たちからの手紙や葉書が全部入っているんだ……」

思えば、ずい分と溜め込んだものだ。

「はあ……」

「その中に、崎津からのものも入っている。おそらく、一五通くらいはあるはずだ。明日、それを全部ここに持ってきてくれないか……」

「はい、わかりました」柳井が、メモを取る。「しかし、なぜ……」

「今度は、おれの〝勘〟だよ。崎津からの手紙を読めば、忘れていた何かを思い出すような気がするんだ……」

片倉が、自分を納得させるようにいった。

6

翌日から、体を少し起こせるようになった。

朝食は重湯から三分粥になり、小便の管も外された。

ベッドから立てばまだ腹の傷は疼《うず》いたが、元来、痛みにそれほど弱い方ではない。

午前九時半に、柳井が片倉の病室に寄った。

「これですね」

柳井が、新しいポケットファイルに整理された崎津の書簡を、片倉に手渡した。

「ああ……これだ……」

数えてみると、書簡は手紙と葉書を合わせて計一六通あった。

「私も、整理する時に少し目を通してみたのですが……」

柳井がいった。

「それで、どうだった。何か気付いたことがあるか」

「特に、何も。崎津という男が康さんにいろいろ恩義を感じていることはわかりますが、特に気になるところはなかったですね……」

やはり、そうか……。

「まあいい。後でゆっくり読んでみるよ。ところで、神戸水上署の方はどうだった。崎津の手荷物は、出たのか」

「いえ、それが……」

柳井がちょっと、腑に落ちないというような顔をした。

「どうした。何かあったのか」

片倉が訊いた。

「いや、そういうわけではないんですが……。神戸水上署に照会したところ、崎津の体にはボストンバッグがひとつ、括《くく》り付けてあったそうです。その中に崎津の名前が書かれた下着や千葉刑務所の印が入った給料袋、紹介状などが入っていたのですぐに身元がわかったようなんですが……」

つまり〝犯人《ホシ》〟は、最初から崎津の身元を隠す気などなかったということか――。

「千葉刑務所の方には問い合わせたのか」

「はい、出掛けに問い合わせてきました。それが奇妙なんですが、担当の刑務官によると、崎津は千葉刑務所を出る時にボストンバッグを大小二つ持っていたそうなんです……」

出所時の所持品検査の記録も残っていた。片方の大きいバッグには着替えや日用品などが入っていて、もう一方には書類や身分証、収監中の手紙などが整理してあった。崎津の遺体に括り付けてあったのはおそらくその大きな方で、小さなボストンバッグはまだ発見されていない。

「どうも、奇妙だな……。つまり、おれが送った書簡もすべて消えてしまったということか……」

片倉が、腕を組む。腹の傷がまた、少し疼いた。

「そういうことになりますね。実は私、週明けの一七日あたりに神戸まで行ってみようと思っているんですが……」

「それ、ちょっと待てよ。神戸に行くの、四〜五日、後ろに延ばさないか」

片倉が、いった。

「それはかまいませんが……。まさか、康さん……」

「ああ、そうだ。おれも、神戸に行く」

「そんな無茶な……」

柳井が、呆れたように片倉を見た。

「なぜだ。医者は、一週間くらいは入院してろといっている。来週の火曜か水曜あたりには退院できるだろう。元から、病気じゃないんだ。傷口さえくっつけば、どうということもない」

片倉がそういって、大きなあくびをした。

柳井が帰ってから、崎津の書簡をゆっくりと読みはじめた。

片倉の病室は、個室だ。ここには静かな時間が、いくらでもある。慌てることはない。

崎津の最初の書簡——。

封筒の中に、細かく几帳面な文字が並んだ便箋が四枚。かなり、長い手紙だ。消印の日付は、平成一九年四月四日になっていた。

〈——拝啓　片倉康孝様
私は、崎津直也と申します。平成一七年の一一月にある事件を起こし、片倉さんにお世話になった者です。覚えていて下さいましたでしょうか。あれから一年半近くの時間が過ぎ、なぜ片倉さんにあのような御面倒をお掛けしてしまったのか、今になってお恥ずかしい限りでございます——〉

書簡は、このような文章ではじまっている。その後はなぜ自分が〝崎津直也〟であることを認める気になったのか、その理由。さらに日々の近況へと報告が続く。

文字や文面は丁寧で、特に乱れもなく、崎津の真面目な性格が窺われる。だが、片倉は改めて読み返してみて、かすかな違和感を覚えた。

これだけ長い書簡の中で、崎津は自分の犯した〝殺人〟という罪には一言も触れていない。冒頭で〝御面倒をお掛けして……〟といっているのも、自分の名前や身元を〝黙秘〟していたことについてで、〝事件《ヤマ》〟に対する反省ではないように読める。それとも、事件から一年半近くが経っても、まだ自分の深層心理の中では人を殺したことから逃避していたということなのか――。

〝崎津直也〟であることを認めるようになった経緯も、何度読み返してみてもどこか引っ掛かるものがあった。

〈――あの頃、自分には、どうしても本名をいえない理由があり、それであのような態度を取ってしまいました。しかし今はその心配もなくなり――〉

〝その心配もなくなり〟――というのは、何のことなのか。読み流してしまえばどうということもない言葉だが、気にしだせば心に痼《しこり》が残る。いずれにしてもこの手紙を書く直前に、崎津の心境が大きく変化する〝何か〟が起きたことは確かなのだろう。

そして書簡は、次のような文章で終わっている。

〈――もう、本格的な春でございますね。故郷の仲間から、石神井公園は東京の桜の名所のひとつであると聞きました。今度は、もっと清々しい気分で彼の地を訪れてみたいと思います。

それでは季節の変わり目の折、お体に気を付けてくださいませ。敬具

崎津直也――〉

片倉は、最初の書簡を読み終えた。

七年前、この手紙を初めて読んだ時のことはあまり印象に残ってはいない。だが、こうして改めて熟読してみると、所々に暗示が潜ませてあるような奇妙な手紙だった。

例えば〝故郷の仲間〟とは、いったい誰のことなのか。事件当時、身元を黙秘した崎津は『石神井警察署留置番号4番』として起訴されたために本名は一切報道されなかった。その獄中の崎津に、〝故郷の仲間〟がどのようにして連絡を取ってきたのか――。

片倉はこの手紙を受け取った時、返事を書いた覚えはある。だが、何と書いたのかはまったく記憶にない。月並に、真面目に刑期を務め上げ、一日も早く出所できるようにとそのようなことでも書いたのだろうか。

二通目の書簡の日付はその年の夏の八月二日、葉書一枚に綴られた暑中見舞だった。短い文章だが、その中にも気掛りな言葉が見つかった。

〈――暑中御見舞い申し上げます

片倉康孝様。暑さ厳しき折、いかがお過ごしでしょうか。私は刑務作業も二年目に入り、ここでの生活にも馴れ、何とか元気にやっております。しかし、間もなく若精霊が参ります。この数日をいかに心安らかに過ごすべきか、ただひたすらに耐え忍ぶ日々を送っております。

それでは、片倉さんの御健勝を祈願いたしまして。乱筆乱文にて。

崎津直也——〉

片倉は、葉書を読み終えて首を傾げた。

〝若精霊〟とは、何だろう……。

当時は、このような言葉が書かれていることにも気付かなかった。携帯の辞書で調べてみたが、出てこない。だが、いろいろと検索しているうちに、〝若精霊〟とは新盆を迎える死者の御霊《みたま》を意味するらしいことがわかった。

つまり、この暑中見舞が書かれるまでの一年の間に、崎津の親しい者が誰か亡くなったということなのか……。

片倉は、崎津の身寄りについて記憶を辿った。確か、事件を起こした二〇〇五年一一月の時点で、崎津の両親は父母共に亡くなっていたはずだが。

書簡を置き、サイドテーブルの上から調書のファイルを取って開く。思った以上に重く、腹の傷に響いた。ページを、捲る。やはり、崎津直也の戸籍原本の写しが入っていた。

〈――氏名・崎津直也
本籍地・島根県松江市美保関町美保関×××
父・総太郎《そうたろう》・平成七年一月十七日没
母・久仁子《くにこ》・平成七年一月十七日没――〉

他に、血縁者の名前は書かれていない。

平成七年(一九九五年)一月一七日といえば、あの〝阪神・淡路大震災〟が起きた日だ。そうだった。崎津の両親は、あの震災で亡くなっていたのだ。

つまり、この暑中見舞に書かれている〝若精霊〟は、少なくとも崎津の両親のことではない。だとすれば、誰なのか。新盆に関係するとなると、少なくとも親族のはずなのだが。

もしかしたら崎津が本名を名告るようになった直接の理由も、この〝若精霊〟にあったのかもしれない。

三通目の書簡は年が明けて、平成二〇年一月に来た寒中見舞の葉書だった。いま思えば――やはりというべきか――年賀状ではなかった。〝喪中〟であるという意味か。

〈――寒中御見舞い申し上げます

寒さ厳しき折、片倉さんにおいてはお体を御自愛下さい。私は何とか生きております。

崎津直也――〉

短く、ありきたりな文面だ。だが、一点、〝生きております〟という部分が気に掛かる。なぜ当時は、崎津のこの一言を不自然に思わなかったのだろう。

この平成二〇年の一月は、片倉自身にとっても感慨深い新年であったことを覚えている。前年の秋に、妻の智子と離婚。正月は休みも取らず、年賀状などもほとんど書かなかった年だった。

その片倉の心境に、〝生きております〟という一言が、かえって自然に浸透してしまったのかもしれない。

四通目の書簡は、翌年の年賀状だった。約一年の間隔が空いているが、このころは片倉も仕事が忙しく、崎津のことなどほとんど頭になかった記憶がある。年賀状の文面も、いま読み返してみても何の変哲もないものだった。

そして、五通目の書簡。便箋五枚に綴られた、長文の封書である。消印の日付は、平成二一年五月一〇日になっていた。

読みはじめて、思い出した。この手紙は、計一六通にも及ぶ崎津からの書簡の中で、最も印象に残るもののひとつだった。冒頭はいつものように月並な挨拶と近況報告に終始するが、しばらく読み進むと、興味深い記述に差し掛かる。

〈――毎年、五月のこの頃になると、必ず思い出す風景があります。私の生まれた松江の美保関は、美保神社という古い神社のある海辺の町です。神社の前には小さな湾と漁港があり、道沿いには歌人の与謝野晶子や高浜虚子などの文人も愛した古い旅館や老舗の醤油蔵などが軒を並べています。

町を離れてさらに島根半島の先端の地蔵崎《じぞうざき》へと歩いていくと、間もなく紺碧の空に白く聳《そび》える美保関灯台が見えてきます。何でも世界の歴史的灯台百選にも数えられる由緒ある灯台だそうです。灯台の下の北側の見晴らし台の上に立つと、青い海の水平線の彼方に浮かぶ隠岐島の島影が見えます。地蔵崎の先端に立って南東の方角を見れば、美保湾の先の鳥取県側に名峰大山が霞んでいます。本当に、美しい所です――〉

片倉は引き込まれるように、書簡を読み進めた。ただ文字を追っているだけで、美保関の町と地蔵崎の風景が目蓋の裏に浮かんだ。とても人を殺《あや》めた犯罪者が書いたとは思えないほど、穏やかで静寂な文章だった。

だが、そこからさらに読み進めた時、片倉はふと疑問を覚えた。

〈——地蔵崎の先の海上には、沖の御前島という島が浮かび、その上に鳥居が立っています。恵比寿様がこの上に座り、釣りをしたという伝承が残る小さな岩の島です。特に五月の初旬にこの地蔵崎を訪れると、関の五本松から見下ろす斜面には五千本ものツツジの花が咲き乱れ、この世のものとは思えない風景を楽しむことができます。私も、妹も、五月の地蔵崎が大好きでした——〉

〝妹〟……。

崎津に、〝妹〟がいるなどとは聞いたことがなかったはずだが。

片倉はもう一度、崎津の戸籍原本の写しを確認した。やはり、そうだ。崎津の戸籍には、亡くなった両親以外に記載された家族は一人もいない。

この書簡を受け取った五年前には、この辻褄の合わない記述には何も疑問は持たなかった。おそらく忙しさに感《かま》けて、読み飛ばしてしまったのだろう。だが、いまになって読み返してみれば、これは明らかな謎だ。

片倉は、その先の一〇通の崎津の書簡を、一気に読み通した。改めて読んでみると、他にも暗示的な記述が多々見つかった。だが、〝妹〟については、その後は一度も文中に出てこなかった。

崎津のいう〝妹〟とは、いったい誰のことなのか……。

そして、崎津が出所するおよそ一カ月前に送ってきた最後の書簡だ。二枚の便箋に、細かい字でびっしりと文章が書き綴られている封書である。消印は今年、平成二六年一〇月八日になっていた。

〈――拝啓　片倉様

朝夕の冷え込みに少しずつ秋の気配の深まりを覚える今日この頃、いかがお過ごしでしょうか。

今日は私事ながら、ひとつ片倉さんに嬉しい報告がございます。私の出所日が、来月の一一月六日に決まり、一昨日刑務官様から通知をいただきました。思えば長い九年間でしたが、過ぎてしまえばまた光陰矢のごとしでもございました。これからの一カ月は、この九年間にも増して指折り日数を数える日々となりそうです。

しかし出所日が改めて決まりますと、喜びの半面、これまでにはなかった不安が頭を過ることもまた事実です。いまは与えられた日々の仕事をこなし、出されたものを食べ、この狭い雑居房で同じ境遇の者たちと枕を並べて眠ればよいのですが、出所後はどうすればよいのか。何を食べ、どんな仕事をし、どこで眠ればよいのか。娑婆という世界に出されても、身寄りのない自分には、どこに行けばよいのかさえわかりません。そんなことを考えていると、夜も眠れなくなります。

そういえば、以前に、片倉さんのいる石神井公園は桜の名所だと聞いたことを手紙に書いたことがありましたね。もちろん、いまは桜の季節ではないのですが、これからは日ごとに晩秋の紅葉が美しくなっていくことでしょう。
これから出所までの一カ月、もう一度、自分の人生を振り返ってみたいと思います。片倉さんも、お体を大切に。出所の折には、また報告させていただきます。敬具
崎津直也――〉

片倉は手紙を読み終え、溜息をついた。

やはり、そうだったのだ。文章は途中で脈絡もなく、石神井公園の桜の話に飛んでいる。意識してのことか、それとも無意識になのかはわからない。だが、いずれにしてもこれは、出所したら一度、片倉を訪ねたいという心理の表れだったのではなかったのか。

気が利かない片倉は、一カ月前にこの手紙を読んだ時に崎津の気持に気付いてやれなかった。

もし、崎津の本心をわかって返事を書いてやれば。出所したその足で会いに来いといってやれば。やはり、崎津を殺したのは、自分だ……。

「片倉さん……」

名を呼ばれて視線を上げると、病室の入口に『吉岡』の女将の可奈子が立っていた。

「ああ、君か……」

片倉は読んでいた手紙をファイルに仕舞い、サイドテーブルの上に置いた。

「お邪魔じゃないかしら……」

「そんなことはない。さあどうぞ」

「店に出る前にちょっと寄っただけなので、すぐに失礼しますけれど……。これ、私の実家の垣根から切ってきた花なんですが……」

可奈子がそういって用意してきた萩焼の花瓶に白い山茶花《さざんか》を飾った。

「どうして、私がここにいることを知りました」

片倉が、訊いた。

「昨日、得丸さんが店に寄ってくださったんです。テレビのニュースでもやっていたし、うちの店の帰りに、まさか片倉さんが刺されるなんて……」

「驚いたでしょう」

「ええ、驚きましたよ。でも、思ったより元気そうでよかった……」

可奈子は笑いながら涙を流し、それをハンカチで拭った。

女性の見舞い客というのは、いいものだ。警察のがさつな輩《やから》とは違って暗い病室が華やかになるし、心も和む。たとえ一瞬でも、〝事件〟のことを忘れさせてくれる。

「いつまで入院なさるんですか」

「来週の火曜か水曜くらいまでかな……」

「まあ、そんなに早いんですか」

「いや、医者に訊いたわけじゃないんだが、一日も早く現場に戻らないと」

「片倉さん、だめですよ。こんな時くらいゆっくり休んで、お体を労《いたわ》らないと……」

そんなたわいないことを話している時に、病室の入口からまた人影が覗くのが見えた。智子だった。

だが、智子は他の女性の後ろ姿に気付き、片倉に眴《めくばせ》で挨拶をするとそのまま立ち去ってしまった。

男と女の関係とは、何とも間の悪いものだ。

7

一一月一九日水曜日——。

手術から七日目に、片倉は『順天堂大学医学部附属練馬病院』を退院した。

腹部の手術痕は前日に抜糸したばかりだったし、まだ痛みも残っていた。主治医の北村から許可が出たわけではなく、片倉が自分から退院すると強情にいい張っただけだ。北村がそれに押し切られ、仕方なく退院を認めた形になった。

片倉は当直明けの休みだった〝新人《アンコ》〟の山本を呼び出し、着替えと刑事課に預けられていた自分の部屋の鍵を持って来させた。刺された時に着ていた背広やワイシャツはすべて血だらけで、もう使いものにならない。さらに片倉の〝事件《ヤマ》〟の担当の柳井に連絡を取り、タクシーで大泉学園町のマンションに戻った。

マンションのエントランスは、すでに綺麗に掃除されていた。事件の痕跡はまったくなく、以前と何も変わっていない。オートロックのドアの前で、コートを着た柳井ともう一人の担当の橋本、さらに鑑識の得丸が立って待っていた。

「何だ、柄の悪いのが顔を揃えて。他の住民に迷惑だろう」

片倉がいうと、三人が笑った。

「片倉さん、もうだいじょうぶなんですか。ところでその服、似合いますよ」

柳井にいわれ、改めてガラスのドアに映る自分の姿を見た。山本が持ってきた着替えはユニクロのキャラクター物のスウェットの上下に、赤いダウンパーカーだった。こんな恰好をするのは、生まれて初めてだ。

「そんなことは、どうでもいい。とにかく、おれの部屋に入ろう」

片倉がそういって、オートロックのドアを開けた。

三〇二号室の部屋には、まだ現場保存のテープが張られていた。

ドアを開けて、愕然とした。これが自分の部屋だとは、とても思えないほど荒らされていた。

「糞《くそ》……」

思わず、声が出た。

片倉は、七年間住み馴れた部屋に入った。後ろから柳井、得丸、橋本の三人がスリッパを履いて上がってきた。電話台が倒され、テレビボード、キャビネットの引出しがすべて抜き出されて中身がリビングの床にぶちまけられていた。皿やグラスなどの食器が割れ、足の踏み場もない。

書斎も、同じだった。本棚が倒され、数百冊の本で床が埋まり、デスクの引出しも引っくり返されていた。得丸から聞いていたように、長年の知人からの手紙や年賀状が床に散乱していた。

「得さん、この〝現場《ゲンジョウ》〟は何も動かしていないのか」

片倉が、得丸に訊いた。

「ああ、康さんが出てくるまではできるだけそのままにしておいた。さすがに預金通帳や印鑑なんかは回収して署の金庫に保管してあるけどな」

「康さん、これを見て何か気が付いたことはありませんか」

柳井にいわれ、片倉は改めて〝現場〟を見渡した。

「〝犯人《ホシ》〟の指紋は出なかったんだよな。足跡は残っていなかったのか」

「採取できるようなものはなかったね。他に出たものは玄関の前の血痕と、部屋の中の毛髪くらいかな。しかし、残念ながら、血痕も毛髪もすべて康さんのものだったよ……」

片倉が、頷く。

その時、小さな異変に気が付いた。

「パソコンがなくなってるな。デスクの上にあったんだが……」

「床の上にもないようですね。機種はわかりますか」

橋本が訊いた。

「MacBook Proの一三インチ、確か二〇一〇年のモデルだ。シリアル番号もわかる……」

片倉が携帯のメモ帳を開き、シリアル番号を読み上げた。

「一応、手配してみます……」

橋本がメモを取りながらいった。

手配しても、無駄だろう。

〝犯人〟は故買屋に売るために、この部屋からコンピューターを盗んでいったわけではない。中に入っているデータが、目的だったのだろう。

だが、あのMacのセキュリティコードは、簡単には解けない。もし解除できたとしても、中には年賀状用の住所録やiPhoneのバックアップ、片倉の趣味の鉄道写真のデータくらいしか入っていない。警察関係者の住所が洩れてしまうのは問題だが、〝犯人〟には何の役にも立たないだろう。

寝室に入った。ここも、他の部屋と同じだった。ベッドサイドテーブルや箪笥の引出しの中身がぶちまけられ、クローゼットの中の服までが散乱していた。

「糞……」

片倉が、足元からガラスの割れたフォトスタンドを拾い上げた。一〇年ほど前に、まだ夫婦だった智子と一緒に伊豆に行った時に二人で撮った写真だった。

「康さん、この部屋でも何か気付いたことはないかな」

得丸が訊いた。

「ひとつ、ある……」

片倉はそういって鍵の先で耳掛けの部分を引っ掛け、使い捨てのマスクを拾い上げた。

「これは、〝犯人〟が落としていったものなのか」

得丸がいった。

「そういうことなんだろうな。あの時、〝犯人〟がマスクをしていたのを覚えている。それにおれは、記憶にある限り自分でマスクを使った覚えはない……」

また、腹が疼きだした。

この痛みがあるうちは、あの男を許すことはできない。

そう思った。

8

片倉の傷は、思っていたよりも深手だったようだ。

しばらくまともな食事をしていなかったためか体に力が入らず、退院した夜からまた傷口が痛みだした。

それでも滅茶苦茶に荒らされた部屋のベッドの上で静かに横になり、体力が回復するのを待った。何度か智子に電話をしてみようかと携帯を手にしたが、その度に踏ん切りがつかなかった。

一一月二四日、月曜日——。

片倉は久し振りに、石神井警察署の刑事課に出署した。すでに事件から、一二日が過ぎていた。警察官になってから三十数年、これほど長い期間休んだのは、今回が初めてだった。

だが、出署して早速、ひと悶着あった。署内には片倉が刺された〝事件《ヤマ》〟に捜査本部が設置され、この日も朝九時から捜査会議が開かれることになっていた。それを知った片倉が当然のように会議に顔を出すと、本部長の荒木《あらき》副署長が不快感を示した。

「捜査会議に、担当刑事以外の者が出席しては困る」

片倉は、いわれるまでもなくわかっていた。警察官は、自分や親族が関係した事件を直接担当できないという不文律がある。捜査に私情が絡むのを防ぐためだ。

「しかし荒木さん、今回の〝事件〟に関して一番知っているのは自分ですよ。担当かどうかはともかくとして、会議に出るくらいはかまわんでしょう」

片倉がいった。担当の柳井や得丸が、二人のやり取りを見守っていた。

「そうはいかん。もし〝事件〟について知っていることがあるなら、後から担当刑事の聴取を受けてくれ。とにかく片倉君は、席を外してくれ」

副署長とはいえ、荒木は片倉よりも一つ歳下だ。その荒木に〝君〟付けで呼ばれ、かちんときた。片倉は荒木を睨みつけ、黙って会議室を出た。

だが、その後にまたごたごたがあった。

今度の相手は〝キンギョ〟――刑事課長の今井国正――だった。

「康さん……それは無理だよ……。まだ体も万全じゃないんだし、しばらくはゆっくりしていてくれ……」

今井は自分の席に座ったまま、溜息をついた。自分の家で飼っている土佐金の自慢話をよくすることから、今井は署内で〝キンギョ〟と呼ばれている。

「おれの体のことは、自分で決める。〝ゆっくり〟している場合じゃないだろう。〝事件〟

からもう、一二日も経ってるんだ。このままだと、本当に〝迷宮《オミヤ》〟入りになっちまうぞ」

片倉が、身を乗り出していった。

「康さんのいいたいことはわかるし、尊重もしたいんだけどさ……。しかし私の立場も、考えてくれよ……」

〝キンギョ〟も、元はといえば片倉の部下の一人だった。だが、同じ歳下でも、副署長の荒木よりはまだ礼義をわきまえている。付け入る隙もある。

「だから、おれを神戸に行かせろといってるんだ。荒木には、崎津直也の一件で行かせたといえばいいだろう。あの〝事件〟の担当は、おれなんだぜ」

神戸で〝殺《や》られた〟崎津の一件も、遺体発見から二週間以上が経ったいまになってもまったく動いていない。片倉が休んでいる間に神戸水上署の担当刑事が二人こちらに来て、二〇〇五年一一月に崎津が起こした〝事件〟についても調べていった。だが二つの〝事件〟の接点らしきものは、まったく浮かんできていない。

「しかしなあ……。康さんが刺された件と崎津直也が殺られた神戸の〝事件〟は、無関係だと思うけどなあ……」

「だから、それを確かめに行くといってるんだろう」

片倉のいい分は、こうだ。

一一月六日に千葉刑務所を出所した崎津直也は、その日の内に神戸へと向かった。これはすでに、六日の夕刻に新神戸駅の防犯カメラ数台に崎津らしき男の姿が映っていることからも確認されている。崎津はその後、神戸で何者かと会い、当日の夜または翌朝までに刺殺され神戸港に投げ込まれた。

〝犯人《ホシ》〟は崎津が持っていた書簡から片倉の住所を知り、上京。六日後の一一月一二日に片倉をマンション入口で待ち伏せし、刺した。目的は、過去に崎津が片倉に送った書簡だった——。

「それで、その崎津からの手紙の中に、何か〝事件〟の鍵になるようなことでも書いてあったのかね……」

今井が、皮肉を匂わすようないい方で訊いた。

「まだ、何も出てきていない。しかし、あの一六通の手紙に必ず〝何か〟があるはずなんだ……」

「しかしなあ……」

「ともかくおれは、神戸に行く。考えておいてくれ」

片倉は今井の返事を待たずに踵《きびす》を返し、自分のデスクに戻った。

午前中は、他に何もやることがなかった。

警察署の刑事課とは、奇妙な場所だ。たった一一日間、休んでいただけで、自分の居場所そのものがなくなってしまったような気がしてくる。

昼近くになって、柳井を探してみた。一緒に昼飯でも食いながら捜査の進展状況でも訊こうかと思ったのだが、やはり〝地取り〟に出ていて署内にはいなかった。携帯に電話すると、やっと柳井が捉まった。

「いま、どこにいるんだ」

片倉が訊いた。

――神田《かんだ》にいますが……なぜですか――。

「いや、昼飯でも一緒に食おうと思ったんだが……」

――一時までには署の方に戻れるかと思います。それからでよろしければ――。

「ああ、かまわんよ」

結局、柳井とは、いつも行く石神井公園の『なかやしき』という蕎麦屋で一時に待ち合わせることになった。

片倉が先に店に着き、席を取って待った。柳井は約束の時間から五分ほど遅れて、入ってきた。

「遅れてすみません……」

柳井が、息をつくようにいった。

「いや、いいんだ。忙しいところを呼び出して、悪かったな……」

片倉もいつの間にか、若手に気を遣う歳になった。

メニューを見ながら柳井はランチの天丼セットを、片倉は温かい玉子とじ蕎麦を注文した。医者からはもう何を食べてもいいといわれているのだが、無意識のうちに体に優しそうなものを選ぶ癖がついている。

「ところで……なぜ、神田なんかに行ってたんだ」

蕎麦を待つ間に、訊いた。

「康さんの件ですよ……」柳井が、声を潜めた。「ほら、例の康さんの部屋にあった遺留品、マスクですよ……」

そうだった。片倉の荒らされた部屋のベッドの上に、〝犯人〟が使ったと思われる使い捨てのマスクが残っていた。

「そのマスクと神田が、どんな関係があるんだ」

「東神田に、医療用品を扱う大手の問屋があるんです。実はあのマスク、有名メーカーが生産したものじゃなくて、東京周辺には出回っていないものだったんです。それで、製造元を調べようと思っていろいろ当たっていたんです」

「それで、特定できたのか」

「はい、今日やっと、特定できました。あのマスク、大阪市北区にある〝丸栄《まるえい》化学〟という小さな医療メーカーのものだったんです。製品の卸し先も、主に大阪から西の関西圏に限られているようです……」

やはり、関西圏か——。

片倉の耳に、あのマスクをした男に声を掛けられた時の「片倉さんな」という奇妙な訛《なま》りが蘇った。

蕎麦が運ばれてきた。

腹を刺されてから、まともな〝料理〟を食うのは久し振りだった。温かさと上質な味と香りが、身に染みた。よく〝五臓六腑〟に染み渡るというが、正にそんな感覚だった。

だが、自分が蕎麦をすする目の前で天丼を掻き込む柳井を見ていると、少し羨ましくもあった。

「それで、これからはどうするんだ……」

蕎麦をすすりながら、訊いた。

「とにかく、手懸りが少ないですからね。例のマスクの方は体液が付着していたので、科捜研（科学捜査研究所）に回してＤＮＡ解析もやってみたんですが……」

柳井が箸を止めて、答える。

「結果は出たのか」

「はい。得さんから土曜日の会議で報告があったんですが、〝前科《マエ》〟はなかったそうです。日本人、もしくは韓国人か中国人らしいという以外には、何もわかりませんね……」

現在、ＤＮＡ解析は、殺人や強盗傷害などの重大事件でなければ行なわれない。つまり、指紋とは違い事件の記録に残されることも少ない。〝前科〟がないのは、想定の範囲内ではある。

「他に、遺留物は」

「康さんの部屋から採取した塵の中に、同じＤＮＡの毛髪が一本……。この毛髪には整髪料が付着していたので、いまそっちの方の分析もやってます……。あとはマンションの外の植え込みの中と、エントランスに泥の付いたスニーカーの〝下足痕《ゲソコン》〟が残ってたので、こちらは橋本さんが調べてます……」

「マンションの住人に〝目撃者《マルモク》〟はいなかったのか」

「まったく。深夜でしたし、それほど世帯数の多いマンションではありませんからね……」

捜査が長引く、悪いパターンだ。何か決定的な手懸りがないと、〝迷宮〟になりかねない。

「おれに、何かできることはないか」

片倉が蕎麦を食い終え、いった。

「実は、それをお願いしようかと思ってたんです。一二日の夜の、マンション周辺の防犯カメラの映像をいくつか集めてあるんですが、それを見てもらえませんか。何しろ、他に

〝目撃者〟がいないので……」

「それを早くいえよ。その映像は、いまどこにあるんだ」

「署の鑑識です」

「よし、署に行こう」

片倉が伝票を取って、席を立った。

9

防犯カメラの映像は、三本あった。

一本は最寄りの大泉学園駅の改札口に設置されたもの。この駅には、改札がひとつしかない。

もう一本は駅の北口を出て左手の、コンビニの店内から外に向けて設置されたカメラのもの。最後は駅を出て最初の信号、〝大泉学園駅入口第一〟という交差点に設置されたカメラのものだった。

「さて、どれからいこうか……」

鑑識室で分析用のコンピューターをセットしながら、得丸がいった。

「まずは、駅の改札のカメラからだな。あそこが一番、人通りが多い……」

〝犯人《ホシ》〟が大泉学園で降りたという確証はないが、事前に片倉の住所を知っていたのだとすれば可能性は低くない。

「それなら、事件の二時間前のやつからいこう……」

得丸がそういって、コンピューターの中にＤＶＤを入れた。

事件が起きたのは、一二日の午後一一時ごろだった。片倉自身は正確に時間を覚えていなかったが、智子の携帯への発信記録が一一時二分。智子からの一一九番への通報が一一時三分という記録が残っている。

大泉学園駅から片倉のマンションまでは、大人の足で徒歩約一五分掛かる。初めての人間が住所を探しながら歩いたとすれば、三〇分は掛かるだろう。つまり、もし〝犯人〟が西武池袋線を利用したのであれば、一〇時三〇分ごろまでに大泉学園駅で降りたことになる。

防犯カメラの分析は、手間と時間の掛かる作業だ。まず最初に当日の午後九時から一〇時五〇分ごろまでの映像を見たが、ただ再生するだけでも一時間五〇分。実際にはそれらしき人物が映っていれば映像を止め、巻き戻し、さらに画面を拡大して再生するという作業を繰り返す。

駅の改札のように尨大《ぼうだい》な数の人間が映り込んでいる映像だと、最短でも倍以上の時間が掛かる。さらに、映像を見る人間の頭も混乱してくる。だいたい片倉自身が、〝犯人〟の服装や容姿を正確に記憶しているわけではない。

「ちょっと、映像を止めてくれ」

片倉が、いった。

「どれだ。どの男だ」

得丸が訊く。

「こいつだ。この、黒いジャンパーを着て、改札を出てきた男だ」

片倉が、静止画面の手前の方に映っている男を指さした。

「こいつだな。いま、拡大してみる……」

得丸がコンピューターを操作して映像を拡大し、その男の動きをコマ送りで進める。

「康さん、どうですか」

傍らに座る柳井が訊いた。

片倉は、しばらく画面を見つめていた。だが、力を抜くように息を吐いた。

「いや、違うな……。先に、進めてくれ……」

得丸が頷き、映像を元に戻した。もう先程から何度も、同じことを繰り返している。時計の針はいつの間にか、午後六時を回っていた。

「ひとつ、提案があるんですが。いいですか」

映像を見ている途中で、柳井がいった。

「何だ。いってみろ」

「いままで康さんが映像を止めた箇所に映っている男を見ていて、だいたい共通する特徴が見えてきたように思うんです」

「どんな風にだ」

「はい。まず黒いフライトジャケットのような腰のあたりまでの短いジャンパーを着ていて、黒っぽいキャップを被っている。いままで一四人の男の所で映像を止めましたが、すべてそうです。さらに一四人中一二人がジーンズのようなものを穿いていて、ほぼ全員が体形は痩身。身長は目算ですが、一六〇センチ前後の小柄な男が半数以上。マスクをした者が二人に、マフラーを巻いた者が三人います。しかし、眼鏡を掛けた男は一人もいませんでした……」

柳井が手帳のメモを見ながらいった。

片倉は意識してそのような男を選んでいたわけではなかったが、いわれてみれば、確かにそうだ。

「それで、提案というのは」

「はい。実はすでに、私が三カ所のカメラのすべての映像をチェックしてみたんです。その中に、特徴の合う男が一人、二カ所のカメラに映っていて……」

〝すべて〟とはいっても、防犯カメラの映像は三カ所で計二〇時間分はあるはずだ。

「どこに映っているのか、覚えているのか」

片倉が訊いた。

「もちろんです」柳井が、手帳の頁を捲った。「得さん、まず大泉学園駅入口第一の、交差点のカメラの映像を映してください。時間は、午後五時四六分あたりからです……」

得丸が柳井にいわれたとおりに、コンピューターのＤＶＤを入れ換えた。映像を再生し、早送りする。

「このあたりからだね……」

映像は、片倉も見馴れた大泉学園駅近くにある交差点の、夕暮れ時の風景だった。信号が変わり、車が走りはじめる。横断歩道を、人と自転車が渡る。また信号が変わると、右折車の列が前に進んでいく。この画面の右下に、五時四五分を過ぎたあたりのタイムコードが忙《せわ》しなく動いている。

タイムコードが、五時四六分台に入って間もなくだった。石神井公園方面から走ってきたタクシーが一台、交差点の二〇メートルほど手前で停まった。

「あのタクシーです。降りてくる男を、よく見ていてください」

片倉は息を呑み、画面を見つめた。タクシーはハザードランプを点滅させ、それを避けるように他の車が横を通り過ぎていく。間もなくタクシーの後部ドアが開き、キャップを被った男が一人、降りてきた。

カメラが交差点の対角線にあるために、タクシーの位置までが遠い。夕暮れ時のために、画面も暗い。だが片倉はその男を見た瞬間、小さな閃きのようなものを感じた。

タクシーのハザードが消え、走り去った。男の、全身が見えた。確かに男は黒いフライトジャケットのようなジャンパーを着て、ジーンズを穿き、首にマフラーを巻いているように見えた。

男はその場に立ち止まり、あたりを見渡した。片手に、小さなバッグのようなものを持っている。体形は細く、小柄だ。

こいつだ……。

「得さん、画面をもう少しアップにしてくれ」

得丸が、画面を拡大した。

男の動きが、よくわかる。右手でジャンパーのポケットの中を探り、白っぽい紙片のようなものを取り出した。それを見ながら石神井公園の方角に少し戻り、立ち止まると、今度は大泉学園駅の方に向かって歩き出した。そして、雑踏の中に消えた。

「この男だ……」

片倉が、いった。

「間違いありませんか」

柳井が訊く。

「画面が暗くて不鮮明なので、絶対に、とはいえんがね。しかし、おそらく、この男だ……」

柳井と得丸が、顔を見合わせた。

「もう一カ所、同じ男が映っている映像があるんです。こちらの方が、もう少しはっきり顔が見えるかもしれない……」

得丸がまた、DVDを入れ換えた。

大泉学園駅北口の、コンビニに設置されたカメラだ。タイムコードは、一二日の午後五時四八分。店の外にはバス停があり、その前に西武バスが停まっている。

歩道には、人や自転車が行き来している。夕刻ということもあり、人通りは多い。そしてタイムコードが五時四九分を過ぎた瞬間に、先程と同じ男が右側から駅の方角に歩き過ぎるのが映っていた。

「これだな……」

交差点の防犯カメラの映像よりは、大きく映っていた。着ているジャンパーの形や、持っているバッグ、履いているスニーカーの特徴もわかる。口は覆っていないが、すでに顎の下にマスクらしきものを付けているのもわかった。

右手には、やはり紙のようなものを持っていた。だが、店内に比べて外の風景は暗いために、男の顔まではわからない。

「この映像だけで手配するのは、ちょっと難しいかもしれませんね……」

柳井が手帳を閉じ、溜息をついた。

「それは無理だろう。しかし、この男が〝犯人〟ならばいくつかの事実がわかったことも確かだ……」

〝犯人〟の身長は、やはり一六〇センチ前後だろう。前後を歩く他の通行人や、背後のバスと比べても明らかだった。

男はおそらく、タクシーで石神井公園方面——都心方面——から大泉学園にやってきて、駅から少し離れた交差点で降りた。そして、住所もしくは地図のようなものを見ながら、バス通りを駅の方に向かった。その後、片倉のマンションに行き着いたとしても、かなり遠回りをしたことになる。大泉学園駅の周辺に、あまり土地鑑がないことがわかる。

犯行の直前ではなく、夕方の五時台に〝現場《ゲンジョウ》〟周辺に着いていたことがわかったことも収穫だった。つまり〝犯人〟は、犯行の五時間近くも前に片倉のマンションを探し当てていた可能性もあるということだ。その間、どこに隠れていたのか——。

同時に、片倉を絶対殺そうとする、執念のようなものを感じた。

「さて、どこから洗うかだな……。まず、男が乗ったタクシー会社を当たってくれ。屋根の表示灯を見ると、どうも〝ＫＭ〟みたいだな……」

片倉は無意識のうちに、自分が捜査主任にでもなったように指示を出していた。

「〝KM〟の方は、もう当たってます。ナンバーは足立区竹《たけ》の塚《つか》の営業所のもので、運転手も特定できています」

柳井が、即答した。さすがは〝エース級〟と評価されるだけのことはある。

「あとはスニーカーだな。これを橋本にも見せて、メーカーを特定できないかと伝えてくれ。ジャンパーは、難しいな。それと、〝現場〟周辺の地取りだ。夜の一一時前後だけでなく、夕方の六時台にも不審者を見なかったかもう一度、洗いなおしてくれ……」

だが……。

片倉は、ふと考えた。

それにしても〝犯人〟は、あのマンションのどこに五時間近くも潜んでいたんだ……。

「康さん、どうしたんですか」

柳井の声で、我に返った。

「いや、何でもない。別件だが、もうひとつ、訊きたいことがある……」

「何でしょう」

「例の、神戸の件だ。いつ行くんだ」

「私は、明後日にも行ってこようかと思ってます。崎津の創傷と康さんの傷がほぼ一致することは、先方の担当にも伝えてありますし……」

片倉が、頷いた。

「神戸には、おれも同行する」

柳井が、驚いたような顔をした。

「課長は、許可を出したんですか」

「キンギョがか。あいつは、関係ない。おれが崎津の〝事件《ヤマ》〟の件で勝手に捜査に行くんだ。いちいち奴の許可を取る必要はないだろう」

片倉がそういって、片目を閉じた。

10

署の帰りに、事件以来初めて『吉岡』に寄った。

暖簾を潜ると、女将の可奈子が驚いたように片倉の顔を見た。

「あら、片倉さん……。もう、お体よろしいんですか……」

「だいじょうぶさ。もう、先週の水曜日には退院したんだから。それから、ちょっと忙しかったんだ……」

この歳になっても、強がる癖が抜けない。

片倉はコートを脱ぎ、ネクタイを緩めてカウンターのいつもの席に座った。

「あら、新しい背広……」

可奈子がそういいながら、片倉の前にお絞りを置いた。

「ああ、これか……。安物だよ。ビールを、ください……」

あの事件で一着しかなかった冬物の背広も、コートも、底の磨り減った靴もすべてだめにされた。お陰で上から下まで、新調せざるをえなかった。

「もうお酒、飲んでもいいんですか」

「なあに、構うもんか。もう腹の傷は、塞がってるから……」

それも、強がりだった。

ビールをゆっくりと飲《や》りながら、突き出しの鰤《ぶり》大根をつまんだ。実はあの事件以来、酒を飲むのはこれが初めてだった。冷たいビールはこの上もなく咽《のど》に心地好く、本当の意味で五臓六腑に染みる味だった。

この日はビール一本に蝦《えび》の糝薯《しんじょ》、あとは鳥雑炊を食っただけで早目に引き揚げた。それでも署を出たのが遅かったために、事件が起きたあの日の夜と同じくらいの時間になっていた。

マンションの近くまで来た時に、自転車に乗った顔見知りの警官に出会った。

「ああ、片倉さん。いまお帰りですか。お疲れ様です」

警官がブレーキを軋ませて自転車を止め、敬礼をした。あの夜以来、大泉学園交番では片倉のマンションの周辺を重点的に巡回してくれている。

「ご苦労さん。それで、どうだった」

片倉が訊いた。

「はい、いまマンションのエントランスの中まで見てきましたが、特に異状はありませんでした」

「ありがとう。これで安心して、家に入れるよ」

警官がまた敬礼をして、自転車で走り去った。

あたりに、誰もいなくなった。

片倉はまた、夜道を歩きだした。時計を見ると、あの日と同じ午後一一時になっていた。

マンションの前まできて、周囲を見渡し、厚いガラスのドアを開けた。

エントランスを横切り、郵便受けの中を見ようとした時に、また先程と同じ疑問が頭を掠めた。

〝犯人《ホシ》〟は、このマンションのどこに五時間近くも潜んでいたんだ……。

片倉は、しばらくその場で考えた。あの時、ドアを開けて入ってきた時には、このエントランスに人影はなかったはずだ。それが突然、背後から声を掛けられた。

――片倉さんな――。

おかしい。片倉はもう一度マンションの外に出た。入口の左側には、小さな植え込みがある。〝犯人〟の〝下足痕《ゲソコン》〟が残っていた所だ。

だが、ここではない。この場所に五時間も潜んでいたら、住民の誰かに姿を見られていたはずだ。

反対側に、視線を移す。エントランスの右側は、このマンションの駐車場の入口になっている。駐車場の中になら、男が潜む場所はいくらでもある。

だが、ここも違う。あの日、片倉は、マンションの左手から歩道を歩いてきた。駐車場の中にいたら、どこかから、〝犯人〟は片倉が帰ってきたことがわからない。

奴は、どこかから、マンションに入っていく片倉を見ていたのだ……。

片倉は、振り返った。道を挟んだマンションの斜め前に、月極めの広い駐車場があった。あそこか……。

片倉は道路を渡り、駐車場に入っていった。砂利を敷いただけの、安い駐車場だ。夜間は明かりもなく、暗い。

腰からLEDのペンライトを抜き、駐車場の中を歩いた。区画は両側に七台ずつで、一四台分ある。そこに九台の車が駐まっていた。右側中央の四台分に近所の和菓子屋の名前が入っていて、そこには一台も駐まっていない。

片倉は、マンションを振り返った。あの日、『吉岡』から自分が歩いてきた歩道やエントランスの入口が、よく見えた。やはり、ここだ……。

ペンライトの光を頼りに、駐まっている車を一台ずつ見て回った。ほとんどがトラックやバンなどの、商用車だった。車の陰にも、人が隠れられるような場所はいくらでもある。だが、この駐車場は、すでに刑事課の他の連中が念入りに現場検証しているはずだ。

思い過しか……。

だが、マンションに戻ろうとした時、片倉の頭に小さな疑問が芽生えた。

四台分の、和菓子屋が借りている区画だ。あの和菓子屋は、店を閉めるのが早い。事件の日の夜も、この四台分の区画は空いていたのだろうか。

もし〝犯人〟がここに車を駐めていたとしても、誰も気にしない。翌日に捜査班が現場検証に入っても、その車は犯行直後に走り去っている。網には掛からない——。

いや、考えすぎだ。

〝犯人〟は、タクシーで行動していた。車は、使っていない。

片倉は、ペンライトを消した。

道を渡り、マンションに入っていった。

11

翌一一月二五日、火曜日——。

捜査が、一気に動きだした。

まず結果を出してきたのは、やはり柳井だった。前日、片倉と共に防犯カメラの映像を分析した後、柳井は〝新人《アンコ》〟の須賀沼を連れてKMタクシーの足立営業所に直行。運転手の長田正治《ながたまさはる》が営業から戻るのを待って、簡単な聴取を行なった。

その結果、興味深いことがわかった。長田が該当する客を乗せたのは、一二日の午後五時少し前ごろ。場所は新宿駅近く、新宿通りの伊勢丹の前あたりだった。これはタクシーメーターの記録やドライブレコーダー、当日の長田の乗務日誌によっても確認できた。

男はタクシーに乗ってすぐに、「練馬区の大泉学園にやってくれ……」といった。長田が「駅の近くでいいですか」と訊くと、少し考え、「駅の手前の交差点で降ろしてや……」と答えた。男の言葉には、どことなく関西訛りがあったようだという。

身長は一六〇センチから一六五センチくらい。黒っぽい服装だったことは憶えていた。だが、男はマスクを掛けていたし、長田も客とは目を合わさないように気遣う方なので、顔の印象はまったく残っていない。車載カメラも上書きして録画するタイプだったので、一一月一二日当日の分はすでに消去されていた。

男は午後五時四六分ごろに、〝大泉学園駅入口第一〟の交差点の手前で降りた。料金は六四七〇円で、領収書を受け取った。その後、大泉学園駅の方に歩いていく姿は、交差点の防犯カメラにも映っている。

たったこれだけの証言からでも、多くの手懸りが得られた。

まず、男がタクシーに乗った〝新宿〟という場所だ。本来は東京駅あたりから乗車したのではないかと読んでいたのだが、なぜ〝新宿〟だったのか。肩透かしを食った反面、逆に〝やはり〟という思いもあった。

東京駅と新宿は、離れているようで近い。男が新幹線で東京駅に着いたとしても、JR中央線、山手線、地下鉄丸ノ内線を使えば三〇分で新宿駅に移動できる。いや、新宿通りの伊勢丹の前で乗ったとすれば、JRでも地下鉄でもなく最初からタクシーを乗り継いだ可能性もある。いずれにしても〝犯人《ホシ》〟の、自分の足跡を消そうとする意志は見え隠れしている。

男に〝関西訛り〟があったという証言は、推察どおりだった。だが男は行き先以外にまったく話さなかったようで、本当に〝関西訛り〟であったのかどうかは確認できない。片倉が耳にした「片倉さんな……」という言葉との関連も、謎だ。

最も興味深いのは、男が「駅の手前の交差点で……」と指示していることだ。それなのになぜ、タクシーを降りてから駅の方に向かったのか。最初からなぜ、大泉学園の駅まで行ってくれといわなかったのか――。

もうひとつ結果を出してきたのは、〝犯人〟が履いていたスニーカーの方を追っていた橋本と山本の班だった。

マンションの植え込みとエントランスに残っていた〝下足痕《ゲソコン》〟、さらにコンビニの防犯カメラの映像などからメーカーを特定。中国製の〝AIROLa〟というアディダスのコピー品で、サイズも二五センチから二五・五センチであることがわかった。このスニーカーも関東周辺には出回っておらず、関西圏や新潟、九州の一部でしか手に入らないものだった。

「よく、洗い出したな……」

片倉がいうと、〝新人〟の山本が顔をほころばせた。

「実はぼく、大学の頃からスニーカーをコレクションしてたんです。それでコピー品に引っ掛からないように〝チャイナ物〟の研究もしていたので。〝現場《ゲンジョウ》〟で足跡を見た時からアディダスのコピー品だと目を付けてたんです。それで〝チャイナ物〟を専門に扱う問屋を回ってみたんです。そもそも〝本物〟と安物のコピー品の違いというのはですね……」

迂闊に少しばかり褒めたために、さんざん蘊蓄《うんちく》を聞かされるはめになった。だが、〝新人〟は〝新人〟なりに、何かしら特技と取り得があるものだ。

こうした捜査の進展状況は逐一、片倉にも知らされた。片倉は今回の〝事件《ヤマ》〟の捜査本部からは外されているが、結局は捜査に参加しているのと同じことだ。しかも若手の刑事たちは、本当の捜査主任は片倉だとでも思っているようだ。

さらに片倉は、橋本に指示を出した。

「ちょっと、洗いなおしてもらいたいことがあるんだけどな……」

関係だ。

橋本徳郎は片倉と同じ警部補だが、年齢がひと回り近く若いために上司と部下のような

「何ですか」

「昨日、柳井と防犯カメラの映像をチェックしていて、〝犯人〟が当日の午後六時前に大泉学園周辺に着いていたことがわかった。その話は、聞いているか」

片倉が周囲の目を気にしながら、声を潜めるように話す。

「はい、今日の会議で聞きましたが……」

「つまり、犯行時間から逆算すると、〝犯人〟はおれのマンションの近くで五時間近くも待ち伏せしていたことになる。まあ、ひとつの可能性だけどな」

「確かに、そうなりますね……。しかし、〝現場〟のマンションの周辺はさんざん〝地取り〟で洗ったんですけどね……」

犯行のあった翌日から、刑事課は延べ五〇人近くを投入して〝現場〟のマンション周辺を洗った。その中には、橋本も柳井もいた。だが、不審人物の目撃者その他、目ぼしいものは何も出なかったことは片倉も聞いて知っていた。

「しかし、〝犯人〟は五時間近く、どこかに隠れていたはずなんだ。その場所を、特定したい」

「なるほど……」橋本は腕を組み、難しい顔をした。「しかし康さんがそういうってこと

は、すでに目星を付けているんでしょう……」

付き合いが長いだけあり、橋本は片倉の癖をよく知っている。

「目星、というほどではないんだ……。ただ、おれは、マンションの斜め前の駐車場じゃないかと思っている。おれを待ち伏せるなら、他にはない……」

いうならば、ただの勘だ。だが橋本も、刑事にとっての〝勘〟がいかに大切なものであるかを理解している一人だ。

「私も、そう思います。康さんを待ち伏せするなら、確かにあの駐車場に目が行くでしょうね。わかりました。もう一度、駐車場を中心に洗いなおしてみます……」

同じ署の刑事課の同僚が刺された〝事件〟だけに、誰もが真剣だった。通常の捜査にも増して、〝敵《かたき》を取る〟という思い入れもあるだろう。さらに、〝刑事《デカ》〟としての面子《メンツ》も掛かっている。

午後、近所で昼飯を食って戻ってみると、もうひとつ面白い動きがあった。

片倉の席に柳井がやってきて、含みがあるようにこういった。

「康さん、課長がお呼びですよ……」

「〝キンギョ〟がか……」

面倒だが、仕方がない。今井とはいずれ、話を付けなくてはいけないと思っていた。ところが課長の席に出向くと、今井はなぜか神妙な顔で片倉を見上げた。

「実は明日から、柳井を神戸の方にやることになったんだがね……。康さんも、〝別件〟で同行してくれないか……」

今井が溜息をつき、そういった。

「いったい、どういう風の吹き回しだい。おれを神戸には行かさないといっていたじゃないか」

片倉は、わざと突き放すようにいった。

「それがさあ……神戸の担当者が、九年前の崎津の〝事件〟の捜査主任に来てほしいといっているようなんだ……」

今井によると、一一月六日夕刻、新幹線の新神戸駅構内の数カ所の防犯カメラに、崎津直也らしき男が映っていた。だが神戸水上署には、生前の崎津に会った者はいない。刑事として崎津の顔を最もよく知るのは、九年前の〝事件〟で被疑者の取り調べに当たった片倉だ。

「それで〝別件〟という訳か」

片倉がいった。

「そうだよ……。まさか康さんの一件で、刺された本人を出張させるわけにはいかんからね……。だから今回は、あくまでも崎津が殺された〝事件〟に手を貸すという名目で神戸に行ってもらいたいんだ……」

名目ではなく、〝立前〟だろう。

「まあ、いいさ。どうせ、おれは暇だからな。神戸でもどこでも、行ってやるよ」

皮肉まじりに、そういった。

自分のデスクに戻る時に一瞬、地取りに出掛ける柳井と目が合った。柳井はすぐに目を逸らしたが、その口元にかすかな笑いが浮かんだように見えた。それで、筋書が見えた。

柳井の奴、〝仕込み〟やがったな……。

やはりあいつは、〝エース級〟だ。

翌日から片倉は、思惑どおり神戸に出張することになった。

片倉は、この時点ではまだ、事態を楽観的に考えていた。自分と柳井が神戸に出向き、現地で自分と崎津が刺された二つの〝事件〟の接点を洗い出せば、捜査は早期に終了するだろう――。

だが、神戸には、さらに深い謎と闇が待ち受けていた。

第二章　足跡

1

早朝から、冷たい雨が降っていた。

このような日には、誰でも古傷が痛むものだ。

それが、腹を刺されてからまだ二週間しか経っていない新しい傷ならば、尚更だ。

片倉は朝五時には目を覚まし、仕度を終えてコーヒーを一杯、飲んだ。久し振りのコーヒーはかすかに腹に染みるような違和感があったが、それ以上は何も起きなかった。だいじょうぶだ。体調は、悪くない。

六時少し前に、〝新人《アンコ》〟の山本が車で迎えにきた。

「お早うございます……」

山本は傘を持ってマンションのエントランスまで出迎え、ワゴン車のスライドドアを開けて片倉を待った。

「朝早く、御苦労だったな。そんなに気を遣わなくていいよ……」

病み上がりの片倉の体を気遣い、東京駅までの車の送迎を申し出てくれたのは山本の方からだった。普段は頼りなく見える男だが、意外な知識や優しいところもある。だが、実のところ、若手にそれほど心配される歳でもない。

途中で鷺ノ宮《さぎのみや》駅の近くを通り、柳井を拾った。

「お早うございます」

「おう、お早う……」

早稲田通りの交差点に立ってかなり待ったのか、傘を差していてもレインコートの肩がだいぶ濡れていた。

「相変わらず大きな荷物を持ってるな。その鞄には、またパソコンが入っているのか」

片倉が訊いた。

「もちろんです。一応、九年前の崎津の事件の捜査資料もコピーして持ってきました」

柳井が、レインコートを脱ぎながら笑った。

この男は、伸びるわけだ。あと何年もしないうちに、片倉のいまの階級を追い越しているだろう。もちろん片倉は、そのころには引退しているはずだが。

早朝ということもあって、道は空いていた。七時半前には東京駅に着き、八時一〇分発の〝のぞみ15号〟博多行きに指定席を取った。

この便ならば新神戸駅まで二時間四五分、午前中には神戸水上警察署に入ることができる。道中、考え事をするのにもちょうどいい時間だ。

「康さん、朝飯はどうしますか。いつもの〝鳥めし〟ですか」

柳井が訊いた。

「当然だろう。まずは、腹ごしらえをしてからだ」

「わかりました。二つ、買ってきます」

なぜか柳井はうれしそうに、弁当屋に走っていった。

新幹線が発車するとすぐに、弁当を開けた。腹が、減っていた。厚い窓ガラスに打ちつける雨粒を見つめながら、〝鳥めし〟を口に運んだ。

東京のビルの谷間から見える空は、どんよりと暗い。予報では、神戸も雨らしい。だが〝鳥めし〟を食うと、少し体が元気になってきたような気がした。

いずれにしても今回、片倉と柳井に与えられた時間は二日間しかない。その短い時間で、何かを摑んで帰らなければならない。

飯を食い終えると、柳井は早速コンピューターの電源を入れて何かをはじめた。片倉も一拍遅れて、一日分の着替えが入ったブリーフケースの中からファイルを取り出した。崎津直也が千葉刑務所に収監されていた当時、片倉に宛てた書簡のコピーだ。

この数日間、片倉は事あるごとに崎津の手紙や葉書を読み返している。その度に、何かしらの発見や心が引っ掛かる箇所がある。

例えば、平成二一年一一月三日の消印があるこの手紙だ。崎津はいつものように片倉の健康を気遣い、自らの近況を報告した後で、次のように綴っている。

〈——最近、私は、思うことがあります。自分は人間などではなく、本当は砂丘の中の小さな水溜りに棲む一匹の蛙にすぎないのではなかったのかと。

せっかく春に生を受け、狭い世界で育ったとしても、夏に水が乾けば干涸《ひから》びて死んでしまう。そうかといって外の世界へと逃げようとしても、やはり砂丘を越えることはできずに途中で干涸びて死んでしまう。どうせ干涸びて死んでしまう運命なのに、どうして自分はこの世に生まれてきてしまったのだろうかと。

そして、自分だけではない。私と同じような境遇の者が、この世には人に知られることなく、沢山生きている。砂丘の中の小さな水溜りから逃げることもできずに、運命の中でもがきながら、干涸びて死んでいく。

そんな蛙の木乃伊《ミイラ》が、砂丘の砂の下には死屍累々と埋まっているのです——〉

最初にこの手紙を読んだ時には、崎津は刑務所に収監された当時の自分の心境を〝砂丘の蛙〟という象徴的な存在に喩《たと》えただけだと思っていた。

だが、違う。回を重ねて読むほど、その奇妙な文面の裏に隠されているものが見えてくるような気がした。崎津は単に自分自身を喩えたのではなく、〝砂丘の蛙〟という抽象的な言葉を使うことによって片倉に〝何か〟を伝えようとしたのではないか。もしくは、助けを求めようとしていたのではなかったのか――。

「なあ、柳井……。この〝砂丘の蛙〟というのは、何のことだろうな……」

何気なく、いった。

「ああ、例の崎津の手紙の中に書かれていた言葉ですね」柳井が、コンピューターを閉じた。「私も崎津の書簡をひと通り読んでみて、気には掛かっていたんですけれども……」

「どんなことが、気になったんだ」

片倉が訊いた。

「ひとつは〝砂丘〟という言葉ですね。普通なら〝砂丘〟ではなく、〝砂漠の蛙〟と書くものではないかと……」

「なるほどな……」

柳井にいわれてみて、改めて気が付いた。確かに〈――砂丘の中の小さな水溜り――〉という表現は、物理的に違和感を覚える。

「康さんは、どう思いますか。やはり、気になる点があったんですか」

今度は柳井が訊いた。

「うん、いままで自分を蛙に喩える奴なんて聞いたことないしな……。それに、この部分だ……」

片倉は書簡のファイルを柳井の方に向け、この節の最後の〈――そんな蛙の木乃伊が、砂丘の砂の下には死屍累々と――〉という部分を指さした。

「わかります……。私も感じたんですが、この部分の表現が妙に具体的というか、写実的なんですよね……」

柳井が、頷く。

「そうなんだ。まるで、そんな場面を、実際に見たことがあるように書いている。それに、この文章の断定的な終わり方もどうも引っ掛かるんだ……」

片倉がそういって、文章の末尾の〈――埋まっているのです――〉という部分をさし示した。他の文章がすべて疑問や推察を表すような表現なのに対し、この断定的な終わり方だけが妙に浮いている。

もし崎津が生きているなら、ただ単に風変わりな――もしくは文学的な――表現だというだけで特に不自然とは感じなかっただろう。だが、崎津が何者かに刺殺されたいまとなっては、何かしらの意味が込められているのではないかと深読みしたくもなってくる。

〝のぞみ15号〟はいつの間にか、浜名湖の辺りを通過していた。もう間もなく、名古屋だ。

暗い空から落ちる晩秋の氷雨は、静かに風景を濡らし続けていた。

2

新幹線が新神戸駅に着くと、神戸水上署の担当刑事が改札の出口で待っていた。

例の〝信部〟という男だ。他に、部下らしき体の大きな若い刑事を一人連れていた。

「その節は、どうも。東京ではいろいろお世話になりましたな」

信部が関西訛りのある言葉で出迎えた。柳井とはすでに、東京で一度、顔を合わせているらしい。

「先日、電話で失礼した片倉です。九年前の崎津の事件を担当した……」

片倉がいうと、信部の日焼けした表情が破顔した。

「あなたが片倉さんですか。まだ〝腹〟の傷が、えらいんちゃいますか。遠路遥々《はるばる》、御苦労さんです……」

所轄の担当者としては、やりやすい男のようだ。

「ほなら、行きましょか。今日は時間もないよってに、いろいろ回ってもらわなきゃあきまへんからな。まずカメラです。崎津はこの駅で五カ所のカメラに映っとったんですが、そのひとつがあれです。見えまっか。それと、もうひとつがその先のやつ。いま我々は、一一月六日の崎津と同じ方向に歩いているわけですな……」

信部が先を歩き、まるでツアーガイドのように説明をはじめた。関西人気質なのか、よくしゃべる男だ。

駐車場に駐めてあったバンに乗せられ、まず連れて行かれたのは神戸港だった。

雨雲で被われた暗い空の下に高層ホテルや赤い神戸ポートタワー、奇妙な形のオブジェが聳え、手前にはフェリー埠頭が広がっている。遠くに見える貨物船の周囲には、霧に霞むように巨大なガントリークレーンが並んでいた。冷たい雨に濡れながら、ただカモメの群れだけが暗い空に舞っていた。

「もう、震災の跡もまったく残っておりませんやろ。いま当時の面影があるとしたら、メリケン波止場に保存されてる震災メモリアルパークだけですわ。あの震災以来、このあたりは良くも悪くも変わりましたなぁ……」

助手席に座る信部が、自分に語り掛けるようにいった。

片倉は、ふと思う。

あの〝阪神・淡路大震災〟が起きたのは、一九九五年の一月一七日だった。崎津の両親も、あの震災で亡くなっている。

あれから、二〇年──。

震災は神戸の街並や港の風景だけでなく、人の運命や境遇も大きく変えてしまった。

若い無口な刑事の運転する車でポートライナーの高架と並走し、ポートアイランドに渡った。一九六六年に第一期の北部が着工、一九八一年に竣工した、神戸港に浮かぶ総面積四・三六平方キロに及ぶ巨大な人工島である。同時に神戸コンベンションコンプレックス、神戸国際会議場、神戸ポートアイランドホールや様々なホテル、企業、先端医療センターの巨大ビル群が建ち並ぶ、神戸の副都心でもある。二〇〇五年には第二期の南部ポートアイランドも竣工し、現在は神戸空港が開港、稼働している。

神戸水上警察署は、ポートアイランドに入って公園を越えたすぐ左手にある建物だった。〝水上警察〟というだけあって神戸港の海辺に面し、裏手の桟橋には何隻かの警備艇が舫《もや》ってあった。

「昔はこの辺りも水上生活者が多かったし、海の上の犯罪もようあったもんでしてね。それで〝水上署〟なんてもんができたんですわ。だから私ら、〝警察〟っちゅうよりも船乗りですなぁ……」

信部が片倉の気持を察したように、そういった。

署に着くと、まず型どおりに名刺交換を行なった。信部武《たけし》は片倉と同じ警部補、もう一人の若い刑事は河合《かわい》昭宏《あきひろ》といった。確かに信部のいうとおり、二人共〝刑事〟というよりも〝海の男〟という雰囲気がある。そういえば九年前に初めて崎津直也を取り調べた時も、そこはかとなく潮の匂いを感じたことを思い出した。

「それで、どうしますか。もう昼が近いですが、飯にしますか。それとも、〝現場《ゲンジョウ》〟だけでも先に見ますかね……」

信部が、時計を見ながらいった。

「先に、〝現場〟を見せてください。崎津が、どんな場所に浮いていたか気になるので……」

「わかりました。それじゃ、船で行きましょか……」

信部が部下の河合に、警備艇を準備するようにいった。

備品の救命胴衣と合羽、長靴を借り、柳井と二人で船に乗った。警備用艦艇とはいっても、釣り用のクルーザーを多少大型にした程度の船だ。白い船体に「POLICE・兵庫県警・ろっこう・兵5」と書かれていなければ、一般の釣り船と見分けがつかないだろう。

警備艇は桟橋を離れると、公園の沖から長い堤防を北に迂回し、ポートライナーの高架と橋の下を潜った。雨粒を吹きつける風が冷たい。先程、車から見たフェリー埠頭が右手にあり、正面に高層ホテルとポートタワーが聳えていた。

警備艇はさらに、長い堤防を南へと迂回した。間もなく左手に公園らしき緑地帯と、神戸学院大学の建物が見えてきた。だが、それからさほど走ることなく、警備艇を操船する河合はスロットルを戻した。

「この辺りですわ、崎津の仏さんが浮いとったのは……」

港内なのでそれほどではないが、水面が風に撫でられるように波立っていた。

「確か、釣り人に発見されたと聞きましたが……」

ポートアイランドの護岸壁からは、三〇メートルも離れていない。水際には、小雨が降る今日も何人かの釣り人が雨具を着て竿を出していた。

「そうです。あそこにいた釣り人が、人が死んで浮いてるいうて通報してきよったんですわ……」

信部が、釣り人を指さしていった。確かにこの程度の距離からならば、海面の浮遊物が〝死体〟であることは判断できただろう。

「ところで、遺体がここに浮いていたということは……」柳井が首を傾げた。「崎津は、どこから投棄されたんでしょうね。海流などから、その地点を特定できませんか……」

だが、信部は首を横に振った。

「それは、難しいでんな。神戸港の中というのは、ポートアイランドがあるし大型の船舶が行き来したりしますんで、海流が複雑なんですわ。六日にこの港のどこかに投げ込まれた仏さんが二日後に流れ着く場所なんて、わかりまへんわ……」

信部によると、崎津が着ていた上着やズボン、括り付けてあったバッグの中には、重し代わりのコンクリートの塊や鉄筋が入っていた。おそらく崎津の遺体は、海に投棄された時点では水中に沈んでいたものと思われる。それが腐敗により体内にガスが溜り、海流や波によって重しの一部が落ち、この海域に浮かんできたのだろうという。

「この目の前の岸壁から投棄されたという可能性は、ありませんか」

片倉が訊いた。

「何とも、いえまへんな……」信部が、難しい顔をした。「一一月の初旬というのはこの辺りで、メバルやらチヌやらフッコやらいろいろ釣れるんです。六日の夜にもこの岸壁には何人か釣り師が入っとったんですが、誰もそんなもん見ておりませんしな……」

神戸水上署では、遺体の投棄場所について徹底した捜査を行なっていた。だが有力な目撃情報や痕跡は、いまのところまったく出てきていない。ただひとつ、車で水際まで入れる場所ではないか、という推論が成り立つ。だが、神戸港――特にポートアイランド周辺――には、そのような場所はいくらでも存在する。

「さて、そしたら次に行きましょか。まだまだお二人に、見てもらいたいものがありますんで……」

信部に命じられ、河合がまたスロットルを倒した。

警備艇は港内を横断するように、西の対岸へと向かった。進行方向を帆船を象《かたど》った優雅な遊覧船が、ゆっくりと横切っていく。右手にメリケンパークを眺め、さらに前方にはアメリカのフィッシャーマンズワーフを真似たような観光複合施設や巨大な観覧車も見える。

片倉が神戸を訪れるのは、二十数年振りだ。最後に来たのは震災の前で、妻の智子が一緒だった。

風景に、あのころの面影はない。見覚えがある建物は、赤いポートタワーくらいのものだ。いまの神戸港は西日本最大の商業港であると同時に、関西圏でも屈指の観光地でもある。だが、やがて警備艇が巨大な観覧車の前を過ぎると、周囲の風景が本来の神戸港の姿へと一変した。

警備艇が、スロットルを緩めた。

ここには、観光客が目にする華やかな、異国情緒に満ちた神戸の姿はなかった。巨大な貨物船や自動車運搬船、ガントリークレーンが、片倉の目の前に壁のように立ちはだかっていた。いうならばそれは、〝神戸〟という巨大な都市と港の〝内臓〟の部分であるような気がした。

「この右手に見えるのは、造船所なんですわ……」信部が、巨大な船がドックに並ぶ一画を指さしていった。「ほら、例の崎津が九年前の事件を起こす前に勤めていたっちゅう、川村重工がこれですわ……」

当時の記録によると、崎津直也は二〇〇五年四月に勤めていた川村重工の寮から失踪。その七カ月後の一一月五日に、東京都練馬区関町東二丁目で釜山克己を刺殺する事件を起こしている。そのおよそ七カ月間の崎津の行動は、いまもわかっていない。

「すると、あのドックに並んでいる船は、すべて新造船なんですか」

柳井が訊いた。

「そうです。あの大きな自動車運搬船なんかは、もう完成真近なんでしょうな。船体に、メーカーの名前も入ってますさかいに。あの船の向こうまで行くと、面白いものが見られますわ……」

警備艇がゆっくりと、巨大な自動車運搬船を回り込む。その陰のドックの奥に、黒い奇妙な船体が見えてきた。

「潜水艦だ……」

「そうです。潜水艦ですわ。現在、海上自衛隊に納入される潜水艦は、すべてこの〝川村重工神戸造船所〟とその隣の〝三菱重工神戸造船所〟で造っとるらしいですわ……」

水面に半分浮かぶ船体の突起部分には〝５０６〟という数字が書かれていた。ドックのさらに奥には、もう一隻、別の潜水艦も見えた。

九年前、崎津は確かにいっていた。

――おれも、自衛隊の潜水艦を造っていたことがある――。

かつて、崎津は確かに、この場所で働いていたのだ……。

「さて、ぼちぼちポートアイランドを一周して署に戻りましょか。腹も減りましたしな……」

警備艇はスロットルを開き、左に大きく旋回した。遊覧船の航跡の波で跳ねるように、島の北部と南部を結ぶスカイブリッジの下を潜っていく。

右手に見える神戸空港から旅客機が爆音と共に飛び立ち、暗く厚い雲の中に消えていった。

3

近くのコンビニで買ったサンドイッチとお茶で簡単な昼飯をすませ、神戸水上署の証拠品保管室に入った。

まず見せられたのは遺体発見時に崎津が身に着けていた衣服と、体に括り付けられていたボストンバッグだった。

「このボストンバッグは韓国製の古いもので、崎津が千葉刑務所に収監された当時から持っていたものらしいですな。中身は、この袋にまとめてあります。片倉さん、見覚えありまへんか」

片倉は手袋をはめ、潮で汚れたバッグを手に取った。

懐かしかった。事件が起きた夜、片倉が逮捕した時、崎津は手荷物を何も持っていなかった。そこで崎津が所持していた金で、最低限の下着などの着替えとそれを整理するバッグを買ってきてやった。いま、片倉が手にしているのは、正にその時のバッグだった。

「ええ……。私が、九年前に買ったものです……。まだ持っていたんですね……」

片倉が、感慨を噛み締めるようにいった。

「そちらの、着替えの方はどうですか。おそらく、刑務所内の購買で領置金を使って買ったものやと思うんやが……」

着替えや歯ブラシ、電気カミソリなどの日用品は、透明なビニール袋の中にまとめられていた。ほとんどは刑務所の購買で売られているような品物で、見覚えはなかった。だが、たったひとつ、片倉が記憶していたものがあった。

「これは、覚えてるな……。崎津を逮捕した時に、持っていた……」

片倉はビニール袋の中から、小さなペンダントを取り出した。ペンダントはロシアの古いコインをジグソーで二つに切ったもので、安物のシルバーの鎖が付いていた。

「何か、意味があるんですやろか……。コインの半分ていうことは、片割れがどこかにあるんやろけど……」

だが、崎津に妻や恋人がいたという記録はまったく浮上していない。もし少しでも関連する可能性があるとすれば、崎津の手紙に書かれていた〝若精霊〟と〝妹も〟という二つの言葉だけだ。

「崎津は、出所する時にボストンバッグを二つ持っていたようですが」

これは、出所時の千葉刑務所の記録にも残っている。

「それは、私も聞いてます。先日、東京の方におじゃました時に、千葉の〝刑務所《ムショ》〟の方にも寄ってきましたんでな……。しかし、仏さんに括り付けられてたのはこれ一つだけでしたわ」

「どちらかのバッグに、私とやり取りしていた書簡の束が入っていたはずなんですが」

片倉が、いった。だが信部は、首を横に振った。

「見ませんでしたな。もう一方に入っとったんやろか……」

やはり〝犯人《ホシ》〟の目的のひとつは、片倉と崎津がやり取りした書簡だったということなのか——。

「このコンクリートと鉄筋は」

柳井が、もうひとつのビニール袋を指さしていった。

「ああ、これですか。このボストンバッグに入ってた分です。〝犯人〟が入れた、ただの重しですやろ」

「出処は、判明してるんですか」

「いや、それが……」信部が、溜息をついた。「市内を虱潰《しらみつぶ》しに当たってはいるんですが、この辺りでは該当するものが出てないんですわ。古いビルの解体現場なんかはようあるんですが、コンクリートの成分に差があったり、鉄筋のメーカーが違ったりで……」

「このコンクリートに、黄色いペンキのようなものが付着してますね」

柳井が、首を傾げた。

「そうなんですわ。これもまた、わからんことの一つなんですわ。この辺りには、黄色いペンキが付着したコンクリートの瓦礫なんて、どこにもないもんでね……」

どうも、奇妙だ。一見して単純な〝殺し〟のようでありながら、あらゆることが巧妙に細工されている節がある。

「これが、〝被害者《ガイシャ》〟の着衣ですか」

片倉が、訊いた。

「そうです。出してみましょか……」

信部がもうひとつのビニール袋の中から、上着とズボン、スウェット、下着と靴下を出して台の上に並べた。

紺色の、背中に〝ＥＡＧＬＥ〟とロゴの入っているウィンドブレイカーにも、やはりかすかな記憶があった。九年前、崎津が犯行時に着ていた着衣は証拠として没収してしまったので、やはり片倉が間に合わせに近所で買ってきたものだ。同じく、ベージュの作業用ズボン。いずれも、潮を含んで汚れていた。

そして腹部に刃物による穴が開き、周囲に褐色の染みが付いた薄灰色のスウェット。それを見た時、片倉の脳裏に自分が腹を刺された瞬間の残像がフラッシュバックのように蘇った。

「おれと、まったく同じ所を刺されてるな……」

片倉が、冷静にいった。

「そうなんですか。そういえば、うちで取った崎津の解剖所見と片倉さんの傷は、ほぼ一致したそうでんな」

信部が、片倉と柳井の顔を交互に見た。

「そうなんです。おそらく、同じ凶器が使われたんだと思います」

柳井がいった。

つまり、片倉と崎津の傷の位置も含めて、〝同じ奴が刺した〟ということだ。

だが、ひとつ奇妙なことがある。もし〝犯人〟が一月六日に崎津を殺し、その時に片倉の住所が書かれた書簡を手に入れたのだとしたら――。

なぜ翌日の七日に、片倉を襲わなかったのか。なぜ六日も時間を空け、一二日になって東京に出てきたのか。その理由が、わからない……。

「靴は、どうしたんです。この中には、入っていないようですが」

柳井が訊いた。

「最初から、履いてなかったんですわ。波で動いている時に脱げてしまったのか、それとも投棄された時にすでに履いてなかったのかどうかはわかりませんが……」

「他に、身に着けていたものは」

片倉が、上着とズボンのポケットの中を探りながら訊いた。

「財布がひとつ。中は、空でしたわ。他に千葉刑務所の入所証明書と、それとこんなものがポケットに……」

信部がそういって、小さなビニール袋を片倉に渡した。中に切符が一枚、入っていた。

「これは……」

ＪＲ千葉駅の自動発券機で発券された、六四〇円区間の切符だった。

「これも千葉駅に問い合わせてみたんですが、東京駅までちょうど六四〇円だそうですな。発券された日付と時間も、合ってるみたいですわ……」

発券された日付は〈――26―11・6――〉、時間は〈――10：34――〉になっていた。

つまり平成二六年一一月六日、午前一〇時三四分に崎津は千葉駅でこの切符を買ったことになる。

「しかし、おかしいですね……」柳井が、首を傾げた。「もし崎津が東京駅まで行って、そこで神戸までの新幹線の切符を買ったとしたら、発券の窓口でこの切符と交換で精算するわけですよね……」

確かに、そうなのだ。もし崎津が東京駅から新幹線に乗ったとしたら、この千葉駅で買った切符がここに存在するわけがない。

「いろいろと、可能性は考えてみたんやけどね……。東京駅の窓口で、駅員が切符を受け取るのを忘れたとか……。もしくは、崎津が駅の構内で誰かの切符を拾って、それで精算したとか……」

もろちん、その可能性はゼロとはいえない。だが、まったく別の要因を見落としているような気がした。

この時、片倉の脳裏に唐突な疑問が湧いた。殺された男は、〝本当に〟崎津直也だったのか……。

「ところで、崎津の遺体の身元の確認は、どのようにして……」

片倉が訊いた。

「ああ、ひとつは先程いった、千葉刑務所の入所証明書ですわ。同じ封筒に、紹介状も入っとりましたからな」

「それだけですか」

「いや、指紋も確認しとります。DNAまでは、やっとりませんが……」

つまり、崎津本人に間違いないということか。

「崎津の遺体は、いまどこにありますか」

「規定の一週間を過ぎましたんで、もう先週、茶毘に付しましたわ」

「遺体の写真は」

「写真なら、あります。ご覧になりますか」

「ぜひ……」

「それなら、鑑識の方に行きましょう」

信部が証拠品一式を元どおりに仕舞うように河合に命じ、保管室を出た。

4

所轄の担当刑事としては珍しく、信部は〝裏〟を感じさせない男だった。

片倉と柳井が訊いたことにはすべて答えるし、何も隠そうとしない。含みを持たせるようないい方もしない。

これが、関西人気質なのか。もしくは、行き詰まる捜査に、何とか突破口を開きたいという気持の表れなのか。

遺体の写真を見る時にも、鑑識担当の杉江《すぎえ》という担当者に「すべて出してほしい……」と交渉してくれた。おかげで片倉と柳井は、鑑識のコンピューターのファイルに入っている写真を無作為に見ることができた。

「本当はこんな写真、おたくの署と〝共有〟しとけばいいんですけどな。〝上〟も〝殺し〟の捜査となるとうるさくて、そうもいかんのですわ……」

信部が逆に、申し訳なさそうにいった。所轄の事情は、どこも同じだ。

〝死体〟の写真を見ると、いつもこれが最近まで生きていた人間だとは思えなくなる一瞬がある。特に損傷の激しい遺体、自分の知っている人間ほど実感が湧かない。

崎津の遺体も丸二日以上、海を漂流していただけあって、腐敗と損傷が酷かった。まだ服を身に着けている写真でも明らかだが、腹にはガスが溜り風船のように膨れていた。顔もどす黒く変色して膨張し、眼球や鼻、唇の大半が魚などの食害を受けて欠落していた。もし髪の毛と歯、開いた口から飛び出した舌が見えなければ、これが崎津どころか人間の顔であることすらわからなかっただろう。

「この仏さんが崎津かどうかなんて、片倉さんにもわかりゃしませんですやろ……」

「ええ……。まったく、わかりませんね……」

片倉は写真を見つめながら、心の中で崎津に黙禱した。

マウスを操作し、写真を送っていく。コンピューターのディスプレイに、服を脱がされた体の写真が映し出された。ちょうど臍の左上数センチのところに刃物による創傷があり、そこから膨張した内臓の一部が押し出されていた。

やはり、片倉の刺された場所とほぼ同じ位置だ。写真を見ているうちに、思い出したように腹の傷が疼きだした。

「〝犯人《ホシ》〟は、右利きのようでんな……」

信部がいった。

「そうですね。私も自分が刺された時に、〝犯人〟が右手で刃物を握っていたのを確認していますから……」

「他に、写真を見て何か気付いたことはありまへんか」

「特に、ないですね。柳井は、どうだ」

「私も、特にありませんね……」

写真をひと通り見終え、次に映像分析室に移った。

すでに五二インチのディスプレイが用意され、映像を再生する準備が整っていた。信部によると、新神戸駅で崎津らしき男が映っていた防犯カメラの映像は、全部で五カ所。中にはかなり鮮明に顔が確認できるものもあるという。

「崎津が新神戸駅の防犯カメラに映っていたのは、六日の何時ごろですか」

片倉が、ディスプレイの前の椅子に座りながら訊いた。

「そうでんな……。まあ、だいたい、一七時から一〇分過ぎくらいまでの間ですわ……」

「一七時、ですか……」

片倉は思わず、隣の柳井と顔を見合わせた。

「そうなんですわ。最初は一七時ちょうどくらいにホームを歩いているところが映ってましたんで、おそらく一四時一〇分東京駅発……一六時五五分新神戸着の〝のぞみ39号〟に乗っとったんだと思いますわ……」

おかしい。

崎津が千葉駅で切符を買った時刻は、午前一〇時三四分になっていた。千葉駅から東京駅までは、通常四五分から五〇分前後、普通列車に乗ったとしても、正午前には東京駅に着いているはずだ。新幹線の発車まで、二時間以上の空白がある。

千葉駅で買った切符を持っていたのだから、おそらく改札は出ていない。崎津は東京駅の構内で、二時間以上もいったい何をしていたのか――。

「崎津が使った新幹線のチケットは、確認できたんですか。もし確認できれば……」

柳井がいった。

「ああ、〝指紋〟ですやろ。我々もそう思って駅を探してみたんですけどな。何分《なにぶん》にも防犯カメラに崎津が映ってるのがわかったのが一二日になってからだもんで、特定はできませんでしたわ……。そしたらちょっと、映像の方を見てもらえますか……」

信部がそういって、リモコンの再生ボタンを押した。

最初の映像は、駅のホームに設置されたカメラの映像だった。斜め上からの画角で、正面に700系新幹線の車体が映り、その前を右から左に次々と人が歩いてくる。間もなく新幹線が動き出し、人の列を追い越すように画面から消えた。

「この辺りからですな。よく見といてください……」

信部がいった。

画面左下のタイムコードは、一六時五九分台を示していた。忙しなく、コンマ〇秒の単位の数字が動く。次の瞬間、白いコートを着た女の後ろから、二個のボストンバッグを両手に提げた小柄な男が歩いてきた。

見た瞬間に、わかった。崎津直也だ――。

「片倉さん、この男ですわ。これ、崎津で間違いありまへんか」

信部が、画面を指さして訊いた。

「そうです。間違いなく、崎津ですね……」

九年前とはいえ、一時は毎日のように顔を合わせていた男だ。見間違えるわけがなかった。

「じゃあ、次のやつ行きましょか。杉江さん、例の改札口のをやってや……」

鑑識の杉江が、コンピューターを操作する。一度、画面が消え、映像が改札正面の斜め上からのものに切り換わった。

「我々が駅に着いた時に、最初に見たカメラのものですね」

柳井が、手帳にメモを取りながら訊いた。

「そうです。タイムコードの数字、見とってください。一七時を三〇秒ほど過ぎたあたりからですわ……」

〝のぞみ39号〟を降りた乗客が、次々と改札口を通ってくる。旅行客らしき、若い女の集団。スーツを着た、ビジネスマン風の二人の男。その後ろからサングラスを掛けた白いコートの女と並び、隣の改札口からボストンバッグを提げた崎津が出てきた。

映像はほぼ正面から撮ったものなので、顔がよく映っていた。

「やはり、間違いなく崎津ですね……」

だが片倉は画面を見ながら、奇妙なことに気が付いた。崎津が左手のバッグを右手に持ち替え、ポケットの中の切符を探すようにもたつき、体が改札にぶつかった。その時、先に改札を出た白いコートの女が一瞬立ち止まり、崎津を振り返ったように見えた。

「いまこの女、崎津に何かいわなかったか……」

崎津の方も一瞬、女の方を見たような気がした。

「どうですやろ。気のせいやないですかね……」

映像を巻き戻し、もう一度崎津が改札を通る部分を再生する。崎津がバッグを持ち替え、ポケットに手を入れた時に体が改札にぶつかった。サングラスの女が振り返ったのは、この時だ。

「音に驚いて、振り返っただけか……」

女はまたすぐに歩き出し、口が動いたかどうかは画面では確認できなかった。

「話し掛けたかどうかは、わかりまへんな。この女、次のカメラにも映っとりますんやけど……」

映像を、次のカメラのものに替えた。これも今日、新神戸駅に着いた時に見たカメラだ。場所は、覚えている。

カメラは通路横の高い位置から、左右に行き来する人の流れを捉えている。時間は一七時〇分五〇秒くらいから始まり、間もなく一七時一分台に入った。

「ここからですわ……」

まず最初に、白いコートの女が右側から画面に入ってきた。大きなサングラスを掛けているので表情はよくわからないが、年齢は四十代前半から五〇歳くらいだろう。小柄だが太っていて、赤く濃い口紅が印象に残る。

女の後方から、ビジネスマン風の五十代くらいの男が二人。さらに、ジーンズ姿の若い女が一人。その数秒後に、前屈みになって歩く崎津直也が画面に入ってきた。

「間に三人、他の人間が入ってますね……」

「〝連れ〟という感じはしまへんけどなあ……」

だが、次の瞬間、片倉がいった。

「ちょっと待ってくれ。画面を止めて、少し巻き戻してくれ」

思わず、柳井と顔を見合わせた。

「〝あの〟男ですね……」

柳井が、冷静にいった。

「いったい、どうしたんですか……」

信部が、画面を巻き戻してもう一度、再生する。崎津が画面の右側から現れ、左側に通り過ぎていく。その五人後ろ、およそ一〇メートルほどの距離を空けて、黒いフライトジャケットのようなジャンパーを着た男が画面に入ってきた。

「この男です。静止して、画面を拡大してください……」

「この男、いったい誰なんですか」

信部が訊いた。

「私を刺した〝犯人〟ですよ……」

片倉が、いった。

5

防犯カメラの分析は、夜まで掛かった。

だが、わかったのは、殺された崎津の近くに片倉を刺した男が映っていた、という事実だけだ。

同じ男は駅のホームにも、崎津が出てきた改札口のカメラにも映っていた。いずれの映像でも、間に数人から一〇人程の人間を挟んで距離を置いている。黒いジャンパーの男は〝連れ〟というよりも、崎津を尾行しているようにも見張っているようにも見える。

黒いジャンパーの男は、東京から崎津と同じ〝のぞみ39号〟に乗っていたのか。もしくは名古屋、京都、新大阪などの途中の駅から乗ってきたのか。それとも、新神戸駅で入場券だけを買ってホームで待っていたのか。断片的な映像だけでは、何も断定できなかった。

ひとまず作業を終え、七時過ぎに神戸水上警察署を出た。来た時と同じように、河合という若い刑事が運転する車でホテルを取ってある三宮《さんのみや》まで送られた。すぐにチェックインをすませ、晩飯を食うために柳井と二人で夜の街に出た。

「さて、何を食いましょうか。このあたりなら、何でもありそうですね……」

柳井がいった。

ホテルの近くには神戸最大の繁華街、〝三宮センター街〟がある。

「このあたりでもいいが、ひとつ先の駅の元町《もとまち》まで行ってみないか。せっかく神戸に来たんだから、ちょっと南京町《なんきんまち》を歩いてみたいんだ……」

〝南京町〟は、神戸市中央区の一画にある中国人街である。横浜中華街、長崎新地中華街と共に、日本三大チャイナタウンのひとつとして知られる。

「何か〝勘〟でも働くんですか」

柳井が笑いながら訊いた。

「そうだよ。中華街を歩けば、美味いものにありつけそうな予感がするんだ」

片倉も、笑いながら答えた。

タクシーを拾って南京町に着くころには、時間はもう午後八時近くになっていた。

長安門を潜ると、小さな宇宙のような空間が広がった。煌《きら》びやかで、安っぽく、それでいて異国情緒を掻き立てる熱気がある。この狭い空間だけが特別の大気で包み込まれ、外界とは異なる時計が時を刻んでいるような、そんな錯覚を覚える。

最後にこの街を歩いたのは、いつのことだったろうか。確か智子と結婚してまだ何年も経っていないころだから、一九九一年か九二年の初夏だったような記憶がある。当時の南京町にはまだいまのような華やかさはなく、震災で半壊した長安門や街並も本当に古い中国の風景から切り取ったような風情があったものだ。

街は、道ばたで売る点心や甘栗の香りや湯気に溢れていた。だが、南京町の夜が更けるのは早い。片倉と柳井が歩く目の前でもひとつ、またひとつと看板の明かりが消え、店が閉まりはじめていた。

わずか二〇〇メートルの目抜き通りの中央に、あずまやが建つ明るい広場がある。その近くで夜九時まで開いている店を見つけ、やっと落ち着くことができた。

腹が減っていた。

片倉は淡白な浅蜊《あさり》湯麵《タンメン》、柳井は炒飯《チャーハン》、他に点心を三種類ほど注文した。ビールを飲み、味わう。引退間際のロートルと若手の刑事には分相応で、出張の夜の気分を味わうには十分すぎる食事だった。

閉店と共に急かされるように店を出て、また夜の街を歩いた。

「どうしましょう。明日も朝が早いし、ホテルに戻りますか」

一度、夕方に上がった雨は、また霧雨のように降りはじめていた。

「いや、せっかく神戸に来たんだ。少し歩いてみよう……」

霧雨の中を、特に当てもなく歩いた。腹が満たされているので体が温まり、湿気を帯びた冷たい空気が心地好かった。

元町のガード下を潜り、三宮の方角へ向かう。路地に入り、生田《いくた》神社の脇を抜けてまたしばらく歩くと、居酒屋やバーが集まる一画に出た。片倉は、一軒のバーの前で、ふと足を止めた。

「寄っていくか」

片倉が、いった。

「康さん、だいじょうぶなんですか。傷の方は……」

柳井は事あるごとに、片倉の体を気遣う。

「かまうもんか。ウィスキーの一杯も引っ掛けなくちゃ、眠れんだろう」

落ち着いた、静かな店だった。仄《ほの》かなスポットライトの中に低いカウンターといくつかのボックス席が浮かび上がり、古いスタンダードナンバーが流れていた。普段ならば片倉が足を向けないような店だったが、神戸の夜を過ごすには逆にふさわしい気がした。

本来ならばカウンターに座りたいところだが、店の奥の二人掛けのボックス席に着いた。

「好きなものを飲んでくれ。奢《おご》るよ」

「すみません……」

柳井はボウモアという薬のような匂いのするウィスキーのソーダ割りを頼み、片倉はいつもどおり竹鶴の水割りを頼んだ。六甲の水は、ウィスキーと合性がいいと聞いたことがある。それに飲み馴れない酒を飲んで、せっかく傷が塞がった腹にまた穴が開いてもいけない。

テーブルに酒が運ばれてきて、グラスを合わせた。怪我をして以来、ウィスキーを飲むのは初めてだった。だが、腹の機嫌は悪くはないようだった。

ひと息つき、片倉の方から切り出した。

「あの防犯カメラの映像を、どう思う。〝奴〟がなぜ、崎津と同じ画面に映っていたのか……」

〝奴〟――。

つまり、片倉を刺したあの黒いジャンパーの男だ。

柳井はグラスのウィスキーを口に含み、少し考えた。そして、いった。

「康さんと崎津を同じ〝犯人《ホシ》〟が刺したのだとすれば、あの男が新神戸駅のカメラに映っていたことは不思議でも何でもないと思うんです。問題は、あの男が崎津を神戸で〝待ち受けて〟いたのか。それとも、東京から〝追って〟きたのか。そこですよね……」

片倉には、〝追って〟きたという柳井の表現が興味深かった。

「〝追って〟きた、とは」

片倉が訊いた。

「はい。三つの映像を分析する限り、あの黒いジャンパーの男が崎津と同じ〝のぞみ39号〟に乗っていたと考えていいと思うんです」

柳井らしい、慎重ないい回しだった。同じ新幹線に乗っていたというところまでは、片倉の推理と変わらない。

「〝同行〟していたのではなく、〝追って〟きたという理由は」

片倉が、ウィスキーを口に含む。

「はい……」柳井が頷き、言葉を選ぶように説明する。「三カ所の防犯カメラの映像を見る限り、黒いジャンパーの男は崎津とかなり距離を置いて歩いてましたよね……。間に、数人から一〇人程の人間を挟んでいました……。しかし、崎津は一度も振り返っていませんでした……」

「つまり？」

「私は、崎津が黒いジャンパーの男の存在に気付いていないように見えました」

柳井の観察は細かく、鋭い。つまり黒いジャンパーの男は、崎津を〝尾行〟していたということか。だが、それが事実だとすれば、新たな謎が生じる。

「もし崎津を追っていたとしたら、〝奴〟はどこから〝尾行〟していたんだろうな……」

片倉はあえて〝尾行〟という言葉を使ったが、柳井は特に怪訝《けげん》な表情を見せなかった。

「最初は、東京駅だと思っていたんです。しかし、それだと矛盾が生じます。崎津が千葉刑務所を出てから東京駅に現れることなど、何の確証もないわけですから……」

確かに、出所当日に崎津を東京駅で待ち伏せることなど、物理的に無理だ。崎津が収監中に、外部の人間と連絡を取り合っていた形跡は確認されていない。

「他に、考えられるとすれば」

片倉が、訊く。柳井がグラスのウィスキーを口に含み、頷く。

「これは、ちょっと深読みしすぎかもしれないんですが……」

「いいから、いってみろよ」

「あの黒いジャンパーの男は、崎津が千葉刑務所から出所した直後から〝尾行〟していたんじゃないかと思うんです。それ以外に、合理的な答が見つからないんです……」

確かに、合理的だ。

千葉刑務所を出迎えなしに出所する者は、ほとんどが最寄りの〝県職員能力開発センター入口〟というバス停からバスに乗ってＪＲの千葉駅へと向かう。もし一人でも刑務所内に内通者がいて、崎津が出所する日時だけでも前もってわかっていれば、千葉刑務所から千葉駅の間のどこかで崎津に尾《つ》くことは可能かもしれない。

「あの黒いジャンパーの男は、千葉駅から崎津と同じ電車で東京駅に向かい、さらに同じ新幹線に乗って神戸に向かった……」

「そういうことになりますね……」

「しかし、おかしいじゃないか。千葉から東京駅はともかく、どうやって崎津と同じ〝のぞみ39号〟の切符を買ったんだ」

二人共、グラスが空になっていた。もう一杯ずつ、同じものを注文した。

新しいグラスに口を付け、柳井がいった。

「同じ新幹線に乗ることは、それほど難しくはないと思います。崎津が新幹線の切符を買っているのを見ていれば、例の男もとりあえず入場券でも買って、〝のぞみ39号〟に乗り込んでから車内で精算すればいい……」

片倉はウィスキーを飲みながら、柳井の説明に耳を傾けた。だが、それでは矛盾が生じる。

「確かに同じ〝のぞみ39号〟に乗ることは可能かもしれないが、ひとつ忘れてないか。もし崎津が自分で新幹線の切符を買ったなら、なぜ千葉駅から東京駅までの切符を持っていたんだ。あり得ないだろう」

片倉が、核心をついた。

「私も、その答を探してたんです。何とか説明が付かないものかと……。そこで、こんな仮説を立ててみたんです。今回の〝事件《ヤマ》〟は、いずれも単独犯ではない。最低でももう一人、もしかしたら数人の共犯者がいたんではないかと……」

柳井の仮説は、こうだ。

千葉刑務所、もしくは千葉駅の周辺で〝誰か〟が出所する崎津を待ち伏せしていた。おそらくその人物は、崎津と顔見知りだったはずだ。崎津はその〝誰か〟――〝A〟――に声を掛けられ、東京駅へと誘導された。

一方、東京駅では、他の人間――二、三人の可能性もある――が待機していた。これを〝B〟グループとしよう。〝B〟グループは〝A〟の連絡を受け、〝のぞみ39号〟の新神戸までの切符を前もって人数分買って準備していた。そして〝A〟と〝B〟グループが東京駅で合流し、崎津を説得して、新神戸に向かう〝のぞみ39号〟に乗せた。

柳井が続けた。

「そう考えれば、六日の崎津の行動に東京駅で二時間以上の空白があることにも説明がつくと思うんです。〝犯人〟のグループが崎津を説得するために、あらかじめ時間の余裕を持たせて新幹線の切符を買ったのかもしれません。黒いジャンパーの男が、〝A〟と行動を共にしていたのか〝B〟グループの一人なのかはわかりませんが……」

確かに、一理ある。

「それなら、崎津が千葉駅で買った切符を持っていたことについては……」

「それも、解釈は可能だと思います。もし東京駅で他の人間が待っていたなら……。その人物が自分が持っていた新幹線の乗車券を崎津に渡したとしたら……。その誰かが、後でどうやって改札を出たのかまではわかりませんが……」

柳井の仮説は、飛躍しすぎている部分もある。だが、一応の整合性はある。何よりも興味深いのは、〝共犯者《レツ》〟の存在を前提に仮説を構築していることだ。

「もし〝共犯者〟がいるとしたら、どんな人間を想定している」

片倉が、いった。

「いまの段階では、何ともいえません。ただ、一人は……」柳井がしばらく、宙を見つめるように考えた。「例の防犯カメラに映っていた、白いコートを着たサングラスの女ではないかと……。理屈ではなく、〝勘〟ですが……」

柳井は〝勘〟だと断わった。だが片倉も、同感だった。

「いずれにしても、署に戻ったら東京駅と千葉駅あたりをもう一度、洗いなおしてみる必要があるな……」

片倉が腕を組み、溜息をついた。

グラスの中で氷が、小さな音を立てた。

6

翌朝、片倉と柳井は、神戸水上署の信部の紹介で一人の男に会った。

男の名は荒川卓《あらかわすぐる》、四三歳。職業は、『川村重工神戸造船所』の現場作業員。およそ一〇年前、崎津直也が東京で〝事件〟を起こす半年前まで職場の同僚だった男だ。

この一〇年で、川村重工の社員は約半数が入れ替わっていた。特に、現場作業員の入れ替わりは激しい。信部によると、荒川は当時の崎津のことをはっきりと記憶している数少ない人間の一人だった。

だが、片倉が荒川という男に興味を持った切っ掛けは、別のところにあった。聴取の記録を読んでいて、荒川の出身地が島根県の松江市だと知ったからだった。崎津の本籍地も、やはり〈――島根県松江市美保関町美保関×××――〉になっている。すでに荒川に聴取した信部は「故郷では特に顔見知りではなかったようだ……」といっているが、誘導の仕方によっては何か新しい事実が出てくる可能性もある。

朝、八時四五分に神戸水上署から迎えの車が来て、その足で川村重工に向かった。至れり尽くせりの厚遇だ。

だが、今日の聴取には神戸水上署の人間は立ち会わない。同じ刑事の顔を見れば、証人は前回と変わらない証言しかしないからだ。違う刑事が訊けば、異なる記憶が蘇る可能性もある。

「神戸の夜は、いかがでしたか。よう眠れましたか……」

助手席の信部が訊いた。

「はい、おかげさまで。ゆっくり休めました……」

片倉はそういったものの、実のところあまり寝ていなかった。例の〝事件《ヤマ》〟以来、いつもそうだ。夜中に何度も腹を刺され、自分の腹に内臓を詰め込もうとする夢を見ては目が覚める。

正門を通って川村重工の広大な敷地の中に入り、神戸造船所新館の前に車を駐めた。

「私ら、ここで待ってますんで……」

信部が、この時だけは少し残念そうにいった。

新館に入り、受付で来意を告げる。間もなく総務の奥田《おくだ》という担当者が現れて、柳井と二人でまだ真新しい応接室に通された。参考人に聴取を行なうには、ちょうどよい広さだった。

お茶を出され、そのまま応接室で待った。間もなくブルーの作業服を着た体の大きな男が、背を丸めるようにして入ってきた。四十代前半としては髪が薄く、人の好《よ》さそうな男だった。

「すみません……。荒川ですが……」

男が部屋の中を落ち着きなく見回し、体に似つかわしくない小さな声でいった。

「どうぞ、こちらへ」

片倉と柳井が立って、頭を下げた。

「お仕事中、すみません。それほどお時間は取らせませんから……」

片倉の笑顔に安心したのか、やっと荒川の肩から少し力が抜けたように見えた。

「私は、何を話せばいいんやろ……」

荒川がソファーに浅く座り、どこか不安そうに、片倉と柳井の顔を見た。

「前回と、同じようなことです。もう少し確認しておきたいことがあるので……」

片倉は、信部から前回の聴取の内容について報告を受けていた。荒川は、島根県の東出雲町の出身。崎津の出身の美保関町とは、中海《なかうみ》という広大な汽水湖を挟んでちょうど対角線上に位置する。

地元の工業高校を卒業後、平成元年に鳥取県境港《さかいみなと》市の『境造船工業』に就職。主に大型の漁船や小型貨物船を造船する現場で経験を積み、八年後の平成九年に兵庫県神戸市の『川村重工神戸造船所』に転職。現在に至っている。

片倉はまず、当たり障りのないことから訊いた。

「転職の切っ掛けは、何かあったんですか」

荒川が、揃えた膝の上に手を置いたまま答える。

「はい……。転職の一年ほど前に、ガス溶接技能者の資格を取ったんです……。ちょうど神戸の震災から二年目で、川村重工が業務拡張で中途入社を募集していたこともあって……」

片倉が、訊く。

「川村重工に入ってから、崎津直也と知り合ったんですね」

「そうです……。当時、私はまだ独身で会社の独身寮に入ったんですが、崎津さんは隣部屋の先輩でした……」

当時、中途入社の荒川は崎津にいろいろと世話になったようだ。職場の先輩として仕事も教えてもらったし、酒の席にも誘われた。何か悩み事があった時に、常に相談に乗ってくれたのも崎津だった。

荒川の話からは、崎津の人柄が窺える。人を殺した人間の心象とは、かなり隔たりがあった。

荒川が結婚を機に寮を出たのは、平成一五年――二〇〇三年――の四月だった。その二年後に、崎津が失踪した。だが、崎津が東京で殺人事件を起こしたことを知ったのは、つい二年ほど前のことだった。

ここまでの荒川の証言は、信部が聴取した時とまったく変わらなかった。

「崎津が人を殺したと聞いた時には、驚いたでしょう」

片倉が、いった。

「はい……驚きました……。本当に穏やかで、優しい人だったので……」

テーブルの上ではICレコーダーが作動し、柳井が無言でコンピューターのキーボードを叩き続けている。

「いつ、どこで、崎津が事件を起こしたことを知ったんですか」

荒川が、少し考えた。

「社内の噂で知ったんだと思います……。いつ、誰から聞いたのかまでは思い出せないんですが……」

「崎津が〝殺された〟ことを知ったのは」

「それは、すぐに……。九日の朝に港内で水死体が上がったことはその日のうちに社内で噂になってましたし、それから何日かして、新聞に崎津さんの名前が載って大騒ぎになりましたから……」

片倉は、率直に訊いた。

「崎津を殺した犯人に、心当りはありませんか」

それまで俯いて話していた荒川が、顔を上げた。そして、強い口調でいった。

「私は、知りません……。心当りなんか、まったくないんです……。だいたい、崎津さんが出所したことすら知らなかったんですから……」

どうやら荒川は、自分が疑われていると思っているようだ。片倉は安心させるために、荒川の前に一枚の写真を出した。

「この男に、見覚えはありませんか。我々はこの男を、今回の事件の重要参考人として追っているんです」

新神戸駅の防犯カメラの映像から引き伸ばした、黒いジャンパーを着た男の写真だ。荒川は自分とは似ても似つかない男の写真を見て、少し安堵したように息を抜いた。

「知りません……。こんな男、見たこともありません……」

「会社に、似ている人はいませんか」

荒川が、ちょっと首を傾げた。

「いないと思います……。私が知っている限りでは、覚えがありません……」

やはり、そうか。もしやとは思ったのだが。これ以上のことは、今後神戸水上署の方で調べるだろう。

片倉は、話を変えた。

「話を戻しましょう。崎津との〝思い出〟についてもう少し聞かせてください……」

片倉はあえて〝思い出〟という曖昧な言葉を使った。

「はあ……」

荒川の表情が、また少し和らいだように見えた。

「荒川さんは、崎津とよく酒を飲みに行ったといっていましたね。そんな時、どんなことを話したんですか。何か覚えていることはありませんか」

荒川が、少し考える。

「そうやなあ……。例えば、仕事の話とか……。故郷の話とか……」

「そういえば崎津も、荒川さんと同じ島根県の松江市の出身でしたね」

「そうです……。よく、中海の釣りの話なんかしちょりましたね……。二人とも、釣りが好きだったんで……。夏から秋にかけて、ゴズ（ハゼ）やキスがよう釣れたとか……。私らルアーをやってたんで、スズキの何センチのを上げたことがあるとか……」

「神戸でも？」

「ああ、休みの日によく一緒に行きましたよ。まさか私らが釣りをしていたあたりに、崎津さんが浮いてたなんて……」

崎津が釣りを好きだったというのは、初めて聞く話だった。

「しかし、松江にいた時には崎津を直接は知らなかったんでしたね」

片倉が確認すると、荒川が頷いた。

「ええ……知りませんでした。世代も違うし、家も離れていたので……。確か崎津さんはお父さんの仕事の関係で中学生のころにこちらに移ってきはって、高校を出てすぐに川村重工に入ったと聞いたように思いますが……」

崎津が、父親の仕事の関係で神戸に移ってきたという話も初耳だった。だが、その父親の崎津総太郎も、母久仁子と共に一九九五年一月の阪神・淡路大震災で亡くなっている。

「崎津のお父さんの仕事は何だったか、聞いたことはありますか」

特に意味があったわけでもなく、何気なく訊いた。

「やはり〝造船〟だったと思いますよ。確か川村重工の一次下請けの会社で、〝雑工〟をやっていたとか……」

〝雑工〟というのは初めて聞く言葉だった。どうやら船舶の電気配線からエンジンの組み付け、溶接、塗装まで何でもこなす工員を指すらしい。

その時、柳井が不意に訊いた。

「ひとつ、いいですか。崎津と荒川さんの故郷が同じことも、崎津の父親も含めて全員が造船業に関係していることも、すべて偶然なんでしょうか」

柳井は、さすがに鋭い。片倉も、同じ疑問を感じていたところだった。訊かれた荒川は、質問の意味を量りかねている様子だったが。

「偶然……だと思いますが……。元々、松江市の境港のあたりは造船業が多いので、私も何の疑問も持たずにこの道に入りましたし……」

一応、納得のできる答だった。だが、片倉は訊いた。

「造船をやっている方にとって、〝潜水艦を造る〟ということは何か特別な意味があるんですか」

かつて崎津が取り調べ中に「潜水艦……」と口を滑らした時に、しまったという表情と同時に、プライドのようなものを感じた覚えがある。

「そうですね……。自分たちにとって〝潜水艦〟は、ひと言でいうと〝夢〟なんです……。私が松江からこちらに移ってきたのも、崎津さんが川村重工に入ったのも、結局は〝潜水艦〟がやりたかったからですから……。崎津さんが、よういうとりました。おれたちは、〝潜水艦〟を造っとるんやぞ、って……」

そういうことか。

だが、それならばなぜ、崎津は夢の職場を放棄して失踪し、東京で殺人を犯すようなことになったのか――。

「崎津に、妹がいるというようなことを聞いたことはありませんか……」

片倉が、訊いた。

荒川は一瞬だけ考えたが、首を横に振った。

「聞いたことはないですね……。あの震災で両親を亡くして、崎津さんは天涯孤独やというとりましたから……」

〝事件〟に直接関係するような事実は、何も出てこない。

「荒川さんと崎津の間に、共通の知人のような人はいませんでしたか」

「会社には、何人かいたと思いますが……」

当時の会社の同僚は、すでに神戸水上署の信部がほとんど当たっている。

「いや、会社ではなくて、外部に、という意味ですが……」

「そんな人は、いないな……。よく行った三宮の居酒屋の店員とか、せいぜいその程度ですかね……」

荒川が、考え込む。だが、しばらくして何かを思い出したように、荒川がふと視線を上げた。

「いや、一人だけいますね……」

「どんな人ですか」

「いや、共通の知人というわけではないんですが、何度か崎津さんの〝彼女〟に会ったことがあるんです……」

「〝彼女〟ですか……」

片倉と柳井が、顔を見合わせた。

「それは、いつごろの話ですか」

荒川によると、崎津に〝彼女〟を紹介されたのは平成一三年か一四年ごろだったという。

ちょうどお盆休みで松江に帰省した時で、やはり美保関に戻っていた崎津と中海で釣りをした。その時に崎津が若い女性を連れてきて、「自分の〝彼女〟だ……」と紹介されたことがあった。

当時、すでに三十代の半ばに差し掛かっていた崎津にしては、ずい分若い〝彼女〟だと思った記憶がある。色白の小柄な美人で、当時はまだ独身だった荒川には眩しく見えたものだった。

「その〝彼女〟と会ったのは、一度だけですか」

片倉が訊いた。

「いや、違います。その次の正月だったか、やはり松江に帰った時に一緒に飲んだことがあったと思います……」

「しかし、おかしいですね……」柳井が、首を傾げる。「確か崎津は、〝天涯孤独〟だったはずですよね。実家や家族もないのに、なぜ松江に〝帰省〟したんでしょう……」

荒川が、少し困ったような顔をした。

「〝天涯孤独〟とはいっても、遠い親戚ぐらいはいたんかなぁ……。それに、その〝彼女〟というのが、確か美保関の近くの人だったんですよ。それで崎津さんは、そのころ……。お盆や正月だけでなく、週末はほとんど美保関に帰ってましたから……」

崎津の〝彼女〟が、松江市の美保関の近くに住んでいた——。

「その崎津の〝彼女〟の名前を、覚えていませんか」

「いや、それがまったく……。確か、〝ミカ〟とか〝ミキ〟とか呼んでいたようにも思うんやが……」

それではまったく、手懸りにならない。

「他に、何か覚えていることはありませんか。美保関のどこに住んでいたとか、どんな仕事をしていたとか、どんなことでもいいんですが……」

「そうだなあ……」

荒川が、腕を組んで考え込んだ。しばらくして、何かを思い出したように視線を上げた。そして、いった。

「何かの時に、その〝彼女〟のお父さんに借金があって、それを返すために働かなくちゃならないとか……」

多少の手懸りにはなりそうだが、けっして珍しい話ではない。

「他には……」

片倉が訊くと、荒川が小さく頷いた。

「そうや。ひとつ、思い出した。その〝彼女〟……崎津さんのお母さんの方の、遠い親戚に当たるとかいってましたわ……」

それだ。

片倉は、直感的に思った。

その〝彼女〟こそは、平成一九年の暑中見舞に書かれていた〝若精霊〟、つまり崎津のいう〝妹〟ではなかったのか。

聴取は一時間ほどで終わる予定だったが、かなり長いこと話し込んでしまった。ひと通りの話を聞き終えたころには、時間はすでに一〇時を過ぎていた。

車に乗ると、助手席で待っていた信部がいった。

「いかがでしたか。何か、収穫はありましたか」

「ええ……。収穫といえるかどうか、平成一三年から一四年ごろに、崎津に〝彼女〟がいたようですね。話の内容はすべて録音してありますので、いま柳井の方からそちらのメールアドレスに音声を送信しておきます」

柳井が、横で頷く。

運転席に座っている河合が、無言で車を出した。

「平成一三年いうたら、ずい分とまた古い話ですな。まあ、崎津にだって〝女〟くらいはいたですやろ。そしたら、次に行きましょか」

次は、崎津の両親が震災で亡くなった、当時の長田区の自宅周辺に向かう予定になっていた。近所には、中学から高校時代の崎津と両親のことを覚えている者が何人かいるらしい。だが、捜査という意味では、あまり期待できそうもない。

「信部さん、すみません。予定を変更して、新神戸の駅に向かってもらえませんか……」

「いや……それはかまいまへんが……」

「柳井、ちょっと頼みがある」

片倉が、横の柳井にいった。

「何でしょう……」

「新幹線の帰りの便を、キャンセルしてくれ。それから、美保関に一番近い空港から羽田まで、最終便は何時だ。もしくは、明日の一番の便でもいい」

「ちょっと待ってください……」柳井がすぐに、タブレットで検索した。「今日の最終はANA390便で、二〇時五〇分発です。明日の朝一番はやはりANA382便で、七時一五分発ですね……」

明日の午前九時からは、重要な捜査会議がある。だが、ここまできてそんなことはいっていられない。

「よし、明日の一番の便を、二人分予約してくれ。これから、松江に行くぞ」

片倉が、静かにいった。

7

新神戸駅から一〇時二三分発の新幹線〝のぞみ11号〟博多行きに飛び乗り、一〇時五五分に岡山駅着——。

ここでさらに一一時五分発の特急〝やくも9号〟出雲市行きに乗り換え、一三時三七分に松江駅着——。

幸運にも乗り換えはうまくいったが、最短時間で向かっても新神戸から松江までは三時間一四分も掛かる。山陰は、地の果てのように遠い。

新幹線の車中で、片倉は思った。崎津はこれだけの距離を、ほぼ毎週のように通っていたという。もし崎津が車を持っていたとしても、並大抵の労力ではなかったはずだ。造船所の工員という立場では、経済的な負担も大きかったことだろう。それほどまでにして松江に通わなくてはならなかった〝恋人〟とは、崎津にとってどのような存在だったのか——。

岡山駅で〝千屋牛《ちやぎゅう》弁当〟を二つ買い、ホームに向かう。

二番線にはすでに、381系の〝やくも9号〟が発車を待っていた。最近——〝乗り鉄〟というほどではないが——休日に地方の在来線を訪ねる趣味を持ちはじめた片倉にとって、一度は乗ってみたかった車輛だった。こんな時でもなければ、もっと楽しめたのだが。それでも片倉はポケットからルミックスのデジタルカメラを出し、薄いベージュに赤いラインの入った381系の写真を撮った。

「康さん、何してるんですか」

柳井が、怪訝そうに片倉を見ていた。

「いや、何でもない。乗ろうか……」

二人が席に座ると、間もなく列車がホームを離れた。これでやっと、ひと息つくことができた。

〝やくも9号〟に乗ってからも、柳井はタブレットと携帯を使って各方面と連絡を取り合っていた。まず松江市の所轄の松江警察署に連絡を取り、事情を説明して捜査の協力を求める。次に松江市役所の市民課にアクセスし、同じく捜査協力を求め、崎津の父親の〝戸籍の原本〟を用意しておくように要請する。さらに石神井警察の今井課長に連絡を入れ、今回の〝出張〟の途中経過と共に、これから松江に移動するために「明日の会議には出られない」ことを告げる。

あくまでも〝報告〟だ。この件について、〝キンギョ〟に許可を求める気など、さらさらない。

片倉は早目に、弁当を開けた。窓の外の、色彩のない初冬の景色を眺めながら、飯を食う。

弁当は岡山県産の千屋牛がことの外、美味かった。たまには鳥めしではなく、牛めしも悪くない。腹が充ちると急に睡魔に襲われ、片倉はいつの間にか眠りに落ちていた。

断片的な、夢を見た。夢の中に崎津が現れ、片倉に何かを話し掛けては消えた。その間にも特急〝やくも9号〟は、山間《やまあい》の静かな風景の中を走り続けていた。

どのくらい、眠っただろう。目を覚ますと、すでに列車は生山《しょうやま》駅を出て、根雨《ねう》駅を通り過ぎるところだった。しばらくすると右手の牧草地の向こうに、異国の富士を見るような美しい独立峰が聳えていた。

片倉は誰に訊くまでもなく、その山が崎津の書簡に書かれていた名峰大山であることがわかった。あの〝事件〟から九年もの時を経て、いつの間にか片倉は、崎津の故郷へと導かれていく宿命のような不思議さを感じていた。

列車はやがて米子《よなご》駅に到着し、一分の待ち時間を経て出発した。松江は、もう間もなくだ。崎津の故郷に立てば、理屈ではなく、いまの曇天が晴れるように何かが見えてくるような気がした。

〝やくも9号〟は、時間どおり一三時三七分に松江駅に着いた。

時間はない。実質的に〝地取り〟ができるのは、今日の夜までの数時間だ。それまでに、〝何か〟を摑まなくてはならない。

「〝足〟は、どうしますか」

駅の構内を早足で歩きながら、柳井が訊いた。

「タクシーでいい。とにかく、時間を無駄にするわけにはいかんだろう」

駅前のタクシー乗り場で車を拾い、警察手帳を見せて半日借り切った。そのまま松江警察署に向かい、タクシーを待たせて型どおりの挨拶をすませる。再びタクシーに乗り、初老の運転手に次は松江市役所に行くように命じた。

その間、おそらく今日の夜までは、メーターは回したままだ。〝出張〟の経費など計算したくもないが、いずれにせよ、署に戻ってから始末書の一枚も書けば事は足りる。

松江市役所は警察署から大橋川《おおはしがわ》を渡った対岸、県庁の手前にあった。国道を挟んで宍道《しんじ》湖《こ》を望み、背後には松江城を仰ぎ見る。最近の地方都市の市役所としては華美なところがなく、むしろ質実な気風の建物だった。

市役所の前の駐車場でタクシーを待たせ、建物に入っていった。受付で市民課の場所を訊き、本館一階三番の市民課の窓口に向かう。片倉と柳井がカウンターに立つと、それだけでわかったのか、担当者らしき職員が椅子を立ってこちらに歩いてきた。

「すみません、東京の石神井警察署から来た片倉と柳井です」

「お待ちしてました。お電話でお話しした〝オオサコ〟です……」

市役所の職員らしく、いかにも真面目そうな男だった。胸の名札に〝大廻〟と書いてある。

「それで、お願いしておいたものは見つかりましたか」

「はい、こちらへどうぞ……」

カウンターの中の、衝立で囲った談話室のような一画に通された。そこに大廻が、古くぶ厚い戸籍の基本台帳を一冊、持ってきた。

「これですね……」

大廻が台帳を捲り、片倉と柳井の前に差し出した。

「拝見します……」

片倉が確認したかったのは、崎津直也本人の戸籍ではない。崎津の父親の、崎津総太郎の戸籍の原本だ。

〈――籍本
島根県松江市美保関町美保関伍百××番地
氏名　崎津　総太郎
昭和弐拾九年六月弐日編成
昭和拾四年七月六日　島根県八束《やつか》郡美保関町美保関伍百××番地出生同月八日父届出
父　崎津喜ノ介《きのすけ》
母　フサエ――〉

「この、美保関町美保関伍百××番地というのは……」

片倉が訊いた。

「たぶん、美保神社の近くですね……。美保関港があって、湾の周囲に古い旅館が何軒か建っているあたりだと思いますが……」

戸籍の原本は、さらに続く。

〈――戸籍に記載されている妻　久仁子
昭和四拾年六月拾七日転入
父　小畑久一《きゆういち》
母　菊江《きくえ》
続柄　次女
子　直也
昭和四拾弐年四月弐拾九日出生
続柄　長男
平成七年壱月拾七日　崎津総太郎死亡　同年同日妻久仁子死亡
平成七年弐月弐拾六日戸籍閉鎖――〉

これだ……。

崎津の母の久仁子の旧姓は、〝小畑〟だった。

「この小畑久一という人の戸籍は、松江市にありますか」

片倉が訊いた。

「さあ、調べてみないとわかりませんが……」大廻がいった。「小畑という集落が美保関の方にありますから、そのあたりかな……」

「一応、調べてみてくれませんか……」片倉が、腕の時計を見た。「よし、我々は美保関に行こう。時間がない。後でまた、連絡します……」

片倉と柳井が、慌しく席を立った。

次は、美保関だ。

8

いつの間にか厚い雲が割れ、西日が差しはじめた。

片倉はタクシーの窓を開け、天使の梯子に煌めく広大な水面に、ぼんやりと見とれていた。

島根県の松江市から安来《やすぎ》市、さらに鳥取県境港市から米子市にかけて広がる中海は、ただひたすらに平坦で、とりとめもなく茫洋とした水辺だった。

昔、日本海側に開いた湾が砂州によって入口を塞がれてできた潟湖《せきこ》で、湖としては日本で五番目の広さを持つ。西は大橋川で宍道湖に通じ、東は境水道により日本海に繋がっている。そのために外海から海水が流れ込む汽水湖で、海水魚も淡水魚も生息する不思議な湖である。

湖の北側には、大根島《だいこんじま》と江島という二つの島がある。それぞれの島と対岸は、浅場に土を盛っただけの真っ直ぐで低い道路で結ばれている。その道を車で走ると、まるで水面を渡っているような錯覚を覚える。

片倉は初老のタクシーの運転手の説明に耳を傾けながら、窓の外を流れていく風景をぼんやりと眺めていた。その風景の中に、釣り竿を手にする若き日の崎津と荒川の幻影を見たような気がした。

やがて水上の道は湖を過ぎて、北の島根半島へと渡った。ここはもう崎津の生まれ故郷、美保関町だ。中海を離れ、短いトンネルを一つ抜け、さらに境水道に沿って東の地蔵崎へと向かう。

境水道は、大きな漁船や貨物船が行き来するまるで運河のような海峡だった。対岸に見える大きな町は、鳥取県の境港市だ。こうして見てみると島根県の松江市と鳥取県とは、本当に目と鼻の先だ。

水道の沿岸には、大小様々な造船会社が多かった。対岸の埠頭にもドックや造船工場のような、大きな建物が並んでいる。

ここは正に、水と造船の町だ。このあたりで生まれた少年たちが水に親しみ、船に憧れ、ごく自然に造船の道へと進む気持も理解できるような気がした。

だが、崎津はなぜその造船を捨て、人を殺めるような道に足を踏み入れることになってしまったのか——。

間もなく右手前方に、境水道の空を跨ぐ巨大な橋が見えてきた。

「あの橋は」

片倉が、運転手に訊いた。

「がいな（大きな）橋だけえ。あれさ境水道大橋だっちゃね」

「あの橋を渡れば境港市……もう鳥取県ですか……」

「そうだっちゃ。ここから車で、五分も掛からねえです……」

九年前の事件——。

加害者の崎津の故郷が島根県の美保関で、被害者の釜山克己が鳥取の出身であったことは偶然ではない。偶然の訳がない。いまさらながらに、そう思う。

しばらくして、境水道大橋の入口を通過した。片倉は、窓から巨大な橋を見上げた。橋の下には貨物船が行き来し、西日に光る欄干の上には無数のカラスがけたたましく鳴きながら舞っていた。

長く続いた境水道も終わり、風景が開け、道はさらに美しい美保湾に沿って伸びる。遠い対岸に延々と連なる白い砂浜は、鳥取県米子市の弓ヶ浜《ゆみがはま》だろうか。背後に霞む山々は厚い雲に覆われているが、晴れてくれれば雲間には名峰大山が聳えているに違いない。

海崎港《かいざきこう》という小さな漁港を過ぎ、山側に登っていく細い分岐点の手前に差し掛かった時だった。運転手がタクシーの速度を緩め、いった。

「この先を左に曲がっと、刑事さんらがいっとられた〝小畑〟が家だで、どうするかね……」

片倉は、傍らの柳井と顔を見合わせた。だが、時間は間もなく、午後三時になろうとしていた。

「時間がありませんね。先に、行きますか……」

柳井が時計を見ながらいった。

「そうしよう」片倉が、運転手にいう。「先に行ってください」

タクシーがまた、速度を上げた。

美保関港は、まるで小さな湾を取り囲む箱庭のような美しい漁港だった。ここが、崎津直也が生まれた美保関町美保関伍百××番地のあたりだ。松江から東の地蔵崎に向かっていくと、湾の入口に小さな石塔と赤い欄干の太鼓橋があり、その奥に静かな漁港が広がっている。長い堤防の先端には釣り師が竿を出し、その前を赤く染まりはじめた西日の中にイカ漁の漁船が出港していく。

漁港に沿って、タクシーを進める。山側には古い旅館やホテル、土産物屋が軒を連ね、漁港側には干したイカを焼いて売る小屋が並んでいた。

正面には小さな郵便局があり、その先に美保神社の入口が見えた。すべて、市役所の大廻という職員がいったとおりだった。ここが間違いなく、崎津の生まれ故郷だ。

片倉は、タクシーを美保神社の古い鳥居の前で止めさせた。

「ここで降りてみよう」

運転手に待つようにいって、柳井と共にタクシーを降りた。

潮の香と海鳥の声を運ぶ風の中を歩いた。土産物屋の前を通り、石畳の参道を登っていく。鳥居を潜り、しばらく行くと、山の中腹の境内に大社造と呼ばれる左右二殿連棟の勇壮な社殿が聳えていた。

片倉は社殿を仰ぎ、手を合わせた。

目を閉じて、思う。いつの日か、おそらく何年も前に、崎津直也もこの地に立ち手を合わせたことがあったはずだ。

崎津はその時、何を考えていたのだろう。もしかしたらその傍には、〝恋人〟の姿があったのか。だが、いくら念じてみても、崎津の声も、姿も、片倉の心には何も浮かんでこなかった。

「柳井、この場所から何か感じるか」

片倉が訊いた。

「いや、特に何も……」

柳井が一瞬考え、いった。

「よし、次に行こう」

片倉は踵を返し、また参道を下った。

美保関に来たからといって、何か明確な手懸りがあるわけではなかった。〝地取り〟で頼れるものがあるとすれば、刑事としての〝勘〟と自分の二本の足だけだ。

神社を出て漁港まで下り、道を少し戻った。美保関郵便局は、瓦屋根の和風の小さな建物だった。赤い丸ポストが一つ、入口に立っていた。

片倉は柳井と共に、迷うことなく郵便局に入っていった。

時間はすでに、三時二〇分になっていた。片倉は、窓口の女性に警察手帳を見せた。女性は戸惑い、用件がうまく伝わらず、奥から別の男を連れてきた。

「どのようなご用件ですか……」

男の胸には〝局長〟と書かれた名札が付いていた。片倉はもう一度、用件を簡単に説明した。

「実は、東京の石神井警察署からある事件の捜査に来たのですが、この局の管内に〝崎津〟という家はありませんでしょうか。字は、こう書きます……」

片倉はカウンターの上にあったメモ用紙に、ボールペンで〝崎津〟と書いた。局長はそのメモを見てしばらく首を傾げ、いった。

「この地域には、そぎゃん家はおらんですなあ……。松江の市内の方には、ああますて思いますが……」

「おそらく昭和五十年代の後半ごろまでは、この住所に住んでいたと思うんですが……」

柳井がそういって、崎津の父の〝崎津総太郎〟の戸籍の写しを見せた。

「美保関の伍百××番地ですか……。この住所ならば、わかりますがや。けど、崎津やのうて、他の人が住んどりますがな……」

局長がそういって、カウンターの中から郵便局の外に出た。道路の前まで歩き、湾の奥を指さした。そして、いった。

「あそこに、白い建物の旅館が見えますかいね。あの裏あたりに、袖本《そでもと》さんが家がありますがや。そこが、その住所ですがね」

やはり、美保関に〝崎津〟の痕跡は残っていなかった。

「もうひとつ、お訊きしたいんですが」

片倉がいった。

「何ですがね」

「この局の管内に、〝小畑〟という家はありませんか。名前は小畑久一《きゅういち》という人です」

「このあたりには〝小畑〟が家が何軒かありますが、小畑久一という人は知らんですな。

ちょっと、待ってください」

局長はそういうと、一度カウンターの中に戻り、コピーした地図を一枚持ってきた。

「これは」

「美保関と、小畑地区あたりの地図ですがね。いま、うちの局で〝小畑〟が家は、ここと、ここと、ここと……」

局長が赤いボールペンで、地図に印を付けていく。この近隣に〝小畑〟という家は美保関港の周辺に二軒。小畑地区に四軒の計六軒あった。

「ありがとうございます。助かりました」

片倉は地図を受け取り、郵便局を出た。

「次は、どこに行きますか」

「まず、崎津の生家だった袖本という家に行ってみよう」

片倉と柳井は、早足で海辺の道を歩いた。

初冬の陽光は西に大きく傾き、あたりの風景は黄昏に染まりはじめていた。

9

〝袖本〟という家は、すぐに見つかった。

山を背にして軒を連ねる中の一軒で、ごく普通の古い民家だった。おそらく、昭和三十年代か四十年代に建てられた家だろう。この家で崎津直也が生まれ、育ったのか。そう思うと、感慨にも似た思いが胸を過る。

庭先に漁具が置いてあるところを見ると、いまは漁師が住んでいるのだろうか。呼び鈴を押し、しばらく待つと、小柄な老婆が顔を出した。

警察手帳を見せると、驚いたような顔をした。以前、この家に住んでいた〝崎津〟という家族のことを訊ねてみたが、老婆は何も知らなかった。訛りが強くて話がよく理解できない部分はあったが、どうやら以前、この家は借家だったようだ。そのころに誰が住んでいたのかは、わからないという。

「次は、どこに行きますか」

柳井がいった。時計を見ると、間もなく午後四時になろうとしていた。

「この近くに〝小畑〟という家が二軒あったな。とりあえず、そこに行ってみよう」

郵便局で手に入れた地図を見ながら、漁港の街を歩く。一軒目の〝小畑〟は、すぐに見つかった。だが、空振りだった。住んでいたのはまだ三十代くらいの若い漁師の夫婦で、崎津の祖父に当たる〝小畑久一〟について訊いてみたが、何もわからなかった。

だが、二軒目の〝小畑〟で、確かな手応えがあった。

家は漁港に面した、小さな土産物屋だった。最初の若い漁師夫婦の伯父に当たる家で、昔のことなら何か覚えているかもしれないといわれていた。

店先では、初老の女性が一人で店番をしていた。警察手帳を見せ、用件を告げた。奥から、亭主らしい男が顔を出した。

「ああ、小畑久一なら、よく知っとるがや。うちの、爺様だっちゃ……」

片倉は柳井と顔を見合わせ、お互いに頷いた。

小畑尚道《なおみち》というこの家の主人は、祖父のことをよく覚えていた。久一はひとつ手前の小畑の集落に住み、もう三〇年ほど前に亡くなったという。伯母——崎津の母の久仁子——のことも、名前と顔は一致しないが何となく印象はあるようだった。

「久仁子さんは確か、〝崎津〟がえに嫁に行きちょらいはったと思ったが……」

小畑が、古い記憶を辿りながらいった。

「そうです。昭和四〇年の六月に、この裏の崎津総太郎という人と結婚なさったようですね」

片倉が、説明する。

「そうだったか。古いことで、あまり覚えとらんが。確か、神戸の大震災で亡くなったとか、そげなこと聞いたが……」

「そうです。崎津総太郎と久仁子さんの夫婦は、平成七年の阪神・淡路大震災で亡くなったようですね」ピースが、ひとつずつはまりはじめた。「ところで小畑さんは、久仁子さんに〝直也〟という息子さんがいたことはご存知ありませんか」

だが、小畑は妻と顔を見合わせ、首を傾げた。

「男の子がいたような気がするが……。わしらはそのころ、大阪の方におったけえ……」

「その崎津直也が、九年前に東京でちょっとした事件を起こしたんですが……」

「それも、知らんなあ。久仁子さんは、ほとんどこちらには戻らんかったけな……」

無理もない。久仁子は二〇年も前に、亡くなっている。崎津直也が東京で人を刺したのは、それから一〇年も後だ。

しかも崎津は逮捕された当初、徹底して黙秘を通した。自分の身元すら、明かさなかった。九年前の当時の新聞にも、〝崎津直也〟の名は一切載らなかった。

「実はもう三週間近く前になるんですが、その崎津直也も亡くなりましてね……。神戸港に、仏さんが浮いていたんですよ……」

いつの間にか片倉も、店の夫婦と共に店先の椅子に座り込み、つい長話になっていた。

「何でまた。殺されたんだか？」

小畑夫婦が、驚いたように顔を見合わせた。

「まだ、事故なのか〝事件〟なのかは所轄で捜査中なので、はっきりしたことはわかっていませんが……」

「きょうとい（恐ろしい）ことだがね……」

「ところでその崎津直也に以前、恋人がいて、その女性が久仁子さんの遠い親戚に当たる方だったらしいんですが、何か心当りはありませんか」

片倉が、訊いた。

「久仁子さんの親戚っていったら、〝小畑〟が家の者《もん》だがや。いったい、誰のことだっちゃね……」

夫婦がまた、顔を見合わせる。

「平成一三年か一四年に、二十代の前半だとすると、いま三十代の後半か四〇歳くらいの女性だと思います」

柳井がいった。

「名前は〝ミカ〟か〝ミキ〟だったかもしれません」

だが、夫婦はまったく心当りがないというように首を傾げている。

「わからんがね……」

柳井が、さらに付け加えた。

「その女性のお父さんは、何かの理由で〝借金〟があったのかもしれません。その借金を返すために、娘さんがどこかに働きに行かなければならなかったとか。そんな話、ご親戚の内輪で耳にしたことはありませんでしたでしょうか……」

夫婦が首を傾げ、お互いにまた顔を見合わせた。

「それな、能海《のうみ》さんとこの話でねえがえ」

何かを思い出したように、妻の方がいった。

「そうか、能海んとこの正信《まさのぶ》の話かもしれんがね……」

亭主の方も、そういって頷いた。

「その能海さんというのは」

片倉が訊く。

「能海というのは、うちの爺さんの嫁、婆さんの方の家系だっちゃね……」

店の主人によると、能海正信というのは自分の又従兄弟《またいとこ》、崎津の母の久仁子の従兄弟に当たる男だったようだ。いかにも地方の姻戚関係らしく、複雑だ。小畑も正確な関係がよくわかっていないようで、店の包装紙の裏にボールペンで家系図のようなものを書きながら説明をはじめた。

能海正信という男は以前、〝川向こう〟の鳥取県境港市に住んでいた。職業は、造船工だった。だが、一五年ほど前にどこかの水商売の女に夢中になり、家も財産もなくして姿を消した。

地方の小都市では、ありがちな話だ。

その能海には、確か一人娘がいたはずだ。名前は〝ミカ〟かもしれないし、〝ミキ〟だったのかもしれない。そんな話を、人伝に聞いたことはあるという。

片倉は小畑の話に耳を傾けながら、考える。一五年ほど前といえば、川村重工の荒川が崎津の恋人に会った〝平成一三年か一四年ごろ〟の直前だ。時系列は、一致する。

問題はその能海正信の一人娘というのが、本当に崎津の恋人であったのかどうかだ。崎津親子と能海が同じ造船関係ということを考えれば、親戚以上の何らかの付き合いがあっても不思議ではない。

「その、能海さんが夢中になった〝水商売の女〟というのは、境港市の人なんでしょうか」

柳井が訊いた。

「さて、どうだがえ……」亭主が答える。「この美保関にゃ、そんな女のいる店がああませんがね。〝川向こう〟なら、スナックやら何やらああますが……」

〝川向こう〟、すなわち境水道より鳥取県側の境港市のことだ。確かに境港市ならば、女のいるような店も少なくはないだろう。だが、それにしても、なぜか鳥取県側に導かれているような気がしてならない。

「ところでその能海さんという方の一人娘ですが、何か特徴とか年齢とか、覚えていることはありませんか」

片倉が訊いた。

「さて、そげなこといいなっても……」

二人が、顔を見合わせて考える。

「お前、能海の娘に会ったことあるだかいや?」

亭主が、女房に訊いた。

「ほら、あの時、婆さんの葬式ん時に連れて来た女の子がそうだがえ」

二人の話によると、崎津の祖母の小畑菊江が亡くなったのが平成六年、あの阪神・淡路大震災の前年だった。弔問に訪れた時に能海は、妻と小学生の女の子を一人連れていた。その女の子が〝ミキ〟または〝ミカ〟ではなかったかという。

「あんた、覚えてないがえ」女房が、亭主にいった。「ほら、髪の長い可愛い女の子だったがね……」

「ああ、あの子がえ……」

主人が、頷いた。

「その女の子は当時、何歳くらいだったかわかりますか」

「さて、一〇歳くらいだったがえ……」

平成六年当時に一〇歳とすると、現在は三〇歳。崎津が〝付き合っていた〟とされる平成一三年か一四年当時には、まだ一七〜八歳だったということか。三十代半ばの男の〝彼女〟としては、少し若すぎるかもしれない。

「その娘さん、もしくは能海さんの奥さんでもいいんですが、その後の消息はわかりませんか」

柳井が訊いた。

「さあ……。能海は行方不明だといってたし、奥さんも土地を離れたと聞いたっちゃがね……」

「その、能海正信さんの奥さんの名前はわかりますか」

「どうだったか……」

小畑の女房が、近くの親族に何軒か電話をして訊いてくれた。ほとんどの家の者が、能海のことをよく覚えていなかった。だが、一人だけ、記憶している人間がいた。

「たぶん、〝サチコ〟といったらしいがね。佐渡の〝佐〟に知るの〝知〟、それに子供の〝子〟と書くんだといっちょうが……」

女房がそういって、包装紙に〝佐知子〟と書いた。

夫婦から聞き出せたのは、それだけだった。


店を出た時には、すでに午後四時半を回っていた。

だが、まだ空に明るさは残っていた。日没まで、二〇分以上はあるだろう。

「次は、どうしますか」

歩きながら、柳井が訊いた。

「日が沈むまでに、もう一カ所だけ行きたい所がある。急ごう」

早足で歩き、美保神社まで戻った。待たせてあったタクシーに乗り込み、運転手に告げた。

「美保関灯台まで行ってください」

タクシーは、すぐに走り出した。美保関漁港から灯台までは、一〇分も掛からなかった。その間にも少しずつ、周囲の風景から光が奪われていく。

灯台の下の駐車場にタクシーを待たせ、小道を登った。奇妙なことに、岬に近付くにつれて雲が薄くなり、黄昏に染まる空はいつの間にか晴れ渡りはじめていた。

小道をしばらく行くと古い小さな灯台の前を過ぎ、小高い見晴らしのよい丘の上に出た。眼下に、雄大な風景が開けた。日本海だった。

ここだ……。

目の前に、道標のような説明看板が立っていた。

〈——地蔵崎
大山隠岐国立公園島根半島の最東端に位置するこの岬からは、晴れた日には日本海はるか沖に隠岐の島じまも望むことができます。——〉

〈——前方の島は隠岐の島
左前方は島前《どうぜん》（知夫村まで53ＫＭ）

右前方は島後《どうご》（西郷町まで67ＫＭ）――〉

道標に記されたとおりに、遥か水平線の彼方にかすかな二つの島影が霞んでいた。あれが、隠岐の島だ。その島影を目指すように、西日に光る水面を、白い客船が長い航跡を描きながら進んでいく。

片倉はしばらく、その美しい光景に見とれた。ここは正に、崎津直也の書簡に書かれていた〈――この世のものとは思えない風景――〉の地蔵崎に相違なかった。

「この場所を、崎津は五月に〝妹〟と訪れたんでしょうか……」

暗く沈み行く沖を眺めながら、柳井がぽつりといった。

「そうなんだろうな……」

その時には、岬に五千本ものツツジの花が咲き乱れていた。それは、いつの五月のことだったのか。だが、いくら頭の中にその風景を思い浮かべようとしても、崎津の〝妹〟の顔が見えてこない。

片倉は、暗くなりはじめた地蔵崎の先端に向かった。隠岐とは逆の南東の方角を見ると、静かな美保湾の先の弓ヶ浜の向こうに大山が聳えていた。

いまは雲も晴れ、大山は片倉がこの地に着くのを待っていたかのように、山裾から頂上まで姿を現していた。天空から下界を見下ろすような、勇壮な佇まいの独立峰だった。崎津は地蔵崎から眺める大山について、こう綴っていた。

〈――地蔵崎の先端に立って南東の方角を見れば、美保湾の先の鳥取県側に名峰大山が霞んでいます――〉

片倉と崎津の間にある時空の隔たりが、九年もの時を経て、いま完全に重なったような気がした。

日没の時刻を過ぎ、あたりが暗くなりはじめたいまも、大山の山頂だけは西日に赤く染まっていた。だがその最後の光も、片倉の目の前で消えていった。

やがてすべてが、闇の中に沈んだ。

10

タクシーの運転手の紹介で、宿を取った。

美保関の湾に面した『福冨館』という、一七一七年創業の古い旅館だ。

日本海の海の幸をふんだんに使った料理も旨いらしく、それで一泊二食付きで八〇〇〇円なら悪くない。刑事にだって、出張先でのそのくらいの骨休めは必要だ。

もし署の経理が文句でも付けたら、松葉ガニの特別料理と二人分の晩酌代も含めて自腹を切ってやればいい。どうせ片倉の腹は、もう傷だらけだ。

熱い風呂に入ると、この二日間の出張の疲れがだいぶ楽になった。いや、そもそも、〝疲れ〟を意識すること自体が歳を取った証拠だ。昔は朝から晩まで〝地取り〟で歩き回り、二日や三日は寝なくても、疲れたなどとは思わなかったものだが。

風呂から上がり浴衣と丹前に着替え、食堂に向かった。部屋番号が書かれているテーブルの上には、他の何組かの客と共にすでに食事が並んでいた。さっそく仲居にビールを注文し、柳井と共にグラスに注ぎ、風呂で温まった体に流し込む。

先程から何度か署から携帯に電話が入っているようだが、そんなことは知ったことか。この一瞬だけは、自分が刑事であることを忘れたい。

「おい、柳井……」

手酌で自分のグラスにビールを注ぎながら、いった。

「何です、康さん」

「お前、おれとコンビを組んでると、出世できないぞ」

「かまいませんよ。私は出世するために、警察官になったわけじゃありませんから」

柳井が、そういって笑った。それでも、この男は出世するだろう。

しばらくは特別料理の松葉ガニに夢中になり、片倉も柳井も口数が少なくなった。日本海のズワイガニはちょうど解禁になったばかりで、幸運だった。いまの時季に松江に来てこれを食わずに帰れといわれても、それは無理だ。

しばらく松葉ガニと格闘し、ビールで咽を潤しながら、少し落ち着いたところで片倉がいった。

「やっと、形が見えてきたな……」

細い糸を手繰るうちに、何かが漠然と見えてきたような気がする。

「確かに、そうですね。しかし、問題は、これから我々は何を追っていけばいいのか。その判断が難しいですね……」

柳井がいうことも、確かだった。自分たちはやっと、崎津直也という男のスタートラインまで辿り着いた。だが、ここがこの〝事件《ヤマ》〟のひとつの分岐点になるだろう。

「おれは、あの土産物屋の夫婦がいっていた、能海正信という男が気になるな……」

崎津直也と同じ、造船業界にいた親族の男。その能海が〝女〟に夢中になり、姿を消した。家をなくすほどだから、そのために使い込んだ金も並大抵ではなかったはずだ。

「とりあえず、能海の線は洗ってみるべきでしょうね……」柳井がカニを食いながらいった。「能海の娘が何という名前だったのか、それだけでも確かめてみないと……」

もし能海の娘が〝ミカ〟か〝ミキ〟だったとすれば、一気に〝本線〟に近付くことができるのだが。

るだろう」

「もし能海が境港市に住んでいたのが確かならば、市役所に問い合わせてみれば何かわかるだろう」

「そうですね。能海本人が〝未帰宅者〟でも、女房の佐知子の転出先くらいはわかるかもしれませんね」

もしくは娘の〝ミカ〟か〝ミキ〟という女か。だが、今回の〝事件〟に能海という男が関係しているのかどうかは、まだ何の確証もない。

「とにかく、その〝ミカ〟か〝ミキ〟という女を探し出すことが先決だな」

片倉がカニを食い終え、お絞りで手を拭った。

はたして崎津の恋人だったという女は、本当に能海の娘だったのか。もしくは、まったく別の女なのか。それだけでも確認しないと、ここから先には一歩も進めない。

「もうひとつ、気になることがあるんですが……」

柳井がいった。

「何だ」

「例の能海が夢中になったという、〝水商売の女〟です。でも、これは考えすぎかもしれないけれど……」

「その女の、何が気になるんだ。いいから、いってみろよ」

「はい。これは何の根拠もないただの〝ヤマ勘〟なんですが、その〝水商売の女〟というのは、もしかしたら新神戸の駅の防犯カメラに映っていた、あの〝サングラスの女〟だったのではないかと……」

刺身に箸を伸ばそうとしていた片倉の手が一瞬、止まった。

あの女は、確かに典型的な〝水商売の女〟に見えた。能海がその女に夢中になっていたのは、土産物屋の夫婦によれば一五年ほど前だ。サングラスの女は、年齢的にも矛盾していない。

だが……。

「それはいくらなんでも、飛躍しすぎだろう」

片倉がそういって刺身を口に放り込み、笑った。

「そうですね。単なる当てずっぽうでした。すみません」

柳井も、笑った。

空いた皿を下げにきた仲居に、日本酒の熱燗を注文した。この季節、日本海の魚を味わうには、やはり日本酒に限る。幸い、腹に開いた穴の方は完全に塞がってくれたようで、調子はいい。

お銚子を運んできた仲居に、片倉は何気なく訊いた。

「仲居さん、このあたりに昔、崎津さんという家があったのを知りませんか。ちょうど、この先の〝美保館〟という旅館の裏にあった家なんですが」

だが、初老の仲居は首を傾げた。

「聞いたことありまへんねえ。私は元々、この土地の人間ではないもんやから……」

「そうですか。妙なことを訊いて、すみませんでした」

特に、期待したわけではなかった。ましてここまできて〝聞き込み〟をするつもりもなかった。ただ、もしこの土地に住んでいた崎津直也を知っている者がいたら、少し話を聞いてみたかっただけだ。

だが、片倉が酒を飲み終え、飯も済むころになって、テーブルに一人の老人が挨拶にやってきた。

老人は、この宿の番頭の〝目次《めつぎ》〟と名乗った。珍しい名字だ。だが、島根県の松江市周辺には、比較的多い名前でもあるらしい。

「仲居から聞いたのですが、崎津さんのことをお訊ねでしたとか……」

片倉と柳井は、思わず顔を見合わせた。

「崎津さんを、知っているんですか」

片倉が訊く。

「はい。私は、この土地の者ですから。崎津総太郎さんのことなら、よく知っておりましたよ」

総太郎は、崎津直也の父親だ。

目次という番頭は旅館業が長いこともあり、言葉にこの土地の訛りもなく聞きやすかった。

「実は、総太郎さんは私の小学校から中学までの、二級先輩でしてね……」

目次が懐かしそうに、話しはじめた。

この美保関港の一画は、美保関町の中でも人口が少ない狭い地域だ。崎津総太郎とは、地元の同じ町立小学校と中学に長い道のりを歩いて通った仲だった。学年は違ったが、美保関港の一帯には同世代の子供は多くなかったので、歳を意識することなく仲は良かったという。

二人とも釣りが好きで、学校から帰るといつも竿を手に港の堤防に出掛けた。夏は海で泳ぎ、サザエやトコブシを採って遊んだ。親の酒をくすねて酔っ払ってみたり、初めてタバコを吸った時も、いつも崎津総太郎と一緒だった。

その後、総太郎は中学を卒業してすぐに漁師になり、それから何年かして境港市の造船工場に転職。目次は中学卒業後に松江の県立高校に進学し、地元で旅館に就職した。だが、二人は進む道は違ってもよく地元の寄り合いでは顔を合わせたし、一緒に釣りをしたりすることも多かった。

「しかし、その崎津さんもあの阪神の大地震で、奥様と一緒に亡くなりましたからなあ。まだこれからという歳だったのに、残念なことです……」

目次は本当に残念そうに、そういって肩を落とした。

「ところで、目次さん。その崎津総太郎さんに息子さんが一人いたはずなんですが、覚えていませんか」

片倉が訊いた。

「ああ、覚えておりますよ。確か、直也君といいましたか」

この美保関に、崎津直也を覚えている人間がいた――。

「そうです。直也さんです。どのような子供さんでしたか」

「そうですなあ。可愛い子供さんでしたよ。生まれた時から知っているし、よくこのあたりを総太郎さんが連れて歩いていたものです。一緒に釣りをしたり、私もよく遊んでやりましたなあ……」

目次は、中学生くらいまでの崎津直也の記憶があるという。このあたりの漁村ではよく見掛けるような腕白で釣り好きな、ごく普通の礼儀正しい少年だった。その後、崎津の一家が神戸に引っ越してしまってからは、一度も会っていない。

〝釣り好き〟という部分は、川村重工の荒川という工員の証言を裏付ける。だが、目次が語る少年時代の崎津直也の印象を聞いても、どこか違和感があった。片倉の脳裏で像を結ぶ、後に殺人犯となる崎津直也の人格とは、どうしても一致しない。

「直也君は、どうしておりますかねえ。いまも、元気にしておるのか……」

目次が、感慨にふけるようにいった。片倉は一瞬、言葉に詰まった。だが、この老人には伝えておくべきだ。

「実は、崎津直也さんは、今月の六日に亡くなりました」

老人が、驚いたように片倉を見た。

「どうして、また……」

「神戸港で、遺体が発見されたんです。事故か事件かは、まだわかりません。我々は警察官で、いまそれを捜査しています」

老人はそれだけで、すべてを察したようだった。

「そげがや……。直也君がねぇ……。おぜな（恐ろしい）ことですなぁ……」

片倉は目次に、崎津直也が九年前に東京で人を刺したことは話さなかった。

その必要はないし、話すべきではない。この美保関での崎津直也は、いつまでも「腕白で釣り好きな、ごく普通の礼儀正しい少年」としてそっとしておいてやるべきだ。

礼をいうと、目次は肩を落として帳場の方に戻っていった。その小さくなった背中が、少し淋しそうだった。老人の話してくれた思い出話は〝事件〟とは直接関係のないことばかりだったが、片倉が崎津直也の真の姿を知る上では、貴重な証言だった。

翌朝、片倉と柳井は五時半に起き、前の晩に作っておいてもらった握り飯で朝食を済ませた。そして六時に宿に迎えにきた前日と同じ運転手のタクシーに乗り、鳥取県側の米子空港へと向かった。

途中、美保関に来る時に見た境水道大橋を渡り、境港市に入る。橋の上から見る、東の空の朝焼けが美しかった。今日は一日、晴れるのだろう。

飛行機の便には、まだ少し時間の余裕があった。運転手に少しわがままをいって、境港市の繁華街の方を回ってくれるように頼んだ。市役所の前を通り、日ノ出町から境港駅へと回ると、町のあちらこちらで漫画『ゲゲゲの鬼太郎』に因んだオブジェや、鬼太郎の銅像を見掛けた。水木しげるロードという道があり、駅前の交番にまで漫画が描かれていた。

そうだ。鳥取県の境港市は、漫画家の水木しげるの故郷だった。せっかくこの地を訪れても、いままで〝事件〟にばかり気を取られていて、そんなことも忘れていた。

境港市の繁華街は、明るかった。確かにこれだけの町ならばスナックや、他にも女を置く店もあるだろう。だが、そのために一人の男が人生を狂わされるような、負の空気は感じられなかった。

米子空港に着いても、あたりは水木しげる一色だった。鬼太郎や他のキャラクターの人形に見送られ、予定どおり七時一五分発のＡＮＡ３８２便、羽田行きに搭乗した。

離陸を待つ間に、柳井がぽつりといった。

「残念でしたね。せめてあと三日、いや一日でもあれば、何か摑めたような気がするんですが……」

本当に、そうだ。〝犯人《ホシ》〟を追い詰めるとまではいかなくても、せめて崎津直也の恋人の身元くらいには辿り着きたかった。

「仕方ないさ。刑事の仕事なんて、そんなものだ……」

月並な、自分に対する言い訳の言葉しか思い浮かばなかった。

間もなく、ANA382便は朝焼けの中に飛び立った。

窓から差し込む、陽光が目映《まばゆ》い。やがて飛行機は、右に大きく旋回して東南東へと進路を取る。遥か眼下に、朝日に光る海と、湾に突き出る半島が見えた。

中海と、境水道と、そして島根半島の地形が手にとるようにわかった。地蔵崎には、灯台も見えた。美保関港には、長い堤防が伸びている。光り輝く美保湾には、無数の漁船が浮かんでいた。

その時、ふと、片倉の脳裏に崎津直也の顔が浮かんだ。

崎津は笑っていたが、どこか淋しげに、片倉を見つめていた。

心配するな。いつか、またここに、戻ってくるよ……。

片倉は、心の中でそう呟いた。

第三章　起点

1

十二月に入っても、不安定な天候が続いた。

何日か雨が降り、それが止むと一段と冷え込みが増し、片倉の腹の傷が疼いた。

気が付くと石神井公園の紅葉もほとんどが落葉《らくよう》し、街からも晩秋の色彩は失せていた。

北の大地からは、そろそろ雪の知らせが届きはじめていた。

久し振りに連絡を取ってきたのは、智子の方だった。唐突に電話が掛かってきて、傷の具合を訊かれた。片倉が、もうだいじょうぶだと答えると、そこで一度、会話が途切れてしまった。

だが、片倉が何気なく食事に誘ってみると、智子は少し考える間を置き、意外とあっさり聞き入れてくれた。

土曜日の休みになるのを待って、片倉は何年振りかで銀座に出掛けた。四丁目の三越のライオン像の前で待ち合わせ、七丁目のすずらん通りまで歩き、『宮川《みやがわ》』に入った。古くからある店で、まだ独身時代に智子と二人で何度か来たことがある。

テーブル席に座り、焼鳥や鰻の串物を肴にビールを飲みはじめた。店も、味も、昔のままだった。三〇年近い年月で変わったのは、人間だけだ。

だが、離婚して七年――。

智子は会う度に、なぜか若返っていくような気がする。

「お腹の傷、本当にもういいんですか」

智子が念を押すのも無理はなかった。ちょうど一カ月前に智子と会った時には、片倉は病院のベッドの上で生死の境をさ迷っていたのだから。

「ああ、ビールを飲んでも漏ってないってことは、穴は塞がってる証拠さ」

片倉が腹を軽く叩きながらいうと、智子がおかしそうに笑った。

「まったくあなたは、変わらないわね。前に、頭を怪我した時もそうだった……」

そういえば、そんなこともあった。

二〇年ほど前に、〝殺し〟の〝犯人《ホシ》〟の〝女〟のアパートを張り込んでいた時だった。張り込みに勘付かれて、〝犯人〟が軽トラックで逃走した。片倉は咄嗟に路地に立ち塞がったのだが、車はそのまま止まらずに撥《は》ね飛ばされた。

肋骨を二本折り、頭を二〇針も縫う大怪我を負った。病院に担ぎ込まれ、智子が駆け付けて、脳波などの精密検査を受けた。だが片倉は医者や智子が目を離した隙に病院を抜け出し、頭に包帯を巻いたまま捜査に復帰した。

あの時は捜査を終えて家に戻ると、智子に泣きながら怒られた。だが、もう、昔のことだ。

「最近、お前の方はどうなんだ」

片倉が訊いた。

一カ月前に会った時には病院のベッドに寝かされ麻酔で朦朧《もうろう》としていて、ほとんど話もできなかった。再婚相手の渡辺《わたなべ》という医者とは二年前に離婚し、いまは仕事をしながら実家に近い中野に住んでいることは知っていた。だが、それ以上のことは何も聞いていない。

「普通に、仕事をしてますよ。家も、中野から変わっていないし……」

「どんな、仕事だ」

少し、余計なことを訊いてみた。

「事務ですよ。派遣で、不動産会社の経理をやってるの。他には何もできないから……」

「いまは、〝一人〟なのか」

片倉が訊くと、智子がまたおかしそうに笑う。

「刑事さんに、取り調べされているみたいね」

「仕方ないだろう。おれは刑事なんだから」

片倉がビールを空けると、智子がそのグラスに酌をした。

「もちろん一人ですよ。あなたこそ、どうなの。この前、病院にいらした和服の方は、どなたなのかしら……」

そういわれて、思い出した。智子が二度目に病院に来た時に、たまたま見舞いに寄った『吉岡』の可奈子と鉢合わせしてしまった。智子は黙って立ち去ってしまったが、やはり気にしていたのだろうか。

「あの人は、何でもないよ。よく行く近所の小料理屋の女将さんだ」

嘘をついているわけでもないのに、なぜかばつが悪かった。

「でも、楽しそうにしてましたよ。あなたも、再婚すればいいのに」

「よせやい。あの人は、おれより、ひと回り以上も歳下だよ」

片倉がそういって、またグラスのビールを空けた。

「ところで、あなたを刺した犯人……まだ捕まらないんですか」

智子が周囲を気遣うように、声を潜めて訊いた。

「うん、まだなんだ……。神戸や松江にまで〝出張〟して追ったんだが、これといった手懸りもなくてね……」

出張から帰った後の捜査本部の反応は、最悪だった。

〝刑事刺傷事件〟――その〝被害者《ガイシャ》〟は片倉自身だ――の捜査は、死んだ崎津直也の〝妹〟――恋人――の線を追っていけば〝犯人〟に行き着く。同時に、〝崎津直也殺害事件〟も解決する。捜査会議で柳井淳がそう主張したが、本部長の荒木はこの意見にまったく耳を貸さなかった。

片倉が刺された〝事件《ヤマ》〟は過去の怨恨によるものであり、神戸の〝殺し〟とはまったくの別件である。崎津の件は、所轄の神戸水上署にまかせておけばいい――。

これが、荒木本部長の方針だった。片倉は口を出すどころか、相変わらず捜査会議に出ることさえ許されていない。まったくの、蚊帳《かや》の外だ。

「大変ですね、刑事という仕事って。いまでもちゃんと家に帰れる日は少ないんでしょう……」

智子が、昔を懐かしむようにいった。

「いや、以前ほどじゃないさ。いまは現場もほとんど若い連中に任せちまってるし、おれはもうロートルだよ……」

片倉が、過去に言い訳をするように答える。

肴を追加し、酒もビールから日本酒に替え、それからもいろいろなことを話した。話すことは、いくらでもあった。

馴染みの店で杯を傾けながら話していると、離婚してからの空白の時間が急速に埋められていくような錯覚を覚える。だが一度失った時間は、二度と取り戻すことはできない。いまのこの時が過ぎれば、二人はまた元の他人に戻らなくてはならない。

「そういえば、明日は選挙ですね……」

智子が、ふと思い出したようにいった。

「どこに入れるんだ」

特に深い意味もなく、片倉が訊く。

「もし原発をなくしてくれて、戦争をやらない政党ならばどこでも。私には子供ができなかったけど、もしいたとしたら……。絶対にそう考えると思うから……」

もし自分たちに子供がいたとしたら……。

片倉も、幾度となく考えたことがある。おそらく自分も、智子も、まったく違う人生になっていたに違いない。人生の最後まで、二人で過ごすことができたのかもしれない。

店を出てもう一軒、七丁目の『銀座ライオン』に寄った。ここも、二人にとって懐かしい店だった。大きなビアホールの片隅の小さな席に座り、ワインを一杯ずつ飲んだ。

帰りはタクシーを拾い、智子を中野まで送った。不思議なもので、酒を飲んでいた時にはあれほどよく話していたのに、並んで座ってしまうと二人共ぎこちないほどに無口になった。やがてタクシーは飯田橋から新宿を抜け、早稲田通りから少し新井薬師の方に入った所で止まった。

「それじゃあ、体に気を付けて……」

月並な言葉しか、頭に思い浮かばなかった。

「今日は、楽しかったわ。あなたも、無理はしないで……」

タクシーを降りる時に、智子がなぜか片倉の手を握った。

ドアが閉まり、片倉が運転手に告げた。

「目白通りに出て、大泉学園の方にやってください」

振り返ると、智子が歩道に立ち片倉を見送っていた。

手に残るかすかな温もりが、切なかった。

2

片倉と柳井は余暇を使い、地道に、独自の捜査を続けていた。

二人がまず足を向けたのは、崎津直也が九年間も収監されていた千葉刑務所だった。片倉は二〇〇五年の事件の後、翌年に一度だけ崎津に面会に行ったことがある。その時はまだ崎津も本名すら名告っていないころで、担当した他の受刑者との面会もあり、ほとんど話をした記憶もなかった。

週末になるのを待って、おそらく崎津が出所の時に東京駅に出た経路を逆に辿りながら、千葉刑務所に向かう。JRの総武線で千葉駅まで行き、東口に出る。9番乗り場から京成バスの「千城台車庫行き」に乗り、「県職員能力開発センター入口」で降りる。ここから一分も歩くと、正面に西洋の城壁のような煉瓦造りの正門が見えてくる。

片倉は一瞬、立ち止まり、天に聳える一対の門柱と巨大な鉄格子の扉を見上げた。一カ月前、一一月六日に出所した時に、崎津もこの古い煉瓦の門を見上げたのだろうか。その時に、崎津は何を思ったのだろうか。

千葉刑務所では他の〝現場《ゲンジョウ》〟を抜け出して先に着いていた柳井と、収監当時の崎津をよく知る刑務官二人と職業訓練士が一人、待っていた。応接室に通され、型どおりの挨拶を交わす。

二人の刑務官は副看守長の前原《まえはら》と看守部長の宮木《みやぎ》、職業訓練士は法務技官の石毛《いしげ》と名告った。いずれも神戸水上署の信部とはすでに会い、聴取には協力していた。だが片倉は信部から「特に参考になることはなかった……」と報告されているだけで、他には何も聞いていない。

「今回も、神戸の〝事件《ヤマ》〟の件ですか。しかし、石神井署の刑事課がなぜ……」

副看守長の前原が、怪訝そうに訊いた。

「いや、実は我々はここにいる片倉刑事に対する傷害事件の捜査で伺いました。片倉を襲った〝犯人《ホシ》〟と崎津を殺った〝犯人〟が、同一人物の可能性がありまして……」

柳井が、説明した。三人共、それだけで事情を呑み込んでくれたようだった。片倉が刺された〝事件〟に関してはすでに各メディアで報道されているし、一部では名前も出てしまっている。

三人に確認しなくてはならないことも、特別に的が絞れているわけではなかった。

収監中の普段の崎津の様子は、どんなだったのか。特別に懇意にしていた受刑者は、いたのかどうか。外部の誰かと、手紙などのやり取りはあったのかどうか――。

日常の様子に関しては、看守部長の宮木が最もよく憶えていた。崎津は収監当時から物静かで、規則を守り、他の受刑者と揉めるなどの問題も一切起こさなかったという。週に三回、昼食の後の〝運動〟ではソフトボールを選択。夕食の後の就寝までの自由時間にはあまりテレビを見ずに、本を読んだり手紙を書いたりして一人で静かに過ごすことが多かった。

刑務作業では、〝金属〟――鉄工――を習業していた。その担当が、法務技官の石毛だった。本来、刑務所では出所後の職業訓練を目的として刑務作業を導入しているが、造船工だった崎津は鉄工に関する限り、すでに習業のレベルを遥かに超えていた。旋盤、フライス盤、ボール盤などの工作機械をすべて完璧に使いこなし、主に自動洗車機の部品を作っていたという。

習業態度も、真面目だった。私語を慎み時間と労働基準量を厳守することは当然だが、それ以上に品質と作業量は常に全習業者の中でトップクラスだった。さらに工作技術の高さを生かし、不慣れな習業者に教える技官に準ずる役割まで果していた。

三人は申し合わせたように、崎津は「典型的な模範囚だった……」という。その話の内容からは、出所して数日後に殺害されるような影は感じられなかった。

「刑務作業に習業していたということは、出所時に幾らかの現金は持っていたということでしょうか……」

片倉が、訊いた。

通常、刑務作業の作業報奨金は月額で五〇〇〇円弱。その中から歯ブラシや手拭、手紙の切手代などの日用品の購入費をまかなっても、年に数万円は残る。

「はい……」副看守長の前原が資料を見ながら答える。「崎津は収監された翌年の平成一八年三月に適性検査に合格し、翌四月から刑務作業に入っておりますので、累計で八年七カ月習業していましたからね。この記録によると、出所した時には日用品代を差し引いて二九万四四二七円持っていたようです。この資料は後で、プリントアウトして差し上げますよ……」

三〇万円近くともなれば、簡易宿泊所などに逗留して切り詰めれば、三カ月ほどは何とか食い凌げる額だ。だが、崎津の死体が神戸港に浮いた時点で、その金は持ち物の中から見つかっていない。

「崎津の、収監当時の内外の交友関係はどうでしたか。仲の良い特定の受刑者がいたかどうかとか……」

柳井が訊くと、三人が顔を見合わせた。

「特に仲の良い者というのは、気が付きませんでしたね……」宮木が、首を傾げる。「同じ居房の者や〝運動〟の仲間とは誰とでも普通に話はするけれど、特定の誰かということはなかったと思いますが……」

「刑務作業中の工場でも同じですね。先ほどいったように私語は一切なかったし、ただ淡々と作業に熱中するタイプでしたからね……」

「外部との、手紙のやり取りはどうでしたか」

「ちょっとまってくださいよ……」前原が、また資料を捲る。「年に五通前後、収監中に合計で四二通の書簡の〝発受〟の記録がありますね。発信が二四通、受信が一八通ですか……」

「内訳は」

片倉が訊いた。

「発信の二四通の内の一六通が、石神井警察の片倉康孝……」

「ああ、それは私ですね。返信も確か一二〜三通は私が出していると思います」

「はい、一三通ですね。片倉さん以外には発信が八通、受信が五通ですか……」

「その〝発受〟の相手は、何人くらいいますか」

柳井が手帳を開き、ペンを持った。

「片倉さん以外には、たった一人だけのようですね。小豆沢《あずさわ》佐知子という人です。字は、小さな豆の沢と書きます。記録では、〝親族〟になってますね……」

前原がそういって、資料を見せた。

小豆沢佐知子……。

片倉と柳井は、顔を見合わせた。今回の〝事件〟では、初めて聞く名前だ。だが、崎津の親族の能海正信の妻――〝ミキ〟もしくは〝ミカ〟という女の母――の名も〝佐知子〟だった。単なる偶然なのか。

「住所は、どこになってますか」

片倉と柳井が、発信者の住所欄を確認した。

「これですね……」

前原が、資料を指さした。

〈――岡山県高梁《たかはし》市落合《おちあい》町阿部《あべ》××× コーポ福田二〇二号――〉

島根県の松江市でも、鳥取県の境港市でもなかった。だが、岡山県高梁市は、車でもそう遠くはない距離だ。いったい、この小豆沢佐知子という崎津の親族は、何者なのか。

「このことは、神戸水上署の信部刑事は知ってますか」

柳井が確認した。

「ええ、ここにお見えになった時に資料と共に伝えてありますが」

「それで、信部さんは何と……」

「後から報告を受けた時の話だと、小豆沢佐知子という人間はもうこの住所にはいなかったようですね。うちの記録を見ても、崎津と手紙の〝発受〟があったのは、平成二五年の三月までですから。崎津が出所するまでのこの一年半は、まったく〝発受〟が途絶えてましたね……」

結局、千葉刑務所でわかったのは、それだけだった。

片倉は署に戻ってから、神戸水上署の信部に小豆沢佐知子の件を確認した。

信部によると、平成二五年の三月まで岡山県高梁市落合町阿部に〝小豆沢佐知子〟という女が住んでいたことは事実だったようだ。このあたりは自動車の部品メーカーの工場が多い場所で、コーポ福田というアパートも『株式会社トミタ工業』が季節労働者の社員寮として借上げている建物だった。トミタ工業に問い合わせたところ、平成一九年の四月から二五年の三月末まで、〝小豆沢佐知子〟という女性が働いていたことが確認された。

小豆沢佐知子は、入社当時四六歳。後に美保関町の小畑尚道に確認したところ、失踪した能海正信の妻、佐知子も「そのくらいの歳だった……」ことがわかった。だが、トミタ工業を辞めた後の、コーポ福田からの転出先は確認できなかった。

片倉は、思う。能海佐知子と小豆沢佐知子は、同一人物だったのだろうか。おそらく、そうだったのだろう。

だとすれば、なぜ、どのようにして名字を変えたのだろうか。能海と離婚し、小豆沢という男と再婚したのか。再婚したのならばなぜ、車の部品工場などに住み込みで働いていたのか。

大手自動車メーカー下請の部品工場などの季節労働者には、何らかの理由で世間から逃れなければならない者も多いと聞く。

亭主の借金が元でそのような生き方に追い詰められていった〝佐知子〟という女の運命に、一抹の悲哀を感じた。

3

神戸と松江の出張から戻ってからもうひとつ、片倉と柳井が地道に〝地取り〟を続けていることがあった。

一一月六日、崎津の千葉刑務所からJR千葉駅、さらに——おそらく——東京駅、新神

が崎津を待ち伏せていたのではないか……」と考えていた。

これまで判明しているのは、千葉駅までの足取りだけだ。崎津は六日の午前九時五八分に千葉刑務所を出所し、最寄りの〝県職員能力開発センター入口〟のバス停まで歩き、一〇時三分発の京成バス〔千02〕〝千葉駅行き〟に乗った。このバスに関しては車輌も特定され、運転士も〝県職員能力開発センター入口〟バス停から崎津らしき男が乗ったことを覚えていた。服装や雰囲気から、「出所者だな……」と思ったという。

だが、バスの車輌が特定された時点ですでに三週間以上が経過していたため、車内の防犯カメラの映像は残っていなかった。

その後バスは一〇時二六分ごろに終点の千葉駅に着き、崎津が下車。同三四分に、千葉駅の自動券売機で東京駅までの六四〇円の切符を買った。これは、一一月九日に神戸港に浮いた崎津の遺体のポケットから発見された切符によって確認されている。

その後、崎津は何らかの理由により東京駅で——もしくは千葉駅と東京駅の中間地点で——二時間以上の空白の時を過ごし、一四時一〇分東京駅発の〝のぞみ39号〟に乗車。一六時五五分に新神戸駅に着いた。

片倉と柳井は、この足取りの中で主に千葉駅と東京駅に的を絞り込み、〝地取り〟を続けた。だが、時すでに遅しの感は否めなかった。両駅に設置された防犯カメラの当日の映像はほとんど残っていなかったし、崎津らしき人物の確実な目撃証言もまったく得ることはできなかった。

苦肉の策として、片倉と柳井は崎津の顔写真入りのポスターを作った。

〈──平成二六年一一月六日、この写真の男の人に見覚えのある方は石神井警察署まで連絡してください──〉

ポスターは、三〇枚。捜査費から予算が出るわけではないので、パソコンで作ったものを署のプリンターを使ってプリントアウトした。それをJRと京成バスに協力を求め、東京駅や千葉駅構内の掲示板と、バスの車内に貼ってもらった。

こんなことで、目撃者が現れるとは思えないのだが。だが、何もやらずに手を拱《こまね》いているよりはましだ。捜査とは所詮、地道な作業の積み重ねだ。

だが、崎津直也の収監中から出所日までのすべての経過がわかったとしても、たったひとつ、決定的な謎が残る。

そうだ。もし一一月六日に〝何者か〟が崎津を待ち伏せていたとしたら、いったいどうやって出所の日時を知ったのか──。

崎津が書簡の〝発受〟により外部と連絡を取っていたのは、記録に残る限り片倉と小豆沢佐知子の二人だけだ。もちろん片倉は、一カ月前の時点で崎津本人から出所の日時を知らされていた。だが、それを外部には洩らしていない。

小豆沢佐知子も、違う。彼女が最後に崎津と書簡の発受を行なったのは、出所の一年半以上も前の平成二五年三月だ。崎津の出所の日時を知るわけがない。

いったい誰が、待ち伏せした〝何者か〟に崎津の出所の日時を教えたのか――。

何か、重大なことを見落としているような気がしてならなかった。

崎津自身が、自分の出所の日時を外部の者に教えたのではない。もしそうならば、書簡の〝発受〟もしくは〝面会〟の記録が残る。だが、出所日が決まった一〇月六日から一一月六日の当日まで、千葉刑務所にそのような記録は残っていない。

刑務官などの、千葉刑務所の職員が誰かに教えるということも考えられない。収監者の出所日などの情報は、絶対に外部に洩らしてはならないという厳格な規定がある。あり得るとすれば、他の収監者か。

だが、収監者だとしても、書簡の〝発受〟で外部に伝えることは不可能だ。刑務所内で〝発受〟される書簡は、すべて内容の検閲を受ける。もし手紙の中に他の受刑者の出所日などの規定違反の記述があれば、その書簡は即、没収される。

残る可能性は、ひとつだけだ。

崎津の出所日が決まった一〇月六日から一一月六日の当日までに、誰か他の受刑者が出所していうかどうか。その受刑者が、〝何者か〟に崎津の出所日を洩らした。もしくは、崎津に伝言を頼まれた。それしか、考えられない。

千葉刑務所は、殺人などの初犯の長期受刑者を収監する施設だ。施設の大きさの割に、収監者の出入りは多くない。確認してみると、該当する人間は一人しか存在しないことがわかった。

木次谷広男《きじやひろお》、六七歳。殺人で一五年の満期まで服役し、一〇月二三日に出所。いまは秋田県大館《おおだて》市の故郷に戻り、親族の経営する建設会社に世話になっている。

このような相手が、一番やりにくい。無闇に警察が乗り込めば、せっかくの新しい、静かな生活を壊してしまうことになる。それに聴取するだけでも、場合によっては令状が必要になる。

この件とは別に、片倉は一人で調べていることがあった。

いまから九年前の二〇〇五年（平成一七年）一一月五日の夜、石神井警察署の管内で崎津直也が起こしたあの〝事件〟だ。関町東二丁目の『広東菜館』という中華料理店で崎津に刺されて死んだ釜山克己という男は、いったい何者だったのか――。

九年前の捜査資料を引っぱり出し、調べた。

〈――釜山克己・当時三九歳。

住所・鳥取県鳥取市二階町《にかいまち》×××
本籍・鳥取県東伯郡北栄町《とうはくぐんほくえいちょう》松神《まつがみ》××
生年月日・昭和四一年二月一七日――〉

職業は市内の『三徳運輸《さんとく》』に勤務する長距離トラックの運転手で、独身。離婚歴が一度あり、当時九歳の娘がいた。兄弟はなく、本籍地の住所に母親が住んでいた。当時の資料からわかる釜山克己の基本データは、ほぼそれだけだ。

だが、捜査資料をもう一度読み返してみると、気に掛かる細かいことがいろいろと出てくる。まず〝事件〟の翌日に勤務先の三徳運輸に問い合わせてみると、釜山は一週間ほど前から無断欠勤していたことがわかった。二階町のマンションに行っても留守だったので、勤務先から所轄の鳥取警察署に失踪届が出されていた。

これは後でわかったことだが、崎津直也もまた〝事件〟の半年以上も前から勤務先の『川村重工神戸造船所』を無断欠勤し、寮から失踪していた。これは、偶然なのか――。

さらに、奇妙なことがある。釜山の戸籍によると〝事件〟の二年前の九月に離婚歴がある。相手は釜山絵美《えみ》、当時三一歳。だが、釜山の死を伝えるために転居先の住所を捜してみたのだが、連絡が取れなかった。絵美の親族を当たってみても、誰も彼女の所在を知らなかった。

何かが、おかしい……。

崎津直也とその〝恋人〟だった〝ミキ〟、もしくは〝ミカ〟という女。親族の能海正信と、妻の佐知子。そして殺された釜山克己と、別れた妻の絵美。この〝事件〟の周辺にはあまりにも、不自然なほどに〝失踪者〟が多すぎる――。

九年前、崎津直也は、釜山を刺した理由について頑に口を噤んだ。さらに追及しても、たまたま店で顔を合わせた見知らぬ男と言い争いになっただけだと白《しら》を切った。

だが、それは嘘だ。いまこうして当時の捜査記録を読み返してみても、〝現場〟の中華料理屋の主人や店員は「二人で一緒の席に座っていた……」、ビールを飲みながら「何か深刻な話をしているようだった……」と証言している。そして二人が勘定をすませて店を出た直後に、事件は起きた。

中華料理屋の女性店員、小川乃利江《おがわのりえ》は、当時こう証言していた。

〈――レジを済ませ、テーブルを片付けようとした時に外から男の人の叫び声が聞こえた。店から出てみると、目の前の路上に男の人が一人、腹部を押さえて倒れていた。着ていた物などから、それがいままで店にいた客の一人だとわかった。もう一人の客は、姿が見えなかった。二人の客が店を出てから叫び声が聞こえるまで、数秒から十数秒ほどだったと思う――〉

片倉は、捜査資料のこの部分を何度か読み返した。九年前の〝事件〟当時にも、疑問を持った証言だ。心に引っ掛かっているのは、〈――二人の客が店を出てから叫び声が聞こえるまで、数秒から十数秒ほど――〉の部分だった。

もし〝深刻な会話〟が原因で崎津が興奮状態に至ったのなら、店内で暴力沙汰が起きているはずだ。崎津の証言が嘘で、もし最初から釜山を殺害するつもりだったとすれば、もっと人気のない場所に誘い出してから刺すだろう。いずれにしても勘定を済ませて店を出た直後に、人通りの多い駅に近い路上で突然凶行に及ぶというのは、いくらなんでも不自然だ。

鑑識の得丸も、奇妙なことをいっていた。

〝被害者〟の釜山は、刃渡り一五センチ近い刃物で腹と胸を刺され、大量に出血していた。中華料理屋の前の路上も、血の海だった。それなのに、かなり返り血を浴びているはずの崎津の服が、あまり汚れていなかった。凶器のナイフにも、〝被害者〟の血痕が付着していなかった。

まさか……。

〝事件〟当時には崎津が「自分が殺った……」と断言したために、他の可能性を疑い捜査を続ける理由がなかった。だが、その崎津が殺されたいまだからこそ、当時は思いも及ばなかった疑問が生まれる。

釜山を殺ったのは、本当に崎津直也だったのか――。

この〝事件〟には、謎が多すぎる。調べれば調べるほど、新たな謎が生まれる。もしかしたら自分たちに見えているのは、巨大な氷山の、ほんの一角なのかもしれない。

片倉は溜息をつき、捜査資料の重いファイルを閉じた。

4

一二月も残り一〇日と押し迫るころになると、捜査本部の中にも次第に焦りが見えはじめた。

署の刑事課の刑事が刺されて重傷を負い、その〝事件《ヤマ》〟の解決が年を越すことがほぼ決定的となった。そうなれば単に署内の不始末ではなく、警視庁全体の沽券にかかわる問題になる。

だが、腹を刺された当の本人の片倉は、気楽だった。

知ったことか。どうせ自分は、捜査本部にすら入っていない。

一二月二四日、水曜日――。

この日も片倉はいつもの時間に出署し、山本と須賀沼の二人の〝新人《アンコ》〟に過去の捜査記録の整理の手順について教えていた。この二人も最近は仕事を覚え、手も掛からなくなってきた。年が明ければ片倉の元を離れて自立していくことになるのだろう。

昼前にデスクに戻ったところで、刑事課の電話が鳴った。受話器に手を伸ばし掛けたところで、片倉の後から入ってきた須賀沼が電話を取った。

先方としばらく話していたが、そのやり取りの中に〝京成バス〟、〝千葉刑務所〟、〝ポスター〟という言葉が聞き取れた。もしやと思った。

間もなく須賀沼が電話を保留にし、片倉の方に歩いてきた。

「すみません、千葉市立東中学の、佐久間《さくま》さんという方から電話ですが……」

市立〝中学〟と聞いて、片倉は一瞬、首を傾げた。

「用件は」

「はい、何でも中学の生徒さんの一人がバスの中のポスターを見て、それで担当の方と話したいとか……」

「出よう」

片倉はデスクの上の受話器を手にし、保留ボタンを解除した。

「担当の片倉です……」

――突然、すみません。私、千葉市立東中学で教頭を務めている佐久間と申します。実は、うちの生徒が京成バスの中のポスターを見たとかで、その写真に写っている男の人を知っているといっていまして——。

片倉は佐久間の話を聞きながら、無意識のうちにメモを取りはじめていた。

電話を切った直後、片倉は別件で〝地取り〟に出ていた柳井に連絡を入れた。

須賀沼の運転する車で、千葉県の蘇我《そが》に向かう。柳井とは、現地で落ち合う手筈になっていた。

この日、千葉市立東中学は冬休みに入る前の終業式だった。すでに終業式も終わり、校舎の中は閑散としていた。だが職員室に隣接する応接室には電話をくれた教頭の佐久間と担任教師の村岡《むらおか》、そして「ポスターの男を知っている……」という女子生徒一人が残っていた。

そこに、息を切らしながら柳井も入ってきた。広い応接セットのソファーに、大人四人が制服のブレザーを着た小柄な女子生徒を囲むようにして座った。

少女はこの中学の三年生の、大塚菜月《おおつかなつき》と名告った。黒く、澄んだ大きな瞳に、かすかに戸惑いの色が浮かんでいた。だが、正面に座る片倉を見つめ、目を逸らさなかった。

「今日、終業式が終わってから突然、大塚君が私のところに来ましてね……」担任の村岡が、隣に座る女子生徒の顔色を窺いながらいった。「それで教頭先生に相談して、連絡を差し上げた次第なんですが……」

少女はその間も、大きな瞳で興味深そうに、片倉と柳井を見つめている。

「大塚菜月さんですね。今日は、本当にありがとう」

柳井が、いった。菜月がかすかに頬笑み、頷く。

それでいい。このような場合には、若い柳井の方が相手も心を開きやすいだろう。片倉は黙って、この場をしばらく柳井にまかせておくことにした。

「菜月さんが見たポスターというのは、これですね」

柳井がバインダーから崎津の顔写真が入ったポスターを出し、テーブルの上に置いた。

菜月がまた、こくりと頷いた。

「はい、そうです……」

「このポスターをいつ、どこで見ましたか」

「一週間ほど前から、京成バスの中や千葉駅の掲示板に貼られているのを見ました……」

菜月はひとつひとつ思い出すように、言葉を選びながら、はっきりと答える。

「この男の人を、知っているんですね」

柳井が崎津の写真を、指さした。

「はい、そうです……」

「いつ、どこでこの人に会ったのか、覚えてますか」

柳井が訊くと、菜月は一瞬、考えた。そして自分自身に頷き、答えた。

「一月六日の、確か午前一〇時ごろだったと思います。千葉駅行きの、京成バスの中で会いました……」

片倉は、柳井と顔を見合わせた。ポスターには、崎津が午前一〇時ごろに京成バスに乗っていたことは一言も書いていない。

「一月六日は、木曜日だったね。どうして中学生の君が、平日のその時間にバスに乗っていたのかな」

柳井が訊く。

「はい……。私、小学生のころから、喘息なんです。それでその日は月に一回の検診に行って、その後で学校に行く途中でした……」

淀みなく、答える。

「なぜ、この男の顔をはっきりと覚えていたんだろう。何か、特別なことでもあったのかな」

少女が少し、困ったような顔をした。だが、一瞬首を傾げただけで、またはっきりとした口調で話しはじめた。

「この男の人、〝県職員能力開発センター入口〟というバス停から乗ってきたんです……。そのバス停の近くに刑務所があって、殺人犯とかがいっぱいいるって聞いてたし……。この人も、誰かを殺したのかと思ったら、怖くなっちゃって……。でも、顔から目が離せなくなって、それで覚えてたんです……」

いかにも、まだ一四～五歳の中学生らしい答えだった。それだけに、真実味がある。

「この男の人のことで、他に何か覚えていることはあるかな。例えば、持ち物とか服装とか」

片倉が、初めて訊いた。

菜月が少し考え、頷く。

「はい……。両手に、スポーツバッグのようなものを二つ持っていました……。それに、背中に英語で〝ＥＡＧＬＥ〟って書いてある紺色のウィンドブレイカーを着ていたと思います……」

片倉と柳井は、また顔を見合わせた。これは〝本物〟だ。その男は間違いなく、崎津直也だ。

「それから、どうしたのかな」柳井が訊いた。「この男の人がどこでバスを降りたとか、どこに向かったとか……」

「私、この男の人が気になって仕方なかったから、よく覚えてます。私と同じ終点の千葉駅まで行って、切符売り場で切符を買っていました……」

だが、少女はそこで、急に黙ってしまった。

「どうかしたのかな。何か、思い出したことでもあるのかな……」

柳井がいった。すると少女は、急に大きな目に涙を溜め、奇妙なことをいいはじめた。

「この男の人、殺されたんですよね……」

そんなことは、ポスターに一言も書いていない。

「なぜ、それを知っているの」

少女が、何かに怯《おび》えるように二人を見た。

「確か、一一月の一二日か一三日だったと思います……。学校から帰って、夕御飯の時にテレビを見ていたら、神戸港に死体が上がったっていうニュースをやってたんです……。その死体の身元がわかって、一一月六日に千葉刑務所を出所した人だといっていて……」

なるほど。そういうことか。

それにしても、この少女の記憶は正確だ。時として、子供の方が、大人よりも観察力や記憶力が正確なことがある。この少女の場合も、その典型だ。

「そうなんです。我々はいま、その殺人事件を捜査しているんです」

柳井がいった。

だが、少女は目を伏せ、より怯えたように涙をこぼしはじめた。そして、いった。

「私……その犯人を……知っているかもしれないんです……」

片倉は一瞬、少女が何をいおうとしているのかわからなかった。

「それは、どういう意味なのかな」

柳井が訊いた。

「私……見ちゃったんです……。その男の人が改札口を通って階段を上りはじめた時、他の男の人が歩いてきて声を掛けたんです……。そうしたら驚いたように振り返って……」

これは、決定的だ。やはり崎津は、千葉駅で〝何者か〟に待ち伏せされていたのだ——。

「その、声を掛けた方の男、何か特徴を覚えてるかな」

「はい……。マスクをした、痩せた人でした……」

マスクをした、痩せた男。片倉を刺した男も、同じだ。

「他に、何か覚えてることは」

少女が、横に座る担任教師の顔を見た。

「大塚君、すべて話しなさい」村岡がいった。「怖がることはない。刑事さんたちに、すべて話してしまった方が安全だから」

少女が、頷く。

片倉と、柳井の方を見て、いった。

「私……この写真の人を殺した犯人の名前知ってるかも……。二人の近くにいたんで、聞こえちゃったんです……。この写真の人が、マスクをした人を〝ノウミさん〟と呼んでたんです……」

〝ノウミさん〟——能海正信——。

複雑に絡む糸が、予想外の所で繋がった。

5

長く、冷たい夢を見た。

片倉は暗く、ただひたすらに広大な風景の中を歩いていた。

目の前に、高い砂丘が聳えていた。何かに導かれるように、砂の斜面を登っていく。

行く手にも一人、男が歩いていた。片倉は懸命に、その後ろ姿を追った。

時折、男が振り返る。男はマスクをしていたが、顔は見えない。片倉は何かを叫びながら、手を伸ばす。

だが、手は届かない。男の後ろ姿は、砂丘の彼方へと遠ざかっていく。そして、遠くに見える海の方へと消えた。

片倉は力尽き、その場に跪《ひざまず》く。両手で、砂を摑む。だが、粒子の細かい砂は指の間から零《こぼ》れ落ちていく。

ふと気が付くと、目の前に蛙の死骸がひとつ、落ちていた。蛙は砂の上で渇き、木乃伊のように干涸びていた。

片倉は、夢の中で思う。

なぜこんなところに、蛙が死んでいるのだろう。一匹の蛙は、この広大な砂丘を越えて、いったいどこに行こうとしていたのだろう。だが、干涸びた蛙は何も語らない。

やがて、砂丘に一陣の風が吹く。砂丘の砂がゆっくりと動きはじめ、蛙の死骸は美しい風紋の下に埋もれていく。

冷たいベッドの上で、目が覚めた。

カーテンの隙間からは穏やかな朝の陽射しが差し込み、外からは車の走るかすかな音や人の声が聞こえてくる。

片倉は、ベッドの上に体を起こした。頭の中に、まだ夢で見た風景がはっきりと残っていた。あれは、どこだろう。いったい自分は、何をしていたのだろう。

考えるまでもなかった。あれは、鳥取砂丘だ。片倉は砂丘の上を歩きながら、自分の腹を刺したあの男を追っていた。

だが、なぜ蛙の死骸が落ちていたのだろう。

砂丘の蛙……。

かつて崎津直也が、片倉に宛てた手紙の中に書いていた。自分は人間などではなく、本当は砂丘の小さな水溜りに棲む一匹の蛙にすぎないのではなかったかと。そして砂丘の砂の下には、蛙の木乃伊が死屍累々と埋まっているのだと。

いったいそれは、どういう意味なのか。崎津のいう〝砂丘〟とは、鳥取砂丘のことではなかったのか——。

時計を見た。時間はもう、朝の八時を過ぎていた。

カレンダーは、一月三日。まだ三箇日であることを思い出し、大きなあくびをした。所轄の刑事課に籍を置きながら年末年始をゆっくりと過ごせるのも、第一線を退いたロートルならではの特権だ。

正月とはいっても、何をやるわけでもなかった。近所のスーパーで形ばかりの御節《おせち》でも買ってきて、くだらないテレビでも眺めながら安酒を飲む。仲間から声でも掛かれば外に出て、また酒を飲む。そんな正月の過ごし方にも、ここ数年は馴れてきた。

取りあえず真空パックの餅を焼き、それをインスタントの吸物に入れた雑煮を食いながらテレビをつけた。箱根駅伝の二日目が、もうスタートしていた。

一位は、前日に引き続き青山学院大学。二位は明大。片倉の母校の早稲田大学は六位と、まずまず健闘している。

番組の途中で、ニュースに切り替わった。

——スキー場で男女三人が遭難。悪天候で捜索中断——。

——日本海側中心に、大雪。秋田県で八二歳女性死亡——。

——兄、弟の胸を刺す。埼玉で男を殺人未遂容疑で逮捕——。

正月だからといって明るいニュースが増えるわけではない。

午前中は漫然と、箱根駅伝を観て過ごした。駒澤大が三位まで、早稲田が五位から四位を窺うところまで順位を上げてきたが、そこまでが限界だろう。

昼近くになって、マンションの階下まで年賀状を取りに下りていった。郵便受けを覗くと、年賀状の束がひとつ。その他に、封書が一通入っていた。

正月早々、誰からだろう……。

封筒の裏を見ると、差し出し人の名前と住所が書かれていた。

〈――秋田県大館市下代野《しもだいの》×××　木次谷広男――〉

あの男だ。

崎津直也の出所日が決まった一〇月六日から一一月六日の間に、千葉刑務所を出所した唯一人の男――。

片倉が木次谷に手紙を出したのは、年末の一二月二五日ごろだった。もし返信がなければ、秋田まで聴取しに行くつもりだった。だが、まさかこれほど早く返信があるとは思わなかった。

片倉が木次谷に訊きたかったことは、二つだけだ。千葉刑務所に収監中に、崎津直也を知っていたかどうか。もし知っていたとしたら、木次谷が出所した時に、崎津から何かを頼まれなかったかどうか——。

部屋に戻り、封筒を開けた。中に、便箋が二枚。馴れない手紙を精一杯書いたのか、読み辛い字が便箋にびっしりと並んでいた。

〈——拝啓、片倉刑事様
木次谷広男でございます。崎津さんのことは、もちろんよく知っておりました。片倉刑事様のことも、崎津さんからよく伺っておりました——〉

手紙は、そんな文面で始まっていた。やはり、木次谷は崎津のことを知っていた。そして驚いたのは、崎津が片倉のことを、この木次谷に話していたということだ。

いったい、どういうことなのか……。

手紙はこの後、木次谷と崎津の収監時代の話に及ぶ。話は何度も重複するので、読みにくく、わかり辛い。だが木次谷と崎津は収監中に二年以上も雑居房で同室だったことがあり、部屋が別々になってからも昼休みの〝運動〟などで週に二度か三度は顔を合わせていたことがわかった。

さらに手紙の文面は、以下のように続いている。

〈――崎津さんが出所してすぐに死んだことを聞き、とても驚きました。しかし私は、崎津さんが死んだ理由は存じません。出所後は大館から一歩も出ていないので、崎津さんを殺した犯人も存じておりません――〉

片倉は木次谷に出した手紙の中に、崎津が神戸で死んだことを書いた。わざわざ〈――犯人も存じておりません――〉と書いているのは、自分が疑われるのを恐れているということか。

問題は、その後の文面だ。

〈――確かに片倉刑事様のいわれますように、私が出所する時に崎津さんから頼まれたことがあります。刑務所内の仲間を通じ、手紙を一通預かり、それを外から投函いたしました。親戚に宛てた手紙だといわれ、宛て先も女の方だったので、だいじょうぶだと思って引き受けてしまいました。その女の人の名前も住所も忘れてしまいましたが、確か鳥取県の方だったかと思います――〉

やはり、そうか。崎津は木次谷という男を通じ、誰かに自分の出所日を伝えていたのだ。

そしてその〝誰か〟とは、鳥取県に住む〝女〟だった。

その〝女〟とは、〝ミカ〟、もしくは〝ミキ〟という崎津の恋人だったのか。崎津が収監中に手紙の発受があった、小豆沢佐知子だったのか。それとも一五年ほど前に崎津の親族の能海正信を夢中にさせた、まだ名前が明らかになっていない第三の〝女〟だったのか――。

片倉は手紙を何度も読み返し、便箋を閉じた。

テレビの箱根駅伝はすでに青山学院大学がトップでゴールし、レースが終わっていた。

6

一月四日、片倉は年が明けて初めて石神井警察署に出署した。

年末の三〇日から、五日間も連休を取ったことになる。休みが取れるということは、それだけ現場から必要とされていないということでもある。

朝、八時半に自分のデスクに着くと、この日も間もなく捜査会議が始まった。もちろん片倉は、蚊帳の外だ。

一時間ほどで会議が終わると、捜査本部の顔ぶれが刑事課に戻ってきた。

課長の〝キンギョ〟は片倉と目を合わせようともせずに、自分の席に座っていかにも忙しそうに調べ物を始めた。柳井は片倉の席の横を通る時に目で会釈したが、やはり言葉は交さず、椅子に掛けてあるコートを羽織って現場に出ていった。片倉と柳井とは、刑事課の中で必要以上に話をしないように示し合わせている。

だが、会議から戻った橋本徳郎だけが、片倉に声を掛けてきた。

「康さん、ちょっといいっすか」

「うん、何だ」

片倉が椅子を回転させ、振り返る。

「話があるんすが……」

橋本が周囲を気にしながら、眴を送る。どうやら、ここではまずいといいたいらしい。

片倉は席を立って刑事課を出ると、橋本と二人で廊下の向かいの空いている取調室に入った。

「話って、何だ」

椅子に座りながら、訊いた。

「捜査に、動きがありましてね。ひとつは、康さんを待ち伏せしていた例のマスクの男の件です」

橋本も、片倉の向かいに座った。

「何か、わかったのか」

「康さんが、前にいってたじゃないですか。男が待ち伏せしていたのは、康さんのマンションの斜め前の駐車場じゃないかって。あれからずっと〝地取り〟を続けてたんですが、面白い証言がいくつか出てきましてね……」

一件は、駐車場の奥のマンションに住む四六歳の会社員の証言だった。事件当日の一一月一二日、おそらく夜九時ごろ、寺山陽一《てらやまよういち》というその会社員がマンション三階の廊下から下を見た時に、駐車場に男がいるのに気が付いた。男は黒っぽい服を着て、駐車場に駐まる軽トラックの荷台の中に隠れるようにしながら、片倉のマンションの方を見ていたという。

「なぜその証言が、いままで出なかったんだ」

片倉が訊いた。

「その寺山という会社員は、毎日帰りが遅いんですよ。男を見たことは女房にも話してなかったようですし、それでうちの〝地取り〟から抜けてたみたいですね」

それが年末年始の休みに入り、やっと引っ掛かってきたというわけか。

「その、男が隠れていた軽トラックというのは」

「はい、それも確認してあります。その駐車場の一四番の区画に契約している車で、荷台にビニールのシートが被せてあります。男は、そのシートを捲って中に隠れていたようですね……」

車の持ち主は近所に住む左官職人の野口典彦《のぐちのりひこ》、六四歳。一一月一二日のことはあまり覚えていないが、おそらく夕方ごろまでには仕事の現場から戻っていたはずだといっている。

野口は自分の軽トラックの荷台に刑事を刺した犯人が隠れていたと聞いて、驚いていた。当時はまったく気が付かなかったが、そういえば奇妙なことがあった。ちょうど事件が起きたころ、いつもはきつく縛ってある荷台シートのロープが緩んでいた。しかも荷台の中に、タバコの吸い殻が詰まったコーヒーの空き缶が入っていた。自分はタバコを吸わないので、おかしいと思ったという。

「その空き缶とタバコの吸い殻は」

片倉が訊いた。

「すぐに、捨てちまったそうです。タバコの銘柄も、まったく覚えていないそうです」

軽トラックの荷台周辺はすぐに鑑識が調べたが、指紋を含め目ぼしい遺留品は何も出ていない。

だが、ひとつ明らかになったことがある。片倉を刺した〝犯人〟は、タバコを吸う男だ。しかも片倉を待つ間に吸い殻が空き缶に詰まるほどだとしたら、よほどのヘビースモーカーなのだろう。

片倉は、一一月一二日の夜に起きたことを想像した。

暗く、冷たい軽トラックの荷台の中に、男が一人潜んでいた。男はタバコを吸いながら、道路の向かいにあるマンションの入口を見つめている。もう何時間も、片倉が帰るのを待ち続けている。

男は、マンションに入る片倉を見た瞬間に、闇に紛れて動き出す。軽トラックの荷台を忍び出て道路を渡り、片倉を追ってマンションに入る。そして「片倉さんな……」と声を掛け、振り返った瞬間にサバイバルナイフを構えて腹の中に飛び込んだ。

その光景が、もうひとつの場面と重なった。

もう一〇年前、二〇〇五年の一一月五日の夜に練馬区関町東二丁目の路上で起きたあの事件だ。崎津直也と釜山克己の二人が、『広東菜館』という中華料理店を出た直後だ。暗がりから〝何者か〟がナイフを構えて現れ、釜山の腹の中に飛び込んだ……。

やはり、崎津ではない。

「康さん、どうかしましたか」

橋本にいわれ、我に返った。

「いや、何でもない。それで、もうひとつの動きというのは」

「荒木副署長ですよ。いまの会議にも本部長として出てたんですが、機嫌が悪くて何も話さないんですよ。どうも奴《やっこ》さん、〝詰まってる〟みたいですね」

片倉は橋本の言葉を聞きながら、なるほど……と、思った。荒木には、妙な癖がある。〝事件《ヤマ》〟の読みに関してはかなり偏るところがあり、自分で捜査方針を決めたら頑として動かない。他の者の意見には、意地でも耳を貸さない。

この〝読み〟が当たればいいのだが、毎回そうとは限らない。外れれば、捜査はまったくあらぬ方向に向かっていく。そして、行き詰まる。

「そりゃあ、そうだろう。今度の〝事件〟は、おれの〝怨恨〟の線じゃない。崎津が神戸で殺《や》られた線を追っていかなきゃ、おれを刺した〝犯人《ホシ》〟にも行き着かんさ。このままじゃ、〝迷宮《オミヤ》〟になるぞ」

「そのとおりです。それで、どうでしょう。鑑識の得さんと柳井にも声を掛けてるんですが、今夜あたり、どこかで集まって作戦を練りませんか……」

橋本が、含みがあるようにいった。

7

いつものように六時になるのを待って、帰り支度を始めた。

署を出て、北風の中をのんびりと歩きながら、大泉学園町に向かった。途中で古本屋に立ち寄り、少し時間を潰した。予約を入れてある七時少し前に『吉岡』に入ると、もう奥の小上がりに得丸が座っていた。

女将の可奈子に、コートと鞄を預ける。

「今日はすみません。柄の悪いのばかり集まるみたいで……」

片倉が頭を下げると、可奈子が可笑《おか》しそうに笑った。

「いいんですよ。うちは用心棒がいてくれるお蔭で、悪い虫が付かないんですから」

どこか、意味深ないい方だった。

小上がりに上がり、得丸の前に座った。

「得さん、早かったな。橋本と柳井は」

「二人共、もう来るだろう。署を出る時に、見掛けたよ」

座卓の上をふと見ると、箸やグラスが五人分用意されていた。一人分、多い。

「橋本と柳井の他にも、誰か来るのか」

片倉が訊いた。

「まあ、来ればわかるさ。康さんの好きな奴だよ」

得丸まで、意味深ないい方をする。最近はどうも、どこに行っても蚊帳の外にされているような気がしてならない。

間もなく格子戸が開き、柳井が入ってきた。続けて、橋本。それから少し間を置いて、もう一人〝キンギョ〟――刑事課長の今井――が店の中の様子を見ながら、背を丸めて入ってきた。

「おい、どういうことだ」

片倉が橋本と柳井を交互に睨みながら、低い声でいった。だが、二人共、そ知らぬ顔をしている。

「まあ、事情は後で説明するさ。それよりも、まず飲み物を注文しよう。皆、ビールでいいな」

得丸がそういって、ビールを三本、注文した。

ビールを飲みはじめても、〝キンギョ〟は肩身が狭そうに隅の席で小さくなっていた。だが、四人の話を聞くうちに、片倉にも少しずつ事情が呑み込めてきた。

どうやら今回のこの席を提案したのは、他ならぬ〝キンギョ〟だったようだ。一向に進展しない捜査に業を煮やし、かといって本部長の荒木に真っ向から逆らうわけにもいかず、苦肉の策として橋本と得丸に相談を持ち掛けた。その結果、柳井の意見も含め、片倉を巻き込もうということになったようだ。

「ひとつ、確認しておきたいことがある」片倉が不機嫌な顔でビールを口に含み、いった。

「今回のこの集まりのことは、荒木の耳には入れてないんだろうな」

「康さん、もちろんだよ。荒木さんの耳に入ったら、元も子もないんだからさ……」

「おれを、ここに呼んだ理由は」

片倉が、今井に訊いた。

「康さんは、柳井君と一緒に独自で〝地取り〟をやってるんだろう。この前の松江の出張の件もそうだし、千葉刑務所の件もそうなんだが、荒木さんがまったく聞く耳を持たないという態度でね……」

〝キンギョ〟がそういって、息を吐いた。

この男も片倉よりも一つ歳下だったはずだが、妙に老けて見えた。やはり、警察などという閉鎖的な組織の中で、中途半端に出世するものではない。

「つまりおれに、荒木には内密で協力してくれというわけか」

「まあ、平たくいえば、そういうことなんだけどね……」

いつもは邪魔者扱いするくせに、都合の良い時だけ頼りにする。まったく呆れて、物がいえない。

「柳井、千葉刑務所の件は捜査会議で報告してあるんだろう」

片倉が、柳井にいった。

「もちろんです。崎津の収監中に小豆沢佐知子という女と手紙の発受の記録があったことも、一月六日に千葉駅で男に待ち伏せされていたことも、すべて報告してあります」

「その待ち伏せした男がおれを刺した〝犯人《ホシ》〟と同一人物で、松江の能海正信だということもか」

おそらく、そうだ。片倉の推理は間違ってはいない。

「はい、報告しました……」

「それで、荒木は何といっていた」

片倉が訊くと、柳井が困ったように〝キンギョ〟の顔を見た。

「それが、だめなんだ……。荒木さんは、中学生の証言など信用できないといって、まったく相手にしないんだ……」

「信用できないというのは、どういうことだ。あの少女は、〝ノウミ〟という男の名前を予備知識もなしに証言してるんだぞ」

柳井が、頷く。

「作り話のわけがないと、荒木本部長には何度もいったんですが……」

「荒木は、自分の〝読み〟が外れたことをわかってるんですよ。わかっていて、意地になってるんだ」

橋本がそういって、苦笑いを浮かべながら溜息をついた。

五人の席に、焼き物や刺身盛りの皿が運ばれてきた。ビールを二本と、さらに熱燗も追加した。

「ところで康さん……」

得丸が、熱燗を自分の猪口に注ぎながら、いった。

「何だい」

片倉が、刺身を口に放り込みながら応じる。

「康さんの〝読み〟はどうなんだい。やはり、鳥取の線なのか。康さんを刺した奴と崎津を殺った〝犯人〟は、同じなのか……」

片倉はグラスを手にして一瞬、考えた。そして自分が納得したように、頷く。

「間違いないな。その線だ。実は昨日、ある人物から手紙が来た」

他の四人が同時に、片倉の顔を見た。この件はまだ誰にも、話していない。

「ある人物って、例の……」

柳井が訊く。

「そうだ。例の、木次谷広男だよ……」

片倉は、他の三人にもわかるように説明した。

崎津直也は、千葉刑務所を出所した一一月六日に千葉駅で〝何者か〟に待ち伏せされていた。つまり、この〝何者か〟は、崎津が出所する日時を事前に知っていたことになる。

だが、崎津は、出所日が決まった一〇月六日から当日までの一カ月間に、外部の誰とも連絡を取っていなかった。だとすれば待ち伏せしていた〝何者か〟は、どうやって崎津の出所日を知ったのか。

可能性はひとつしかなかった。つまり、その一カ月間に出所した誰かが、崎津の出所日を外部の第三者に知らせたのだ。

「その〝誰か〟というのが、木次谷という男ですか」

橋本が、いった。

「そうだ。木次谷は、崎津よりも二週間早く千葉刑務所を出ていた。この一カ月間に出所したのは、木次谷一人だけだ。その木次谷が、崎津から外部の人間に宛てた手紙を預かっていた。それを、投函したらしい」

「手紙の宛て先は、誰なんですか」

柳井が訊く。

「いや、木次谷は覚えていないそうだ。しかし、宛て先は鳥取県内で、女の名前だったといっている」

「やはり、〝鳥取〟か……。その女の名前さえ、わかればなぁ……」

〝キンギョ〟が腕を組み、力が抜けたように息を吐いた。

「おれは、〝鳥取〟の線を追っていくしか方法はないと思うけどな」片倉がいった。「しかしその前に一度、捜査の〝起点〟に戻って洗いなおしていく必要がある」

「起点って、どういう意味だ」

得丸が、訊いた。

「二〇〇五年一一月の、例の一件さ。崎津が釜山を刺した、あの〝事件〟だ。神戸で崎津が殺られた件もそうだし、おれが刺された件もそうだが、三つの〝事件〟はすべて一本の線上で繋がっている可能性がある」

「まさか、康さん……」

〝キンギョ〟が驚いたように片倉を見る。片倉が、頷く。

「その、まさかかもしれない……」

片倉が、グラスにビールを注いで口に含む。

「そういえば康さん、前にもいったが……」得丸がいった。「崎津が使った凶器のナイフからは、指紋もルミノール反応も出なかった。〝被害者《ガイシャ》〟は腹と胸を刺されて大量に出血していたのに、崎津の服はあまり汚れていなかった……」

「そうだ。それに、もうひとつある。いまだからいえることだが、崎津が釜山を刺した瞬間の目撃者が、誰もいないんだよ……」

片倉が何をいわんとしているのかを、他の四人共わかっているようだった。全員が腕組みをして、考える。しばらくして、橋本がいった。

「すると、一〇年前に釜山を殺ったのは……」

「おれは、崎津ではないと思う。今回の二件も含めて、三つの〝事件〟の〝犯人〟はすべて同じ奴だ。確証はないがね……」

石神井川から発見されたナイフは、凶器とは別のものだ。おそらく崎津が、自分の持っていたものを川に投げ込んだのだろう。なぜそんなものを崎津が持っていたのかは、いまの段階では謎だが。

崎津の服が汚れていなかったのも、他に〝犯人〟がいたからだ。二人が中華料理店を出た所を、待ち伏せていた〝誰か〟が襲った。釜山が刺され、その〝犯人〟の後を崎津が追った。

「それならばなぜ、崎津は自分が殺ったと自首してきたんだ」

得丸が、首を傾げる。

「それは、わからんね。何か理由があって、身代りになったんだろう」

理由は、いろいろと考えられる。

例えば、金だ。ある程度の金額の報酬を約束され、身代りで自首する。出所した後に、その金を受け取る。もしくは、借金を棒引きされる。現在でも、ヤクザ社会ではけっして珍しい話ではない。

もうひとつは、〝女〟だ。〝ミキ〟、もしくは〝ミカ〟という女。これは片倉の完全な勘だが、崎津の〝妹〟が、何らかの形で一連の〝事件〟の鍵を握っているような気がしてならない。

「それなら康さん、どうすればいいんだ……」〝キンギョ〟が、縋《すが》るようにいった。「もし、康さんがこの〝事件〟を捜査するとしたら……」

「荒木を説得して、おれと柳井を鳥取に行かせるんだな。それと、橋本と、あと何人か人手を借りたい。そうすれば、おれたちが三つの〝事件〟を全部解決してやるよ」

いや、それだけじゃない。

今回の一連の〝事件〟の裏には、とてつもなく深い闇が口を開けているような気がしてならない。自分たちに見えているのは、巨大な氷山の一角にすぎないのかもしれない。

片倉は、温まったビールを口に含む。そして、思う。

いったい犠牲者の数は、何人になるのか――。

8

刑事課の課内の様子は、いつもと変わらなかった。

年が明けてから二人の〝新人《アンコ》〟の教育係もお役御免になり、出署してもさらに暇を持て余すようになった。

窓から差し込む冬の陽射しが、ぽかぽかと暖かい。もう古い言葉だが、〝窓際族〟とはよくいったものだ。

お蔭で自分の調べ物をするには、都合の良い身分になった。資料室から過去の捜査記録を探し出してきて読み漁ってみたり、鑑識室で得丸と話し込みながら過ごす時間にも事欠かなくなった。

今日も片倉は、午前中のとりとめもない時間を鑑識室で潰していた。鑑識の若い連中もすでに片倉が出入りすることに馴れていて、古いソファーのいつもの場所に座ると何もいわずに好みの濃さの渋茶が出てくるようになった。厄介者扱いされている刑事課にいるよりも、よほど居心地がいい。

「康さん、こんなものが出てきたんだ。ちょっと見てくれないか」

得丸が片倉の前に大きな茶封筒を置き、向かいのソファーに座った。中には、古い写真の束が入っていた。

「これは……」

「ああ、一〇年前の崎津が釜山を刺した時の〝現場《ゲンジョウ》〟の写真なんだがね。ボツになった奴がまとまって出てきたんだ」

一件の〝殺し〟で鑑識が撮るいわゆる〝現場〟の写真は、数百枚から数千枚にものぼる。現在もデジタルカメラではなく、モノクロフィルムを用い、撮影された大半がキャビネ判もしくは8×10《エイトバイテン》の大きさに紙焼きされる。だが、その後の裁判の証拠や捜査記録として保存されるのはごく一部だけで、残りは整理されることもなく鑑識の肥やしとして埋もれていく。

写真は二〇〇五年一一月五日当日の〝現場〟の風景、〝被害者《ガイシャ》〟の様子、後の解剖時の記録、〝犯人《ホシ》〟が着用していた衣服や凶器のナイフなど多岐にわたっていた。写真の質や精度、角度にばらつきがあるために、正式な記録として当時の捜査資料に添付されているものよりもかえって生々しい。一〇年という時の流れの中で抜け落ちていた記憶を、鮮明に呼び覚ましてくれることもある。

「この写真は、覚えてるか」

得丸が束の中から、一枚の写真を選び出した。

「ああ、覚えてるよ。おれが〝現着《ゲンチヤク》〟した時には、ちょうどこの状態だった」

血の海の中に男が一人、倒れている。釜山克己だ。釜山は苦悶に顔を歪ませ、口から舌を出し、目の前の血溜りを見つめるように薄目を開けている。

「かなりの出血だな。当時の解剖記録を見ると、腹部大動脈が切断されている。死因は、出血性ショック死だ。そして次が、この写真だ」

カメラを、もう少し引いた位置から撮った写真だった。手前に、釜山がこちらを向いて倒れている。背後に、『広東菜館』の看板が写っていた。釜山の足元と中華料理店の中間あたりに二人の鑑識員が身を屈め、巻尺で距離を計っている。

「これは」

「釜山の、血の付いた足跡があった場所だ。他に、崎津と未確認の数人分の足跡もあったはずだ。距離は……」得丸が、事件当時のメモのノートを開く。「店の出口から約四メートル、釜山からは約六メートルだな……」

少しずつ、思い出してきた。つまり釜山はこの位置で〝何者か〟に刺され、逃げるように六メートル歩き、力尽きて倒れた。そういうことになる。

「未確認の数人分の足跡というのは」

片倉が訊いた。

「わからんね。釜山を助けようとしたり、駅から下りてきて近くを通った者も何人かいたようだから、当時は特定できなかった。しかし、康さんのいうとおり、崎津以外の〝何者か〟が刺したんだとしたら、この中にそいつの足跡があるのかもしれんな」

得丸がそういって、片倉の前に数枚の足跡の写真を出した。

「この電柱の写真は」

片倉が束を捲りながら、一枚の電信柱の写真を抜き出した。アップにされた電信柱の表面と近所の歯科医の広告看板の部分に、血痕のようなものが付着しているのが写っている。

「その電柱は、こいつだよ。同じ歯科医の広告看板が見えるだろう」

得丸が、先程の〝現場〟の写真を指さした。中華料理店の看板の右側に、同じ電信柱が写っていた。

「つまり、釜山は店の出口から四メートルの位置で刺されて、この電柱まで血が飛んだということか……」

「康さん、そうなんだよ。釜山が刺された位置からこの電柱までは、五メートル以上はある。だとしたら確かに康さんのいうとおり、崎津はもっと大量に返り血を浴びているはずなんだがね……」

得丸が束の中から、当時の崎津の衣服の写真を何枚か抜き出して並べた。薄いグレーのダウンパーカーに、セーター、ジーンズ、スニーカー。ダウンパーカーの腹のあたりには多少、血痕が付着しているが、返り血を浴びたというよりも手の汚れか何かを拭ったように見える。

「スニーカーにも、あまり血痕は残っていないな」

写真で確認できるのは、右爪先の小さな汚れだけだ。

「そうなんだ。だけど、靴底にはべったりと血が付いていた」

得丸が、靴底の写真を見せた。確かに、特に右側の靴底にはかなり血が付着している。だが、これも返り血を浴びたものではなく、血溜りを〝踏んだ〟時に付着したもののように見える。

「やはり、崎津は〝殺って〟いないな……」

「うん、おれも、そう思う」

それにしても、なぜこのような写真が〝物証〟として検察に上がらなかったのか。確かに署の上層部の、「面倒なことは避けたい」という暗黙の意志はあっただろう。だが、それ以前に、〝現場〟で直接捜査に当たっていた、片倉をはじめとする捜査官のミスによるところが大きい。

悔恨が、過る。もしあの時、片倉が崎津の嘘を見破っていれば……。

奴は、死ななくてもすんだのかもしれなかったのだ。

「凶器の写真はあるか」

片倉が訊いた。

「ああ、ここに何枚かあるよ」

得丸が、束の中から凶器のナイフの写真を数枚、抜き出した。米軍のサバイバルナイフの、中国製のコピー品だ。刃渡りは、一四・七センチ、日本の銃刀法では違反だが、一〇年前にはネット通販などでごく普通に買えたものだ。

「こいつは、入手経路は特定されなかったんだよな」

得丸がいった。

「そうだ。崎津は口を割らなかったし、捜査でも何も引っ掛かってこなかったからね」

ネット上の販売店はほとんど中国本土や台湾ばかりだったので、追跡しようがなかったという記憶がある。

「一時は、こいつは凶器じゃないんじゃないかっていう話も刑事課の方で出てたんだろう」

「そうだ。指紋も、ルミノール反応も出なかったからね。しかし、刃型は〝被害者〟の傷と一致した……」

結局、それで〝凶器〟として認定されることになった。もちろん自首した崎津は、これをまったく否定していない。

「つまり、同じ凶器が二つあったということになるな」

得丸が、首を傾げる。

「得さん、そうなんだ。崎津ともう一人の〝誰か〟が、同じナイフを持っていた。それは、おれも考えたんだが……」

ひとつの〝推理〟が成り立つ。

釜山克己は何らかの理由で鳥取にいられなくなり、東京まで逃げてきた。それを崎津ともう一人の〝誰か〟が、同じ二本のナイフを持って追ってきた。そして『広東菜館』に追い詰め、もう一人の〝誰か〟が釜山を刺し、崎津がその罪を被った——。

何度考えても、結論はそこに行き着く。だが、確証は何もない。

「どうやら康さんは、本気で崎津が〝無実《シロ》〟だと思ってるらしいね」

「ああ、そうだ。あの男は、人を殺せない。長年〝刑事《デカ》〟をやっていれば、そのくらいのことはわかるさ」

確かに、そうなのだ。崎津は、人を殺せるような男ではない。それが、一連の〝事件《ヤマ》〟の起点だ。

なぜあの時、もっと自分の勘を信じなかったのか……。

突然、鑑識室のドアが開いた。

片倉と得丸が、振り返る。そこに、慌てた顔をした〝キンギョ〟が立っていた。

「康さん、やっぱりここにいたのか……」

廊下の様子を窺いながら、誰にも見られていないことを確かめるように鑑識室に入ってきた。疚《やま》しいことがあるわけでもあるまいし、変な奴だ。

「何か、あったのか」

片倉が、ソファーに座って一息つく〝キンギョ〟に訊いた。

「ほら、昨日のことだよ。皆で相談したことを、荒木さんに話してみたんだ……」

「話したって、何をだ」

片倉が睨むと、〝キンギョ〟がさらに慌てたようにいい訳をした。

「いや、そうじゃないんだ。康さん、誤解しないでくれ。話しちゃまずいようなことは、何もいってないよ」

「それなら、何だ」

「その前に、お茶をひと口、飲ませてくれ……」〝キンギョ〟がそういって、運ばれてきたお茶をすすって汗を拭った。「実は、自分の意見として荒木さんに進言してみたんだよ。このままだと、〝迷宮《オミヤ》〟になりますよ、片倉君と柳井を鳥取に行かしてみたらいかがですか、と……」

〝キンギョ〟にそんな度胸があったとは、驚いた。

「それで、荒木はどんなだった。いい顔はしなかっただろう」

「まあね。しかし、だめだとはいわなかった……」

「それじゃあ、何といったんだ」

「〝勝手にしろ〟と、そういった……」

片倉が、得丸と顔を見合わせた。

「〝勝手にしろ〟だとさ……」

「ということは、〝勝手にして〟いいということだな……」

「康さん、頼むよ。鳥取に行って、〝犯人〟を挙げてきてくれ。そうじゃないと、私が……」

〝キンギョ〟がそういって、また額の汗を拭った。

第四章　女帝

1

不鮮明な映像の片隅で、コンマ〇秒単位のタイムコードが忙しなく動いていた。

時間は、一七時〇〇分台。正面斜め上からの画角で、新神戸駅の改札口を映している。

左側の駅員室の陰から現れた〝のぞみ39号〟を降りた客が、次々と改札口から出てくる。

ビジネスマン風の二人の男に続き、サングラスを掛けた白いコートの女が画面に入ってきた。

「そこだ。止めてくれ」

片倉が、コンピューターを操作する得丸にいった。

「もう少し、ゆっくり回してみようか」

「ああ、そうしてくれ」

得丸が映像を一〇秒ほど巻き戻し、四分の一倍速でスロー再生する。その画面を片倉、得丸、柳井、橋本の四人が注視する。

「橋本、この女をどう思う。ファーストインプレッションで、プロファイリングしてみてくれないか」

神戸水上署から提供されたこの防犯カメラの映像を橋本に見せるのは、今回が初めてだった。

「わかりました。直感で思い浮かんだことだけを並べてみます。まず、性別は間違いなく女性。年齢は四十代後半から五十代前半。身長一五〇センチから一五五センチ。職業は水商売、おそらく地方の小さなクラブかスナックのママといったところですか。髪は明るい茶に染めているようですが、これは地毛じゃなくてウィッグ……カツラでしょう。サングラスはおそらくカルティエの古い型で、ハンドバッグはシャネルですか。金回りは悪くない。性格は自己中心的かつ傲慢で、虚栄心が強いタイプ。体形からすると、子供を何人か生んでいるかもしれませんね……」

橋本が、ディスプレイの映像を見ながら淡々と話す。この男の特技のひとつは、プロファイリングだ。〝犯人《ホシ》〟の写真や映像、行動パターンのデータだけを元に、驚くほど正確にその人間の特徴を推論する。

「地方の水商売、という根拠は」

片倉が訊いた。

「〝勘〟ですよ。着ている物や持ち物の好みからいって、〝素人〟ではないでしょう。しかし東京の人間なら、いま時こんな恰好はしない」

「髪がカツラだというのは……」

今度は、柳井が訊いた。

「まあ、それも〝勘〟だね。地毛だけだったら、この髪形にセットするのは難しいだろう。それにこの女、右手に持っているキャリーバッグや土産物の紙袋からすると、一泊か二泊の旅行の帰りじゃないか。旅行先に行き付けの美容院があるとも思えないし、髪がセットされているということはカツラと考えるべきだろう……」

〝勘〟だとはいいながら、橋本のプロファイリングは観察力が鋭く、常に論理的だ。〝事件〟が解決してみると、橋本の最初のプロファイリングがことごとく的中していたということは珍しくない。

「性格が、自己中心的かつ傲慢というのにも根拠はあるのか」

片倉が訊く。

「この直後の映像ですね。ここです」後から来た崎津が改札口にぶつかり、その音か何かに気付いたのか女が振り返る。「一瞬ですけどね。音は聞こえませんが、崎津が慌てているように見えますね。この時の女の態度が、どうも少し傲慢なような印象を受けるんですけどね……」

確かに、そうだ。もしこの二人が〝連れ〟だとすれば、崎津が前を行く女に付き従っているようにも見える。もしくは、怖れているというべきか――。

「虚栄心が強いというのは」

「それはもう、このサングラスやハンドバッグを見ればわかりきったことでしょう」

得丸が映像を止め、四人で古いソファーが置いてある一角に移った。最近は刑事課の目を避け、何かと理由を付けては鑑識課に集まることが多い。

「さて、どうだろう。いまの映像の白いコートの女に関して、率直な意見を聞かせてくれ。あの女は、崎津の一件と関係があるかどうか……」

片倉の他の三人全員が、手を挙げた。

「関係あると思いますね」

「私もです。お互いの存在を、確実に意識しているように見えますね」

「駅のホーム、改札、通路。すべての映像を何度も見れば、それはもう明らかだろう。疑う余地なしだな」

片倉が、三人の意見を聞いて頷く。

「おれも、同意見だ。それと、もう一人の男だ。何カ所かの防犯カメラに映っている黒いフライトジャケットの男が能海正信だとしたら、崎津を含めて三人の関係がだいたい見えてくるな……」

一一月六日、千葉刑務所を出所した崎津直也を、千葉駅で能海正信が待ち伏せしていた。能海は崎津を、白いコートの女が待つ東京駅に連れていく。女は人数分の新幹線のチケットを買い、崎津と能海を待つ。さらに能海と女は崎津を神戸まで連れていき、殺して神戸港に遺棄した。

「問題は、この白いコートの女が誰なのか。そこですね……」

柳井が首を傾げながら、考える。

「これまでに、崎津の周辺に何人か女の名前が上がってきているな。まず、崎津が刑務所内から書簡の発受を行なっていた小豆沢佐知子という女だが……」

片倉が、メモを読む。

「例の、能海正信の妻の佐知子と同名の女ですね」

橋本が、確認する。

「そうだ。なぜ名字が違うのかはわからんけどね。記録によると小豆沢佐知子は平成一九年にトミタ工業に入社した時に四六歳だったそうだから、この映像の女とだいたい一致するな」

「実際に能海と行動を共にしているのだとすれば、この女が元妻の可能性は高いかもしれませんね……」

「もしくは、一五年ほど前に能海が夢中になって家まで貢ぎ込んだという女か……」

「崎津の恋人だった〝ミカ〟、もしくは〝ミキ〟という女は年齢が合わないな。他にもう一人、一〇年前に殺された釜山克己の別れた妻の絵美という女もいる。彼女も、連絡が取れなくなっている」

「その三人以外ということも考えられるしな。得さん、とりあえず新神戸の防犯カメラに映っていた女の顔をアップにして、〝写真〟を何枚か作っておいてくれないか。それと、能海の写真もだ。現地に行って崎津の足跡を辿っていけば、その二人のことを確認できる人間がいるかもしれない」

「そうしたら康さん、いつから現地に入りますか。私の方は、すぐにでもかまいませんが……」

橋本がいった。

「こうなれば、早い方がいいだろう。柳井、現地の所轄の方は、どうなっている」

「はい。鳥取県警を通じて、各地の所轄には協力を要請しています。他に、神戸水上署の信部班もどこかで合流することになるかもしれません」

大きな捜査になりそうだ。それだけに、もしここで〝事件〟に決着をつけられなければ、二度とチャンスはないだろう。

「現地で二手に分かれて行動することを考えれば、もう一人誰か連れていった方がいいかもしれませんね」

「そうだな。よし、〝新人《アンコ》〟の須賀沼を連れていこう。奴ならば、手が空いているだろう」

「それで、出発は……」

「明日だ。柳井、須賀沼にいって、人数分のチケットを手配させておいてくれ」

片倉が、いった。

2

一月七日――。

早朝、前回と同じように〝新人《アンコ》〟の山本が署のワゴン車で迎えに来た。

街はまだ、薄暗かった。すでにワゴン車には助手席に橋本が、後部座席には須賀沼も乗っていた。その後、鷺ノ宮駅の近くで柳井を拾い、羽田空港へと向かった。

ラジオからは、朝のニュースや交通情報、各地の天気予報が流れていた。東京を中心とする関東地方、九州までの太平洋側は概ね、晴れ。だが東北地方から新潟、山陰地方などの日本海側は、かなり雪が降っているようだった。

「鳥取も、雪がひどいようですね」

助手席の橋本がいった。

「康さん、その靴でだいじょうぶなんですか」

柳井が、心配する。片倉はいつものコートに、履き馴れた革靴という恰好だった。

「心配はいらんさ。いざとなったら、向こうで長靴でも買えばいい」

〝長靴〟といういい方がおかしかったのか、若い柳井と須賀沼が笑った。

首都高速道路で都心を抜け羽田線に入ると、やっと空が明るくなってきた。天気予報のとおり、朝焼けに染まる空はよく晴れていた。

空港に着き、国内線のターミナルの前で降りる。四人を見送る時、車を運転してきた山本が少し淋しそうな顔をした。

初めての〝出張〟に向かう同期の須賀沼を見送るのだから、その気持はわかる。だが、これも経験だ。留守中、山本には、映像に映っていた女の持ち物を分析して洗い出すという重要な役割を与えてある。

予定どおりに、六時五五分発のANA381便に搭乗した。これに乗れば、八時二〇分に鳥取県の米子空港に着く。それにしても、よく〝キンギョ〟が今回の出張に飛行機代を奮発したものだ。

飛行機が羽田を離陸してしばらくすると、柳井が荷物の中から四人分の弁当の包みを出して全員に配った。

「何だ、この弁当は……」

片倉が訊いた。

「鳥めし弁当ですよ。今回は新幹線じゃないので。いつもの弁当が買えないと思ったので、お袋に頼んで作ってもらったんです。美味《おい》しいかどうか、わかりませんが……」

「悪かったな。そんなに気を遣わんでもいいのに……」

だが、そういいながらも、片倉は嬉しかった。

柳井の母親が作った鳥めしは、いつもの東京駅で買う弁当よりも旨かった。それまで理由もなく、今回の空路による〝出張〟に不安があったのだが、これですっきりしたような気がした。

厚い雲の中を抜け、定刻に米子空港に着いた。空港の窓から見る風景は、すっかり雪景色に変わっていた。前回に来た時から一カ月と少ししか経っていないのに、まったく別の場所のように見えた。

空港の外に出て、片倉はコートのボタンを顎の下まで留めた。背広の下にはセーターを着込んでいるが、冷気が体の芯まで染み込んでくる。時計を見ると、時間はまだ八時半になったばかりだった。

「所轄への挨拶や役所回りは、後でいいだろう。その前に、一件すませておこう」

片倉は柳井、橋本、須賀沼と共に、空港の前からタクシーに乗った。前回と同じように、運転手に美保関に行くように告げた。

そうだ。前回の〝出張〟は、美保関のあの夕暮時の風景がゴール地点だった。今回は、同じ場所がスタート地点になる。

空港のある境港市から境水道大橋を渡り、島根県松江市の美保関町へと入った。

九時過ぎに、美保関港に着いた。すべてのものが凍《い》て付き、寒々しく、どんよりと暗い。厚い雲の下には粉雪が舞い、濡れた堤防の上では冷たい北風に耐えるように海鳥の群れが羽を休めていた。

「ちょっと、ここで待っていてくれ」

小さな湾の奥の漁港に面した土産物屋の前でタクシーを止めさせ、片倉と柳井だけが降りた。店はすでにシャッターが開き、中で石油ストーブで暖を取りながら、主人の小畑尚道が怪訝そうにこちらを見ていた。

「今日は。お久し振りです」

片倉と柳井が店に入っていくと、小畑はやっと誰だかわかったようだった。

「ああ、東京の刑事さんたちじゃないがね……」

小畑が驚いたように、二人の顔を見た。店の奥から、妻も顔を出した。

「朝早くから、すみません。今日はちょっと、見てもらいたいものがあるんですが。柳井、あの写真を……」

「はい」

柳井がバインダーの中から数枚のキャビネ判の写真を出し、片倉に渡した。

「まず、この男です」片倉が、黒いジャンパーを着た男の写真を見せる。「ちょっと写りが悪いのですがこの男、又従兄弟の能海正信さんではありませんか……」

夫婦が、写真に見入る。しばらくして顔を見合わせ、お互いに頷いた。

「そげだわや……。これは、能海の正信だわい……」

「昔と違って頰がこけたがえ、たぶん正信だっちゃね……」

片倉は、柳井と顔を見合わせた。

やはり、そうだった。片倉を刺し、神戸で崎津直也を殺した男。そしておそらく一〇年前に釜山克己刺殺事件を起こしたのも、この能海正信だった——。

「それでは、この写真はどうでしょう。この女は、能海の元妻の佐知子さんではありませんか」

片倉が、白いコートの女の写真を見せた。夫婦が、写真を覗き込む。だが、首を横に振った。

「これは、正信の女房とは違うがね……」

「佐知子さんは、もっと細くてスタイルのいい人だっちゃ……」

白いコートの女は、能海佐知子ではなかった——。

「能海が、何かやらかしたのかね。あいつは、女と金にだらしない男だったがや……」

小畑がいった。

「いや、いまはまだ捜査中でわからないんですが……」まさか能海正信が、同じ親族の崎津直也を殺したとはいえない。「最後に、もうひとつだけ。〝小豆沢〟佐知子という名前を聞いたことはありませんか。〝小〟さな〝豆〟の〝沢〟と書いて、〝アズサワ〟と読みます。崎津直也の親族らしいんですが……」

片倉が訊くと、夫婦がまた怪訝そうに顔を見合わせた。

「〝小豆沢〟かね……。わからんがね。そんな名前は、聞いたことがないがね……」

二人は、小豆沢佐知子という女を知らなかった。

肩の雪を払いながら、タクシーに戻った。

「康さん、どうでした。何か、わかりましたか」

橋本が訊いた。

「やはりあの防犯カメラの男は、能海正信だった。親族二人が確認したんだから、間違いないだろう」

「女の方は」

「能海佐知子ではないそうだ。〝小豆沢〟という名字も知らないといっている」

「では、これからどうしますか」

「おれと柳井は、鳥取市に向かいながら釜山克己の線を追ってみる。橋本と須賀沼は、境港市から能海と佐知子の線を追ってみてくれ」

「了解しました」

「それじゃあ運転手さん、境港の駅まで戻ってもらえますか」

片倉がいった。

3

境港駅から九時三三分発の上り電車に乗り、終点の米子駅まで約四七分。

ここで二五分の待ち時間があり、一〇時四六分発の山陰本線快速〝とっとりライナー〟に乗り換える。

時刻表を見る限り乗り継ぎは比較的うまくいきそうだが、それでも境港から最初の目的地の由良《ゆら》駅まで一時間五七分も掛かる。羽田から米子空港までがわずか一時間一五分だったことを思うと、由良は地の果てのように遠い。

駅のホームに入ってきた境線の車輛には、〝ゲゲゲの鬼太郎〟のイラストが描かれていた。自前のデジタルカメラを取り出し写真を撮る片倉を、柳井が不思議そうに見ていた。

「康さん、そういえば前に〝やくも特急〟に乗った時も写真を撮ってましたが、何かあるんですか」

「いや、ちょっと面白い電車だと思ってね。乗ろうか……」

まさか親子ほど歳の違う部下に、自分は最近〝鉄ヲタ〟の菌に感染しているようだなどとはとてもいえない。

窓の外を流れる冬の山陰の寒々しい景色を眺めながら、列車は定刻どおり一一時三〇分に由良駅に着いた。

山陰本線の由良駅は、荒涼とした風景の中につくねんと建つ平屋建の小さな駅だった。駅の外に出ても、閑散としていた。人の気配が、ほとんどない。

駅前で客待ちをしているタクシーに乗り込み、片倉は住所をメモした紙を運転手に渡した。

「ここから、近いですか」

「いや、それほどでもねえがね。二〇分かそこらだっちゃ……」

初老の運転手がそういって、タクシーのギアを入れた。

〈――鳥取県東伯《とうはく》郡北栄《ほくえい》町松神《まつがみ》××――〉

一〇年前に刺殺された、釜山克己の本籍地だ。

当時、この本籍地の住所には釜山の歳老いた母親が一人で住んでいた。一〇年前の捜査資料によると、母親の名は釜山ハツミ。年齢は六八歳となっている。いまでもこの住所に住んでいる可能性は、十分にある。

もし健在だとすれば、現在七七〜八歳。

駅から国道九号線に出て、鳥取市方面へと向かう。左手に風雪に耐えながら地面にしがみつく低い松の防風林が延々と続き、所々、海に続く道の切れ目から暗く荒々しい日本海が見える。横殴りの風の中に降りしきる雪が、朝よりもかなり強くなってきた。

「ここらあたりが松神だけぇ、どうしんさる……」

運転手が、ナビの画面を見ながらいった。

あたりにはほとんど、大きな建物はない。だが国道の右手に、点々と集落のようなものが見える。

「ナビの指示どおりに、次の道を右に折れてもらえませんか」

信号も何もない交差点を、タクシーは右に曲がった。狭く、荒れた、農道のような道だった。路面に薄《うつす》らと、雪が積もりはじめていた。

平坦な大地には畑と疎林が広がり、その合間に点々と人家が建っている。荒涼とした、風景だった。しばらくすると、細い畦道の手前でタクシーが止まった。

「ここらへんですな。あの家かもしんねえが、この道じゃぁえらいけ……」

畦道の奥に小さな森があり、その周囲に二軒ほど古い農家が建っている。どちらも廃屋のようにも見えるが、人が住んでいるようでもある。

「歩いて、行ってみるか……」

「そうしましょう」

運転手にしばらく待っていてくれるように頼み、片倉は柳井と二人でタクシーを降りた。折り畳みの傘を広げてさし、細い畦道を歩く。積もりはじめた雪で靴底が滑り、冷たい水が染み込んできた。

間もなく、一軒目の家に着いた。だが、人の気配がない。ガラスが割れ、枯草に被われた庭にもしばらく人が歩いた様子はない。

「誰も住んでいないのかな……」

柳井がいった。

「ともかく、玄関まで行ってみよう」

二人で枯草を分けながら進んだ。靴のことなど、気にしていられない。雪と泥で足の指先が凍え、感覚が失せてきた。

やっとの思いで、玄関の前まで辿り着いた。だが、家は荒れ果てていた。歪んだ玄関の戸を叩き、中に声を掛けてみたが、風の音しか聞こえない。

「誰も、住んでいないようだな」

「もう一軒の家に行ってみますか」

一度、畦道に戻り、もう一軒の家に向かった。小さな、家だ。近くまで行ってみると、やはり最初の家と同じように荒れ果てていた。

だが、庭の下生えの中にかすかな小径が付き、雪の上に点々と足跡が残っていた。

「誰か住んでいるようだぞ」

「そうらしいですね。行ってみましょう……」

軒下の雨戸は、すべて閉まっていた。だが、戸口の戸には、それほど古くはない張り紙が貼られていた。

〈——押し売り、泥棒、立ち入るべからず——〉

片倉は、柳井と顔を見合わせた。

「男の字だな……」

「そうらしいですね。しかし康さん、これを見てください……」

玄関の横に表札が掛かり、「釜山」と書いてあった。

「呼んでみよう」

片倉は、表札の下にある呼び鈴のボタンを押した。家の中で、確かにチャイムの音が鳴っている。何回か押してみたが、誰も出てこない。

柳井が、戸を叩いた。

「御免ください。どなたかいらっしゃいませんか」

だが、やはり応答はなかった。

手を掛けてみると、戸が動いた。

「鍵が掛かってないな……」

片倉が、ゆっくりと戸を開けた。

「御免ください……」

薄暗い、土間があった。小さな明かり取りの窓と石油ストーブの赤い光の中に、室内の風景がぼんやりと浮かび上がる。土間を上がった八畳ほどの部屋の炬燵《こたつ》に、白髪の小柄な老婆が座っていた。

老婆は何もいわず、ただ白濁した目で、不思議なものでも見るように戸口に立つ片倉と柳井を見つめていた。

「入っても、よろしいですか」

老婆が、こくりと頷く。

片倉と柳井が傘を閉じ、肩の雪を払いながら土間に入った。

「タダシ……なぁ……」

〝タダシ〟というのが、誰のことかわからなかった。

「我々は、東京の警察の者です。釜山ハツミさんですね」

老婆が、頷く。

「さあいな……。よう、来んさった……」

〝警察〟と聞いても、特に驚く様子はなかった。

「今日は、釜山克己さんの件で伺ったんですが……」

自分の息子の名前を聞いて、老婆が初めて怪訝そうな顔をした。

「……克己な……もう何年も……よう帰らんがな……」

片倉は、柳井を見た。どうやら釜山ハツミは、まだ自分の息子が生きていると思っているらしい。

片倉は土間の奥に進み出て、上がり框《かまち》に腰を下ろした。辛いことだが、この認知症が進んだ老婆に本当のことを伝えなくてはならない。

「克己さんは、もう一〇年前に東京で亡くなったんです……。覚えていませんか……」

片倉が、いった。

老婆はしばらく、まるで時間が止まってしまったかのように動かなかった。一度、閉ざしてしまった記憶を、必死に呼び覚まそうとしているかのようだった。

そして、やがて何かを諦めたように、小さく頷いた。

「……そうかいや……。克己は、死んだがいや……。ぎぎちねえ（可哀そう）ことだでなあ……」

白濁した目に、ひと粒の涙が滲み、頬を伝って落ちた。

柳井が、片倉の横に座った。

「お婆ちゃん、克己さんの奥さんで、絵美さんという人は覚えてますか」

老婆がまた、考える。だが、しばらくして、首を横に振った。

「さあ……知らんげな……」

「克己さんは、結婚していたんです。お孫さんのことは、覚えていませんか」

釜山が殺された当時、九歳の娘がいた。その娘が、もう一八歳か一九歳にはなっているはずだ。

老婆が、考える。だが、今度は何かが閃いたように、顔色が紅潮しはじめた。

「覚えとるだで……。〝マリエ〟だがや……。まだ、小さい娘《こ》だで……」

老婆が炬燵を出て、立った。腰が、曲がっていた。部屋の明かりをつけ、箪笥の前まで行き、引出しを開けた。

何かを探しているようだ。小声で、しきりに呟きながら、引出しの中を探る。しばらくして、厚紙を綴じた小さなアルバムのようなものを持ち出してきた。

「〝マリエ〟は、これだで……」

片倉と柳井の前まで来て座り、老婆が皺だらけの小さな手でアルバムを開けた。中には、スタジオで撮ったキャビネ判のカラー写真が二枚、入っていた。

表紙の裏側には、まだあどけない振袖を着た少女の写真が貼ってあった。手には七五三の飴の袋を提げ、満面に笑みを浮かべている。裏を返して表紙を確認すると、〈――釜山真梨恵　七五三記念　平成九年一一月一五日――〉と書いてあった。

釜山克己が東京で刺殺される八年前の日付だ。

もう一度、アルバムを開く。右側の写真にはジャケットを着た釜山、ワンピースの若い女――おそらくこの女が元妻の絵美だろう――と、先程の少女の三人が写っている。どこから見ても、いかにも幸せそうな親子の写真だ。この四年後に夫婦が離婚し、さらに二年後に少女の父親が殺人事件の被害者になることなど誰が予測し得ただろうか。

「この写真の女が釜山絵美だとしたら、例の白いコートの女とは別人ですね……」

柳井が、写真を覗き込みながらいった。

確かに、そのようだ。釜山絵美はむしろ痩身で、顔もまったく似ていない。

片倉は、念のために訊いた。

「この人が、克己さんの奥さんだった人ですか」

だが、老婆は首を傾げる。

「……さあ……」

「克己さんは、なぜ離婚したんですか」

「……おれ、知らんがね……」

どうやら本当に、釜山の妻のことは覚えていないらしい。

「この真梨恵さんは、どうしてますか。最近、会ってますか」

老婆はしばらく考え、首を振る。

「……いや……会っとらんがね……。どうしとるだらあか……」

「息子さんは、鳥取市内に住んでたんですよね」

片倉が訊くと、老婆はまた不安そうに首を傾げ、考える。

「知らんがいや……。だけぇ、克己とはもう何年も会ってないだけ……。確か、店をやってるとかいっとったがや……」

老婆はそういったまま、心を閉ざしてしまった。

釜山の一家の写真をスマートフォンで複写し、家を出た。まだ午後も早い時間だというのに、外は夕刻のように暗かった。雪が、また少し強くなってきた。

「まあ、あの白いコートの女が釜山絵美ではないことがわかっただけでも収穫だったな」

雪で泥濘《ぬかる》む畦道を歩きながら、片倉がいった。

「そうですね。しかし、あの老婆がいっていた〝店〟っていうのは、いったい何のことですかね……」

釜山ハツミは、克己は〝店をやってる〟と記憶していた。だが、二〇〇五年に刺殺された当時、釜山は鳥取市内の『三徳運輸』という運送会社に勤務するトラックの運転手だったはずだ。

「わからんな。何かの思い違いだろう。どっちみち、彼女の証言はまるであてにならんさ……」

農道の路肩に停めて待っていたタクシーに、乗った。暖房の効いた車内に入り、やっと体の力が抜けた。

だが、雪で濡れた足の指先がかじかみ、感覚がない。

「次は、どこに行きますがね」

運転手が訊いた。

「先程の由良駅に戻ってください。その前に、どこか靴屋かホームセンターに寄ってもらえませんか。長靴を買いたいんだが……」

片倉がそういって、息を吐いた。

4

一三時四七分の由良駅発、上り〝とっとりライナー〟に乗った。

鳥取駅まで、約一時間。一五時過ぎには所轄の鳥取警察に着けるだろう。

コンビニで買った握り飯を頬張りながら、時折、防風林の向こうに見える灰色の海と雪の風景を眺める。買ったばかりの長靴と厚手の靴下を履いた足元は、温々《ぬくぬく》として心地好かった。

駅前からまたタクシーに乗り、市内を流れる千代川《せんだい》を渡って鳥取署に入った。このあたりまで来てもまだ小雪は舞っていたが、町中の路面はまだ濡れている程度で、積雪はなかった。

刑事課の応接室でしばらく待たされ、影井《かげい》という若い担当刑事と福政《ふくまさ》という片倉と同世代の警部補が入ってきた。型どおりに挨拶を交わし、型どおりに事情を説明し、型どおりに協力を要請する。

「遠いところを、よう来んさったな。それで、一〇年前の〝事件《ヤマ》〟の〝被害者《ガイシャ》〟ですか、釜山克己という男のことはどの程度わかってるんですか」

片倉たちが用意した資料に目を通しながら、福政という警部補がいった。訛りがあまりないので、助かる。

「いまのところわかっているのは……」柳井が説明する。「その資料にある事件当時の釜山の住所、職業、それに本籍地だけです。ここに来る途中で北栄町の本籍地を訪ねて母親のハツミには会ってきたんですが、認知症が進んでいて当時のことはあまり覚えていないようでした」

二人が、頷く。

「それで、これからの予定は、どんなですか」

若い影井が訊いた。

「まず、釜山の線をもう少し追ってみようかと思います。〝被害者〟が生前に勤めていた運送会社は、まだあるようですから」

「それと、こちらにも事前に送りましたが、〝犯人《ホシ》〟と思われる男と〝共犯者《レツ》〟らしき女の写真があるので、繁華街を中心に〝地取り〟を掛けてみるつもりです」

片倉が答えた。

「お二人でですか」

「後からうちの署の者が二人、合流しますので、四人でやります」

「四人ですか……。鳥取市とはいっても広いから、難しいかもしれんがや……」

福政がいった。それでも、〝地取り〟に協力するとはいわなかった。だが、こちらの自由にさせてもらえる方が、下手に手出しをされるよりもかえってやりやすい。

小一時間ほど話して、鳥取署を出た。外は夜のように暗いが、まだ夕方の午後四時を回ったばかりだ。この時間ならば、今日じゅうに何カ所か回れるだろう。

「柳井、釜山が勤めていた三徳運輸の方はどうなっている」

片倉が、訊いた。

「一応、明日の午前中に行くようにアポは入れてあります」

「そうか。それならばまず、釜山が住んでいた二階町の家に行ってみるか……」

鳥取署の駐車場で待たせていたタクシーに乗り、行き先の住所を告げた。

〈――鳥取県鳥取市二階町×××――〉には、一〇年前に釜山克己が住んでいたマンションがまだ残っていた。市内の中心地に近い、一等地に建つマンションだった。事件が起きた当時、釜山がいくら稼いでいたかは謎だ。だが、運送会社の社員が一人で住むマンションとしては、いずれにしてもいろいろな意味で違和感があった。

セキュリティシステム付きのマンションだったので、管理をする不動産会社の方に連絡を取った。東京から来た警察の者だというと、一〇分もしないうちに鍵を持った管理人が現れた。

「そんな昔の事件を、何でまたいまごろになって……」

安田《やすだ》という不動産会社の社長は、マンションのエントランスの鍵を開けながら怪訝そうにそういった。釜山克己の〝事件〟のことは、はっきりと覚えているらしい。

「少しばかり、確認しておかなくてはならないことが出てきましてね。いや、たいしたことではないんですが……」

片倉は、深く説明しなかった。その必要もない。

「一〇年前に釜山さんが殺されたと聞いた時には、驚いたがね。まあ、あの人も、いろいろありそうだったがや……」

それでも安田は、エレベーターに乗っても自分から話し続けた。

「〝いろいろとありそうだった〟、というのは」

片倉が訊いた。

「本業はトラックだとか何とかいっちょったが、〝オンナ〟の方がね」

安田がそういって、小指を立てた。

「〝オンナ〟ですか」

「そうだがや。ここのマンションでも〝オンナ〟と住んどったけぇ、よく見掛けたがね。他にも、二〜三人は出入りしとったようだがや……」

当時の資料によると、釜山がこのマンションに移ってきたのは離婚した直後の二〇〇三年一〇月となっている。事件は、更新の一カ月後に起きた。だが、当時の資料には、〈——女と暮らしていた——〉という事実に関しては何も書かれていない。

エレベーターが最上階の六階で止まり、降りた。外に面した、廊下を歩く。周囲の建物と建物の間に、暗く冷たい鳥取の市街地が見えた。

「その釜山が一緒に暮らしていたという女、名前はわかりませんか」

柳井が訊いた。

「さてなぁ。釜山さんはここに独り暮しだといって契約なさったがん、名前は聞いとらんがや。本当は、いかんのやがね」

「写真を見たら、顔はわかりますか」

「いやぁ、わからんがね。もう、一〇年も前のことやが。ああ、ここが釜山さんが住んどった部屋やがね」

安田がそういって、〈──605──〉という部屋番号が書いてあるドアの前で立ち止まった。

「いまは、誰か住んでるんですか」

表札には、〝野口《のぐち》〟と書かれた札が入っていた。

「ええ、野口さんという若い女性が住んどりますが……」安田がチャイムのボタンを押したが、誰も出てこない。「いま、おらんね。もう、仕事に出たようやが……」

つまり、〝夜の仕事〟ということか。

「水商売の方なんですか」

「まあ、そんなようなもんやが。このマンションは1DKの間取りやが、そういう人が多いがね。他には……」

「いや、もう結構です。戻りましょうか」

雪の舞い込む暗い廊下を戻った。エレベーターで下る途中、四階から若い女が乗ってきた。安田が、その女と挨拶を交わした。

「今晩は……」

「雪が降るのに仕事がや。大変やね」

赤く染めた髪に、濃い化粧。黒いダウンの下は、ミニスカートだった。なぜか唐突に、その女の姿が、崎津の〝妹〟のイメージと重なった。

エレベーターを降りたところで、片倉はもうひとつ訊いた。

「釜山さんがこの部屋を契約した時、保証人は誰になっていたんですか」

「勤めていた運送会社になってましたがや……〝三徳運輸〟とかいう……」

「それでは、釜山さんが亡くなって部屋を解約した時にも、その〝三徳運輸〟が……」

片倉が訊くと安田は一瞬、考え、奇妙なことをいった。

「いや、違いますがや。年が明けてから〝代理人〟という人が来んさって、その方が残りの家賃を支払って解約してったんですがや……」

片倉は、柳井と顔を見合わせた。

〝代理人〟……。

いったい、誰だ？

「その〝代理人〟というのは、親族の方でしたか」

だが、安田は首を傾げる。

「いや、違うと思いますが。名字が別だし、仕事の関係の人だといってござらしたから

「その〝代理人〟という方の名前は、わかりますか」

「……」

「ああ、わかりますがね。そう思って、当時の解約書をコピーして持っとりますがや……」安田がそういって、セカンドバッグの中から折り畳んだ書類を出した。「この人です……」

片倉が、書類を受け取った。柳井と二人で、見入る。

解約の日付けは、平成一八年一月一三日。その下の代理人の欄に、一人の男の名前と鳥取市内の住所が書いてあった。

〈――鳥取県鳥取市雲山《くもやま》×××
能海正信――〉

能海正信が、ここにも出てきた。

5

予約したビジネスホテルは、鳥取駅の近くにあった。

チェックインをすませ、小雪の舞う夜の街に出た。

〝街〟とはいっても、何もない。駅前の大通りと、並行して伸びるサンロード商店街と呼ばれるアーケード街は、ほとんどシャッターが閉まっていた。閑散として、人通りも疎《まば》らだった。

その間に、小さな居酒屋や小料理屋が数軒。寂れた暖簾の前に立ち止まり、曇った窓から店の中を覗いてみても、あまり食欲をそそられない。

「飯は、どうするか……」

片倉が、小雪の中に白い息を吐きながらいった。

「アーケード街に入る前に、ラーメン屋が一軒ありましたね」

柳井が歩きながら、背後を振り返る。確か、〝豚骨〟ではなく〝牛骨〟ラーメン、と書かれた赤い看板の店を見た記憶があった。

駅の方に少し戻り、ラーメン屋に入った。L字形のカウンターに椅子が七つか八つあるだけの、小さな店だった。カウンターの隅にテレビを見ながらビールを飲んでいる男がいたが、客はそれだけだった。

「どうしましょうか……」

品書きを見ながら、柳井がいった。

「そうだな。おれたちも、ひと息入れるか……」

山陰の地方都市は、どこでも同じだ。午後八時を過ぎると、もう夜もかなり更《ふ》けた気分になってくる。

最初は餃子と、ビールを頼んだ。体は冷えていたが、ビールの旨さが身に染みた。

二人でグラスを傾けながら、声を潜めて言葉を交わす。

「柳井、お前はどう思う。今度の一件、崎津や釜山の〝殺し〟の周辺で女の〝失踪者〟が多すぎると思わないか」

店員と客は、テレビのお笑いタレントの騒々しい掛け合いに気を取られている。片倉たちのことは、まったく気にしていない。

「康さん、前にもそういってましたね。私も、それは気になっているんです。ただの偶然なのか、それとも二件の〝事件《ヤマ》〟に関係しているのか……」

能海――小豆沢――佐知子、釜山絵美、〝ミキ〟もしくは〝ミカ〟という女。そしてもしかしたら、釜山の娘の真梨恵もその中に入れるべきなのかもしれない。

「おれは、偶然だとは思わんね。そして、もしかしたら……」

片倉が飲み干したグラスに、柳井がビールを注いだ。

「もしかしたら、何なんです」

「いや、これはただの勘なんだが、その中の何人かはすでに生きてはいないんじゃないかと思ってね……」

いや、それだけではない。片倉たちが把握していないところで、まだ何人もの人間が〝消えている〟可能性もある。

だが、柳井は、溜息と共に頷いた。

「私も、そう思います……」

餃子が出るのを待ってビールをもう一本、追加した。その後で、二人ともこの店の看板の〝牛骨ラーメン〟というのを頼んでみた。味はどれもそこそこだったが、体も心も少し温まったような気がした。

店を出ると、雪はまだ止んでいなかった。傘を広げ、しんとした暗い街に歩き出す。

「どうする。これから弥生町《やよいちょう》の方に行ってみるか」

柳井が、時計を見る。

「そうですね。まだ九時にもなっていないし、少し歩いてみますか」

弥生町は、鳥取駅から歩いて一五分ほどの市内随一の歓楽街だ。事前の調べでは町内の一画に数百の飲食店が軒を連ね、鳥取市内のスナックやラウンジ、キャバクラなどのいわゆる〝社交飲食店〟の大半がここに集まっている。県内で〝女がらみの事件〟といえばほとんどが弥生町か米子に集中し、近年では〝鳥取連続不審死事件〟(元スナックホステス上田美由紀《うえだみゆき》の周辺で六人の男性が不審死した事件)の舞台となった町としても知られている。

明日の夜は松江から橋本と須賀沼、神戸水上署から信部班も合流し、弥生町のスナック街に〝地取り〟を掛ける予定になっている。だが、事前に二人で〝現場《ゲンジョウ》〟を見ておいた方が事を進めやすい。

ところが弥生町の辺りまで歩いてみると、いったいどこが歓楽街なのかわからないほど閑散としていた。寂れている。駅の周辺と同じようにほとんどの店の看板の灯が消えたままで、人も歩いていない。

「おかしいな……。本当にここが、弥生町なのか……」

「間違いないと思いますが……」

それでも試しに裏通りに入ってみると、確かに歓楽街らしき痕跡はあった。雪の降る闇の中に、ぽつぽつとスナックやラウンジの看板の光が灯っている。建物の陰には客引きらしき男が立ち、道には客待ちなのかハザードランプを点滅させたタクシーや、〝代行〟の車が止まっていた。だが、数十メートルも先に行くと、周囲にはまた何もなくなってしまった。

仕方なく、道を戻った。他の路地を曲がる。ここにもスナックや一杯飲み屋のネオン、提灯が疎らに灯っていたが、それほど歩かないうちに途切れてしまった。

「これだけか」

「そうらしいですね」

歓楽街というには、あまりにも寂しすぎた。雪の中にひっそりと静まる街の風景からは、崎津や釜山が運命を翻弄された深い闇の片鱗は見えてこない。

「このあたりに、他に盛り場はないのか……」

「あるとすれば、駅の方に少し戻った末広温泉町《すえひろおんせんちょう》のあたりですね……」

路地を抜け、駅の方に戻った。だが、ここも同じだった。町名のとおり温泉の銭湯があり、スナックやキャバクラの店舗が入る『レインボープラザ』という七階建ての雑居ビルがあったが、歓楽街らしい雰囲気はその一画だけだった。

「客を装って、どこかのスナックにでも入ってみるか」

片倉が傘を差し、雑居ビルの店舗の看板を見上げた。

「その長靴でですか」

柳井が、笑いながらいった。

「かまうもんか。しかし、今夜は下手なことはできんしな……」

釜山克己が住んでいたマンションの解約書から能海正信の名前と住所が出てきたことで、少し事情が変わってきた。あの鳥取市雲山の住所に、本当に能海が住んでいるのか——もしくは住んでいたのか——はわからない。しかし、それを確認するまでは、下手に動かない方がいい。

「今夜は、やめておこう。どこか、寝酒の飲める静かなバーでも探そう」

片倉は背を丸め、雪の降る夜の街に歩き出した。

6

翌朝、片倉と柳井は、釜山克己が勤めていた『三徳運輸』に向かった。

雪は止んでいたが、空はまだどんよりと厚い雲に被われていた。また、いつ降りだすかわからないような雲行きだった。

『三徳運輸』は鳥取市の郊外にある、四トン車を一〇台ほど所有する小さな運送会社だった。だが、トラックはほとんど出払い、モルタル造りの平屋の事務所に事務員が三人残っていた。応対に出た若い女性社員に来意を伝えると、奥の席から肥った大柄な男が立ってきた。

年齢は、五十代だろうか。どこか疲れた表情の目の中に、かすかな狼狽《ろうばい》の色がかすめる。差し出された〝森脇進《もりわきすすむ》〟と書かれた名刺には、〈――営業・総務部長――〉という肩書きが入っていた。

「一〇年も前の事件を、なぜいまごろになって……」

森脇は他の誰もが思うように、小さな応接スペースのソファーに座る時間ももどかしそうにいった。

そうだ。釜山克己が殺されたのは、もう一〇年も前のことだ。その〝事件〟の〝犯人《ホシ》〟とされた崎津直也はすでに九年の刑を終えて出所し、その日に何者かによって殺された。だが、真犯人はまだこの世のどこかでのうのうと暮らしている。

用件は、すでに東京から電話で伝えている。片倉は単刀直入に、本題に入った。

「森脇さんは、生前の釜山さんと面識があったんですね」

森脇が、頷く。

「はい、ありました……。先代の社長が四年前に亡くなりましたので、もううちの社で釜山を知っているのは私と古参の運転手が一人か二人ぐらいだが……」

つまり、〝一〇年〟というのはそのような年月であるということだ。

「釜山さんというのは、どのような方でしたか。つまり、森脇さんから見た主観で結構なんですが」

片倉が訊くと、森脇は少し戸惑ったような様子だった。

「そうですね……。普通の運転手だったがや……。仕事は真面目やったが、酒や博打や、普段は適当に遊ぶといったような……」

森脇の言葉からは、釜山の人物像は見えてこない。

「〝女〟関係はどうでしたか。釜山さんは、平成一五年に離婚歴が一度あったようですが」

片倉の言葉に、森脇が首を傾げる。

「そんな話も、あったかもしれんがね……。じゃがそのころは釜山さんも前の会社におったけ、私はあまり知らんがね……」

つまり、釜山の前の妻の絵美のことも知らないということか。

「この会社に勤めている時はどうでしたか。誰か、親しくしている女性がいたかどうか」

森脇がまた、首を傾げる。

「まあ、付き合ってる女ぐらいはおったと思うがね……。このような会社だけ、社員の私生活には干渉せんですがね……」

森脇は、釜山の女性関係についてはほとんど何も知らなかった。もちろん、釜山が会社とは別に、〝店〟をやっていたという話も聞いていない。運送会社と運転手の関係などその程度のものといってしまえばそれまでだが、マンションの管理人が釜山についていろいろと知っていたことに比べると、少し不自然なような気もした。

「釜山さんは、二階町のマンションに住んでたんですよね」柳井が訊いた。「この会社に入社した直後に転居してるんですが、保証人が〝三徳運輸〟になってますね」

柳井が森脇の前に、マンションの管理人の安田から受け取った契約書のコピーを差し出した。

「まあ、契約書があるならそうなんでしょう……」

森脇はなぜか、テーブルの上の契約書のコピーをよく見ようとはしなかった。

「入社したばかりの社員の保証人になるのは、この会社では普通のことなんですか」

柳井が淡々と、森脇を追い詰めていく。面白い。片倉はしばらく、柳井のやり方を静観してみることにした。

「……まあ……トラックの運転手っていうのは浮草稼業のようなところがあるがね……。それに釜山さんの処遇に関しては先代の社長が決めたことなので、私には何とも……」

森脇の話には、〝先代の社長〟というのがよく出てくる。

柳井が資料の書類を捲り、続けた。

「釜山さんが亡くなった直後、平成一八年一月一三日にそのマンションが解約されていますね。管理会社は〝安田不動産〟です。覚えがありませんか」

「さあ……」

「おかしいですね。普通、入居者が死亡した場合、管理会社からまず保証人の方に連絡があるはずなんですが」

森脇は少し考えたが、特に動ずる様子もなく答えた。

「ああ、思い出しました。管理会社の名前までは覚えていませんが、確かに釜山さんのマンションの件で不動産会社から連絡はあったように思うがね。それで、代理人か何かを立てて処理したんじゃなかったがえ……。先代の社長が生きとったら、何かわかるだっちゃが……」

また〝先代の社長〟をスケープゴートにされてしまった。

片倉は喉元まで、〝能海正信〟という名前が出掛かっていた。だが、いまここで、能海の名前を出すわけにはいかない。

結局、森脇から訊き出せたのはそこまでだった。片倉と柳井は森脇の話によく出ていた〝先代の社長〟と、今日は留守にしていた〝現在の社長〟の名刺を受け取って三徳運輸を出た。

「どうも、奇妙だな。あの森脇という男、何か隠してるのかもしれないな……」

片倉が、歩きながらいった。暗い空には、またかすかに小雪が舞いはじめていた。

「あの男、釜山のマンションを解約する時に〝代理人を立てた〟といってましたね。もしかしたら、能海正信と面識があるのかもしれませんね」

柳井の推理は、けっして飛躍したものではないだろう。

片倉の携帯が鳴った。橋本からだ。歩きながら、電話に出た。

「片倉だ……」

——橋本です。遅くなりました——。

「それで、そちらの方はどうだ。何か、進展はあったか」

——はい。例の〝小豆沢〟佐知子の消息がわかりました。いま、鳥取市内にいるようです——。

やはり、鳥取市内か……。

「それで、こちらに来るのは何時ごろになる」

――いま米子から神戸水上署の車で、そちらに向かってます。道の混み具合にもよりますが、正午までには鳥取市内に入れるかと思います――。

「わかった。信部さんによろしくいってくれ」

電話を切った。

「橋本さんからですか」

柳井が訊いた。

「そうだ。〝小豆沢〟佐知子の消息がわかったそうだ。とりあえず我々は、ホテルで待機しよう」

捜査が少しずつ、動きはじめた。

7

〝小豆沢〟佐知子は平成二五年の三月まで、岡山県高梁市の自動車部品メーカー『株式会社トミタ工業』で季節労働者として働いていた。

ここまではすでに、崎津直也の収監中の書簡の発受の記録などから確認が取れていた。

問題は、その後だ。佐知子はある日突然、トミタ工業の寮に荷物を残したまま姿を消した。仲の良かった同僚にも行き先を告げず、住民票も寮から移転せずに失踪したので、そのまま消息不明となっていた。

だが、佐知子の履歴書から過去を辿っていくと、興味深いことがわかった。トミタ工業に入社する前の住所は鳥取県米子市で、そこにはいまも佐知子の亭主の小豆沢茂夫《しげお》という男が一人で住んでいた。

捜し当てた橋本と信部によると、小豆沢茂夫は「何の変哲もない男……」だという。年齢は、六七歳。米子市内のタクシー会社に、運転手として勤めている。消息不明になっている妻の佐知子のことで訪ねていくと、何も事情を知らなかったらしく、驚いていた。

だが、小豆沢の話からいろいろなことがわかった。小豆沢が佐知子と結婚したのは、平成一八年の一月。前年の年末に開催された、いわゆる中高年向きの〝婚活パーティー〟で知り合い、年が明けてすぐに籍を入れた。結婚を焦っていたのは、むしろ歳の若い佐知子の方だったようだ。

小豆沢も佐知子も、再婚同士だった。結婚前の佐知子の姓は、やはり〝能海〟だったようだ。これで小豆沢佐知子と能海佐知子が、同一人物だったことが確認された。

もうひとつ、明らかになったことがある。戸籍によると佐知子には、前の夫との間に娘が一人いた。名前は、能海未来《ミキ》、昭和六〇年六月四日生まれ。おそらくこの娘が、崎津が付き合っていたとされる〝ミキ〟もしくは〝ミカ〟という女だろう。だが、小豆沢茂夫は佐知子の娘の未来を写真で知るだけで、一度も会っていなかった。

小豆沢と佐知子の結婚生活は、一年以上続いた。だが、年が明けて平成一九年の四月、佐知子は「もうあなたとは一緒に暮らせなくなった……」とだけいい残して、小豆沢の元から出奔《しゅっぽん》した。

「佐知子は、家を出ていく理由を小豆沢にはあまり詳しく話さなかったようです」橋本が、熱い缶コーヒーで手を温めながらいった。

「ただ、出ていく少し前に娘の写真を見て泣いていたので、未来に何かあったんじゃないかとはいっていましたね……」

鳥取駅に近いビジネスホテルの狭いシングルルームの中には、息苦しい空気が籠もっていた。片倉と柳井が、橋本の報告に耳を傾ける。他に橋本に同行した須賀沼、二人に岡山から合流した神戸水上署の信部と部下の丸山《まるやま》という刑事も、缶コーヒーを片手に立ったまま息を潜めていた。

「それで小豆沢茂夫は、佐知子が岡山にいることは知らなかったのか」

片倉が訊いた。

「いや、それは知っていたようです。失踪した時に佐知子は自分の携帯電話を持って出ていたので、完全に音信不通というわけではなかったようです。トミタ工業にいることも、把握はしていたみたいですね」

「それならなぜ、小豆沢は佐知子を連れ戻さなかったんでしょう……」

柳井がいった。

「何度も、帰ってこいといったらしいね。しかし佐知子は、金が必要だといって小豆沢の元には戻らなかったそうだ……」

佐知子はしばらくすると、携帯の番号も変えてしまった。小豆沢は何度か手紙を書いたが、返信はなかった。そのうち出した手紙が〝宛先不明〟で戻るようになり、平成二五年の春ごろにトミタ工業に確認したところ、佐知子が社員寮に荷物を残したまま失踪したことを知った。

それにしても、平成一九年四月か……。

再婚相手の小豆沢と平穏な生活を送っていた佐知子がなぜ、急に家を出たのか。しかもなぜ、家を出る前に娘の写真を見て泣いていたのか。

考えてみれば、収監中の崎津直也から初めて片倉の元に手紙が届いたのが、平成一九年の四月四日だった。そして四カ月後、その年の八月二日に届いた葉書には〈――間もなく、若精霊が参ります――〉という意味深な言葉を綴っていた。つまり、これらのことから推理するならば、平成一九年春ごろに能海未来が何らかの理由で〝死んだ〟ということなのか――。

だが、疑問は残る。佐知子はなぜ、平穏な結婚生活を捨ててまで自動車部品工場の季節労働者などになったのか。亭主の小豆沢に残した〝金が必要だ〟という言葉の裏に、どのような事情があったのか――。

片倉は、直感的に思う。佐知子は何かから、逃げていたのではなかったか――。

「それで、佐知子がいま鳥取市内にいるというのは？」

片倉が訊いた。

「それは、うちの方ですな」神戸水上署の信部が答えた。「今回、改めて、小豆沢茂夫の家を家捜ししてみたんですわ。そうしたら佐知子が残していった荷物の中から、高校時代の同窓会名簿が出てきましてな。昨日からその名簿の名前を片っ端から当たってましたら、二人ほど最近まで佐知子と付き合いのあった女が出てきよりましてな……」

一人は米子市に住む門永明子《かどながあきこ》、もう一人は境港市に住む相澤智子《あいざわともこ》という女だった。二人は佐知子が再婚したことも、岡山県のトミタ工業に勤めていたことも知っていた。特に門永明子の方は、最近まで佐知子と連絡を取り合っていた。

信部が、手帳のメモを見ながら続けた。

「最後に佐知子から連絡が来たのは、平成二五年の夏ごろのようですな。トミタ工業を辞めてすぐに携帯を替えたという連絡が来て、それからしばらくはメールのやり取りくらいはあったそうなんですわ。その時に佐知子が、いまは鳥取市内で働いてるいうてたそうなんですわ……」

「その後は、連絡を取ってないんですか」

信部が、頷く。

「ええ、新しい携帯の電話番号もメールアドレスも、急に連絡が取れなくなったいうてますわ。一応、番号はわかってるので、うちの署から携帯電話会社の方に照会したんやがね……。契約者は確かに小豆沢佐知子ですな。平成二五年の四月八日付で契約して、八月六日付で解約されとりましたわ……」

たった四カ月で、新しい携帯を解約したということになる。やはり、どう考えてもおかしい。

「私からもひとつ」橋本がいった。「我々は境港市の相澤智子の方に会ってきたんですが、彼女がちょっと気になることをいってましてね……」

「気になることって、何だ」

「はい、彼女が小豆沢佐知子に最後に連絡を取ったのは、平成二五年の二月か三月ごろだったらしいんですが……」

「佐知子が、トミタ工業から失踪する直前だな」

「そうです。その時に佐知子は、こういっていたそうなんです。あなた、私の居場所を誰かに話さなかったか、と……。もちろん相澤智子には心当りはなかったし、知らないといったそうなんですが……」

だがその後、佐知子とはまったく連絡が取れなくなった。

やはり、小豆沢佐知子は何者かから逃げていたのだ。逃げるために能海正信と離婚し、小豆沢茂夫と再婚して名字を変え、その生活の場も安住の地ではなくなり岡山のトミタ工業の季節労働者となった。だが、何らかの理由で岡山にもいられなくなり、また姿を消した。

いったい、誰から逃げていたのか。元の亭主の能海正信なのか。もしくは、それ以外の誰かなのか――。

「小豆沢佐知子の、いまの住所はわからないのか」

片倉が、橋本に訊いた。

「それは、わかりませんね。門永明子は〝鳥取市内で働いてる〟と聞いただけだし、とにかくこの一年半は佐知子と誰も連絡を取ってないんですから。一応、佐知子の〝最近〟の写真と結婚当時の戸籍の写しは、亭主の小豆沢茂夫から預かってきましたけど……」

橋本がファイルの中から、佐知子の写真と戸籍の写しを出した。

〝最近〟とはいっても、写真は一〇年近く前のものだ。新婚旅行なのか京都の名所の前で小豆沢茂夫と一緒に撮ったものと、上半身のポートレートが一枚。佐知子の当時の年齢は四十代の半ばのはずだが、どこかの女優にでもいそうな細身の美人で、若く見えた。

戸籍の写しを見ると、佐知子の生年月日は昭和三五年（一九六〇年）一一月二〇日。現在、五四歳。だが、この一年半近くも完全に消息不明になっているということは、佐知子もまた〝生きてはいない〟可能性があるということか。

「ところで片倉さん、この先はどうするつもりですか」信部がいった。「例の能海正信の〝居所《ヤサ》〟が割れたと聞きましたんやけども……」

「〝割れた〟といっても、奴が釜山のマンションを解約した時に〝代理人〟の欄に名前と住所を書き残しただけですけどね。一応、実在する住所らしいが、〝本物〟かどうかはわからない……」

「もし例の住所に能海がいたら、どうしますか」柳井がいった。「まだ〝令状〟は取ってないし、〝確保〟はできません……」

「それなら、心配いりまへん。片倉さんの方さえよろしければ、うちが崎津直也の〝殺し〟の一件で〝任意〟で引っ張りますわ。とにかく、その住所に早いとこ〝捜査《ガサ》〟入れてみまへんか」

信部がそういって笑った。

8

小雪の舞う午後の薄暗い風景の中に立つと、〝何か〟が見えてきたような気がした。

鳥取県鳥取市雲山××××――。

〝現場《ゲンジョウ》〟はドラッグストアやガソリンスタンド、電工会社などの商業施設の中に、寺や個人の住宅などが混在するいわゆる〝近隣商業地域〟だった。

片倉は柳井と橋本、信部と共に、〝現場〟の周囲をゆっくりと歩いた。該当する地番に、〝コーポ雲山〟というアパートが一棟。小綺麗には見えるが、築二〇年は経っているだろう。有り得るとすれば、あれか。

「片倉さん、どうしますか。あのアパート、入ってみますか」

信部がいった。

「しかし、この四人で入っていったら目立ちすぎるな……」

「そしたら、私と柳井さんの二人で行ってみますわ。この恰好ならば、〝刑事《デカ》〟には見えまへんですやろ」

柳井はダウンパーカーにワークブーツ、信部は派手なマリンスポーツ用のジャンパーにスニーカーという出で立ちだった。

「では、そうしてください。私と橋本は、車に戻って待機してます」

片倉は橋本と共に、ドラッグストアの広い駐車場に駐めてあるワゴン車に戻った。運転席に座る丸山という若い刑事にアパートが見える位置まで車を動かすようにいい、無線機のイヤホンを耳に入れた。

暗い風景の中に、周囲を畑に囲まれた道を歩く柳井と信部の後ろ姿が見える。間もなく二人の姿が、淡いグリーンに塗られた安っぽいアパートの建物の中に消えた。

しばらくして、イヤホンから柳井の声が聞こえてきた。

――いま、郵便受けのところにいます……。部屋数は一階と二階合わせて、計一二室……。管理会社は〝興和《こうわ》不動産〟になってます――。

「どうだ。〝能海〟と書かれた部屋は、あるか」

片倉が、無線機のマイクに話し掛けた。

――〝能海〟というのは、見当たりませんね――。

やはり、〝ガセ〟か。

「わかった。もしなかったら、信部さんとこちらに引き上げてきてくれ」

だが、その時、柳井が奇妙なことをいいはじめた。

――康さん、ちょっと待ってください。郵便受けに面白い名前を見つけましたよ――。

「誰の名前だ」

人の気配でもしたのか、柳井からの通信が途切れた。そしてまたしばらくすると、イヤホンに柳井の声が聞こえてきた。

——釜山……釜山絵美です——。

「何だと……」

釜山絵美——。

一〇年前に殺された釜山克己の、別れた妻だ。いったいこれは、どういうことだ……。

——二階の一番奥……二〇六号室のようですね……。ちょっと、部屋の前まで移動してみます——。

移動する気配。建物の陰になり、柳井と信部の姿が見えないことがもどかしい。

「釜山の元女房がこんな所にいるなんて、いったいどういうことなんですかね……」

片倉の横で無線に耳を傾ける橋本が、呟くようにいった。

「わからん……。しかし、偶然じゃないことは確かだ……」

一〇年前の釜山殺しの〝事件《ヤマ》〟の〝真犯人《ホンボシ》〟は、おそらく能海正信だ。その能海と、殺された釜山の元妻が、いったいどこで、どのようにして繋がったのか——。

間もなく、柳井の声が聞こえてきた。

——誰もいないようですね……。部屋の明かりは消えてますし、人の気配もありませんし……。留守のようですね——。

片倉は、力を抜くように息を吐いた。

「了解。とりあえず一度、車の方に戻ってきてくれ……」

小雪が舞う中を、二人が戻ってきた。周囲を気にしながら、ワゴン車のドアを開けて乗り込む。

「片倉さん、これは、どういうことなんですか……」

信部が、息を切らしながら訊いた。

「いや、我々にもよくわからないんです。まったく想定していなかった……」

片倉は、これまでの事実関係だけを簡単に説明した。釜山絵美が、一〇年前の〝事件〟の〝被害者《ガイシャ》〟の元妻であること。ここ数年、所在が確認されていなかったこと。そして片倉たちも、釜山絵美と能海正信との関係をまったく予期していなかったこと――。

「いったい、どういうことなんや……」

信部が、首を傾げる。

「わかりません。ここで釜山絵美が出てくるとは、思ってもみなかった……」

「まさか……。釜山の一件は三角関係の痴情の縺《もつ》れの末の〝殺し〟だったんじゃないだろうな……」

橋本が、首を傾げる。

確かに、その可能性は否定できない。だが、釜山と絵美、能海の三角関係が〝事件〟の発端だとしたら、そこになぜ崎津直也が巻き込まれたのか。その崎津が神戸で殺され、なぜ片倉まで狙われたのか。事件の全体像は、何ひとつ説明できない。

一連の〝事件〟は、そんな単純な構造ではないはずだ。片倉たちに見えているのは、この時点でもまだ、氷山の一角のような気がしてならなかった。

「これから、どうしますか。住人が戻ってきたら、参考人として押さえますか」

柳井がいった。

参考人で押さえるとはいっても、釜山絵美は〝被害者〟の元妻にすぎない。〝被疑者〟ではない。それにもし釜山絵美を押さえれば、能海をはじめ絵美のバックにいる奴らは完全に闇の中に潜伏してしまうだろう。

「うちらはどないでもよろしいです。これは片倉さんたちの領分やから、おまかせしますわ」

片倉は、考えた。この場の判断が、以後の捜査の成否を左右するような気がした。

「よし、ここは慎重にやろう。橋本と須賀沼は、ここに残ってあのアパートを張ってくれ。釜山絵美の写真は、柳井が持っている。ただし、絵美らしい女が戻ってきても、押さえなくていい。動きを監視して、逐一こちらに報告してくれ」

「わかりました」

「柳井は、このアパートの権利関係を調べてくれ。アパートの管理会社の興和不動産に当たって、二〇六号室の契約者が誰になっているのか聞き出してくれ」

「了解しました。すぐに動きます」

「片倉さん、我々はどないしましょう」

信部が訊いた。

「我々はひと足先に弥生町に入って、情報を集めながら待機してましょう」

だが、もう一度その前に所轄に挨拶をし、改めて協力を要請するべきか。

事と次第によっては、大きな捕り物になる予感があった。

9

冬の山陰は、日没が早い。

空が雪雲に被われていることもあって、午後五時前には黄昏も終わり、辺りは夜の帳《とばり》に包まれていく。

小雪の舞うひっそりとした街の風景の中に、ひとつ、またひとつと小さなネオンが灯りはじめる。

片倉は弥生町の歓楽街の外れに駐めたワゴン車の中で、辺りの様子を見守っていた。人通りは、少ない。時折、どこかの店の関係者なのか、水商売風の男や女が傘をさして歩き過ぎていく。

携帯が鳴った。柳井からだった。

「片倉だ。何か、わかったか」

——例のアパートの件、いろいろとわかりました。契約しているのは釜山絵美本人ではなく、法人ですね——。

法人、か……。

「社名は」

——有限会社キヨミです。〝キヨミ〟はさんずいの〝清い〟に〝美しい〟と書きます。代表はイドガキ清美。〝イドガキ〟は水を汲む〝井戸〟に垣根の〝垣〟——。

女が自分の名前を、そのまま社名に使ったということか。橋本がプロファイリングした時の、「虚栄心が強い……」といった一言が頭に浮かんだ。

「その法人の業務内容は」

片倉が、訊く。

——どうやら弥生町のあたりで、スナックを何軒かやっているようですね。確かかどうかわかりませんが一応、店名も聞いてきました——。

やはり〝水商売〟か……。

「わかった。こちらに合流してくれ。昨夜、二人で歩いた弥生町のスナック街の外れに車を駐めている」

——了解しました——。

電話を切ると、助手席に座る信部が振り返った。

「何か、わかりましたか」

「また一人、女の名前が出てきましたね。名前は井戸垣清美。職業は例のアパートの二〇六号室を契約している法人の、代表ということになってますね」

「井戸垣清美か……。うちの捜査線上にも、まったく浮かんどりまへんな……」

神戸水上署の捜査線上にも浮上していないということは、これが例の新神戸駅の防犯カメラに映っていた女か——。

やはり、鳥取署に協力を要請すべきか。もしその井戸垣清美という女がスナックを経営しているならば、所轄の生活安全課が何らかの情報を把握している可能性がある。

二〇分ほどで、柳井が戻ってきた。肩に薄《うっす》らと積もった雪を払いながら、ワゴン車に乗り込む。

「お疲れ。それで、他に何かわかったことは」

息をつく柳井に、片倉が訊く。

「一応、店の名前は調べてきました……」柳井が、手帳を開く。「一軒がスナック〝ママン〟、もう一軒がスナック〝ニューシャネル〟ですね。インターネット上には何の情報も上がってきていませんので、現在も営業しているかどうかは確認できていませんが……」

スナック〝ニューシャネル〟か……。

確かに新神戸の防犯カメラに映っていた女は、シャネルらしきハンドバッグを腕から提げていた。

「先ほど、もう一本手前の路地に〝ママン〟という看板はあったような気がしましたなぁ……」

信部がいった。確かに片倉も、見たような覚えがある。

「〝ニューシャネル〟というスナックも、末広温泉町の方にあったような記憶がありますね……」

柳井がそういって、片倉の顔を見た。

「片倉さん。どないしますか。所轄の応援いうたかて、現状で我々は〝捜査令状《ガサジョウ》〟も〝逮捕状《フダ》〟も持っとりませんのやで。応援の頼みようがないですやろ」

信部がいうことも、もっともだった。

「康さん、どうするんですか。とにかく、店に例の女と能海が出入りしているかどうかを確認してからでないと……」

確かに、そうだ。

まずその二軒のスナックに例の女と能海正信が関係しているのかどうか。それを確認することが先決だ。

それに片倉と柳井がこれまでに当たった〝誰か〟が、奴らに情報を流している可能性もある。もし警察が動き出していることを察知されれば、一刻の猶予もない。やるならば、いましかない。

「わかった。動こう。〝捜査《ガサ》〟を入れるなら、二手に分かれて二軒同時にやった方がいい」

どちらか一軒の店に踏み込めば、奴らに逃げる隙を与えることになる。

「賛成ですな。そうしましょう。それで片倉さんたちは、どちらをやりますか」

「信部さんたちは、〝ママン〟の方をやってください。我々は〝ニューシャネル〟の場所をだいたいわかっているので、柳井と二人でそちらの方をやります」

「どこまで、やりますか。我々はもし能海らしき男がいれば、〝緊急逮捕《キンタイ》〟までやるつもりですが」

危険はあるが、神戸水上署の事情を考えれば仕方ないだろう。少なくとも、条件は揃っている。

「わかりました。判断は、まかせます。我々は客を装って店に入りますが、事と次第によっては〝確保〟するつもりです」

「いま、何時ですやろ」

「まだ、六時を過ぎたばかりですね」

柳井が、時計を見た。

「やるならば、同時に踏み込んだ方がいい。午後七時ちょうどということでどうですか。いまのうちに、全員の時計を合わせておきましょう。それから柳井、例の釜山絵美の写真、信部さんの携帯の方にも送信しておいてくれ」

「了解しました……」

時計を合わせている時に、片倉の携帯にメールが着信した。メールを、開く。雲山のアパートに張り込みをしている、橋本からだった。

〈――二〇六号室に若い女が入った。釜山絵美とは別人。張り込みを続ける――〉

「橋本さんですか」

柳井が訊いた。

「そうだ。例のアパートの二〇六号室に、若い女が入ったらしい。しかし、釜山絵美ではないといっている」

停滞していた時間が、一気に動きはじめた。

10

車で国道五三号線を渡り、三ブロックほど移動した。

角に〝日乃丸温泉〟という銭湯の建物が見えた所で、右折。さらに一ブロック先の〝末広温泉町〟の交差点で車を止めた。

「我々は、ここで……」

片倉と柳井が、ワゴン車の後部座席から降りた。

「そしたら自分と丸山は、弥生町の方に戻りますわ。そのまま、二〇分後に〝ママン〟の方に入ります」

助手席の信部がいった。

「くれぐれも無理をしないでください。もし、能海がいたら……」

「わかってます。まず、お二人の携帯にメールを入れますんで」

ドアが閉まり、ワゴン車はまた弥生町の方へ走り去っていった。

「さて、我々も行こうか」

片倉が傘を差し、小雪の中を歩き出す。

「もう一ブロックほど、国道の方に戻ったあたりですね。住所でいうと、鳥取市末広温泉町の三××番地……。何軒かクラブやスナックが集まっている一画があって、その中の一軒ですね……」

柳井が、スマートフォンの地図を見ながらいった。

スナック〝ニューシャネル〟の看板は、すぐに見つかった。雪の中で眠るように静かな街の中で、まだ真新しい雑居ビルの二階にぼんやりとネオンが灯っていた。もし、意図的にこの店を探していたのでなければ、見落としてしまうほど小さくて、目立たない看板だった。

「どうしますか。入りますか」

柳井が、小さな踊り場のエレベーターの前に立った。あたりには、人の気配はない。

片倉が、時計を見た。

「まだ、一〇分ほど早いな。少しここいらを歩いて、時間を調整しよう……」

店の入っている雑居ビルを中心に、少し歩いた。街は暗く、寂れていた。時折、スナックやラウンジの看板を見かけた。

まだ新しく、この街に馴染まないような煌びやかな店もある。だが、ほとんどは、つつましやかな地方都市ならどこででも見掛けるような場末のスナックだった。

〝ニューシャネル〟に戻ろうとした時に、橋本から電話が入った。

「片倉だ。何か、変化があったか」

携帯を開き、訊いた。

――いま、アパートの前です……。例の若い女が、部屋を出てきました……。髪をセットして、化粧……。どうやら〝出勤〟のようですね――。

やはり、〝水商売〟か。

「尾行できるか」

――はい……。いや、無理です……。車が来ました。鳥取ナンバーの、赤い小型のベンツ……。いま、女が乗り込んで、市内の方向に走り去りました――。

「運転手は」

――確認できませんでした――。

まあ、いいだろう。アパートの部屋は、確認できている。しばらくは、泳がせておいた方がいい。

「了解。とりあえず、そのまま張り込みを続けてくれ。こちらはこれから、末広温泉町のスナックを洗う」

電話を切った。

「橋本さんからですか」

柳井が訊いた。

「そうだ。女が、髪をセットして例のアパートの部屋を出たらしい」

おそらく、弥生町か末広温泉町あたりの店に出勤するはずだ。

〝ニューシャネル〟の入っている雑居ビルの前まで戻ってきた。時計は、間もなく七時になろうとしていた。

「よし、行こう……」

二人で、小さなエレベーターに乗った。


スナック〝ニューシャネル〟は、何の変哲もない店だった。

店は真新しく、開店して一年ほどしか経っていないように見えた。だが間口は狭く入口の看板も小さくて、もしステンドグラスの白いドアが付いていなければごく普通の事務所とあまり変わらなかった。

ドアを押して、店内に入る。中は意外に広く、まだ新建材や壁紙の糊の匂いがしたが、音楽もなく静かだった。

「いらっしゃいませ……」

ドアが開くベルの音に気付いたのか、グリーンの派手なワンピースを着た女が奥から出てきた。年齢は四十代の半ばくらいか。長い髪を茶に染め、長年の生活のやつれを濃い化粧で隠している。

「もう、開店してますか」

客を装い、訊いた。

「はい……お好きな席に、どうぞ……」

女合皮張りの長いベンチソファーがあり、そこに三つ並ぶテーブルの一番奥に座った。女がお絞りを出し、音楽を入れた。飲み物はビールを注文した。まだ時間が早すぎたのか、他にホステスはいない。

お通しの準備でもしているのか、女がカウンターに入っている時に、声を潜めて柳井に話し掛けた。

「どう思う、あの女……。誰かに、該当すると思うか……」

〝誰か〟とはこれまでに音信不通になっている何人かの女、もしくは新神戸駅の防犯カメラに映っていた崎津直也の連れ——おそらくこの店のオーナーの井戸垣清美——という意味だ。

「年齢からすると、有り得るのは小豆沢佐知子か井戸垣清美でしょうね……」

柳井も、小声で答える。

「そうだな。しかし、小豆沢佐知子ではないな……」

小豆沢佐知子の写真は手元にあるが、まったく似ていない。

「そうですね。でも、あの新神戸駅の防犯カメラの女とも違うような気がしますが……」

防犯カメラから引き伸ばした写真は、不鮮明だ。だいたいの身長や体形、顔の特徴的な部分はわかるが、それだけで個人を特定することは難しい。それにしても、あの女は〝似ている〟とはいい難い。

女が煮物の箸休めと乾き物を持って、テーブルに戻ってきた。〝ニューシャネル〟などと気取った店名を付けてみても、内容は場末のスナックと変わらない。

「〝リサ〟です。この店は、初めてですか」

女が、片倉のグラスにビールを注ぎながら訊いた。やはり、地元の人間には見えないらしい。

「ああ、初めてだ」

ごく自然に、答える。

「東京からですか」

「そうです」

柳井が答える。そんなありきたりな、白々しいやり取りが続く。

「すみませんね、私一人で。もうすぐ、女の子たちも来るんですけど……」

〝リサ〟と名告る女には、山陰の訛りがなかった。この土地の女ではないのかもしれない。

「あなたが、この店のママさん？」

片倉が、訊いた。

「いえ、私は違います。ママは、八時ごろになると思います……」

女がそういって、どこか疲れたような笑みを浮かべた。

二本目のビールを注文して、七時半ごろになった時に店のドアが開き、もう一人女が入ってきた。年齢は、二十代の後半から三十代くらいか。いや、やつれてはいるが、もっと若いのかもしれない。

「いらっしゃいませ……」

片倉たちの席の前を通り過ぎ、店の奥へ入っていく。柳井と、顔を見合わせた。年齢的には、能海未来に近いかもしれない。

女がコートを脱いで雪靴をハイヒールに履き替え、フロアに戻ってきた。〝クミコ〟と名告り、自分のグラスを持って片倉たちの席に着く。

ミニのワンピースから露出した肌が、異様に青白い。血管が浮き出ていて、病的に痩せている。〝覚醒剤《シャブ》〟をやっていることが、ひと目でわかった。

客は他に、誰も入ってこなかった。お互いに素性を知らない男と女が四人、愚にも付かぬことを話しながら、淡々と時間が過ぎていく。時計はいつの間にか、八時をかなり回っていた。

「ママは遅いね」

つい、本音が口を衝いて出た。

「あら、ママをお待ちなんですか」

「いや、そういうわけではないんだけどね……」

リサという女の、携帯電話が鳴った。

「ちょっと失礼しますね」

女が携帯を持って席を立ち、カウンターの奥へ消えた。音楽が鳴っているので内容はわからないが、誰かと電話で話すような声は聞こえてくる。

しばらくして、女が席に戻ってきた。

「お客さん、すみませんね。今日、ママは雪だからお店に来るのが遅くなるんですって……」

柳井と、顔を見合わせる。どこか、様子がおかしい。何かを勘付かれたのかもしれない。

その時、ドアが開くベルの音が鳴った。もう一人、若い女が入ってきた。

年齢は、二十代の前半か。髪をアップにセットして、フードの付いた白いダウンのコート。外は雪が降っているのに、赤いハイヒールを履いていた。

「いらっしゃいませ……」

片倉たちのテーブルに、頭を下げて通り過ぎていく。柳井を見る。なぜか柳井は、驚いたような顔で店の奥に入っていく女を見つめていた。

「どうしたんだ」

片倉が、小声で訊いた。

「ちょっと……」

柳井はポケットからスマートフォンを出し、誰かにメールを打ちはじめた。メールを送り、しばらく待つ。返信があり、それを読んで頷く。

そして、いった。

「康さん、ここを出ましょう」

「出るか。かまわないが……」

〝リサ〟という女に勘定を頼み、金を払って外に出た。

雪の降る暗い道を歩きながら、柳井に訊いた。

「いったい急に、どうしたんだ」

「いま入ってきた、あの〝女〟です。橋本さんに、メールで確認してみたんです。白いダウンのコートに、赤いハイヒール。例のアパートの二〇六号室から出てきた女と、服装が一致しています」

やはり、そうか。だが、そこまでは想定の範囲内だ。

「それだけじゃあ、店を出る理由にはならんだろう」

もしあの女が例のアパートの二〇六号室に住んでいるならば、話をすれば何か訊き出せたかもしれない。何も、慌てて店を出る必要はない。

「康さんは、気が付きませんでしたか」

柳井が、何をいわんとしているのかわからなかった。

「気が付くって、何をだ……」

柳井が立ち止まり、片倉を見た。

「あの女、殺された釜山克己の娘の釜山真梨恵ですよ」

「あっ！」

思わず、声が出た。

柳井がスマートフォンを開き、釜山ハツミの家で撮ってきた七五三の時の真梨恵の写真を出した。

確かに、そうだ。一〇年以上の年月を経て、少女は大人になった。化粧や、髪形の違いもある。だが、〝ニューシャネル〟に入ってきた女とこの七五三の少女は、間違いなく同一人物だ。

「そういう訳だったんです。下手に警戒されて彼女を隠されてしまうより、一度出直した方がいいと思ったものですから……」

柳井の判断は、正しい。

「よし、とりあえずホテルに戻って、今後の作戦を練ろう。橋本と信部さんに、メールを入れておいてくれ」

「はい」

二人はまた、歩き出した。

「その前に……」

「何でしょう」

「腹が減ったな……」

片倉が、力が抜けたように息を吐いた。

11

一連の〝事件《ヤマ》〟の全体像が、少しずつ見えてきた。

一〇年前に東京で起きた、釜山克己刺殺事件。その〝犯人《ホシ》〟として逮捕され有罪となった崎津直也も、犯行の真相をすべて話すことなく出所直後に神戸で殺された。

さらに崎津の〝事件〟を洗ううちに、周辺で何人もの男女が失踪している事実が発覚。そして細い糸を手繰るうちに山陰の島根県松江市、鳥取県の鳥取市へと導かれ、最初の犠牲者の娘である釜山真梨恵——おそらく間違いないだろう——まで辿り着いた。

だが、まだ欠落している部分は多い。あの〝ニューシャネル〟という店を経営する井戸垣清美という女は、いったい何者なのか。少なくとも崎津直也の殺害に何らかの形で関与していると思われる能海正信は、いまどこに潜伏しているのか——。

もうひとつ、決定的な謎がある。片倉は、いつもこの謎に突き当たる。

自分はあの日、なぜ刺されたのか――。

その度に脳裏を過るのは、崎津からの手紙に書かれていたあの〈――砂丘の蛙――〉という奇妙なひと言だ。

深夜近くになって、神戸水上署の信部と丸山がホテルに戻ってきた。酒をかなり飲んだのか、信部は少し酔っているようだった。

「それで、どうでしたか。〝ママン〟の方は」

片倉が信部に訊いた。

「まったく。当たりも掠《かす》りもしまへんでしたわ。能海も井戸垣清美も姿を現さんし、他の女たちを相手に飲んでただカモられただけですわ」

やはり、そうか。

「こちらも同じようなものです。井戸垣清美は遅くなるというので、早く引き揚げてきました。ただ、興味深い人間が店に入ってきましてね……」

「誰です？」

「例の、雲山のアパートの二〇六号室にいた女ですよ。柳井、信部さんに説明してくれないか」

「はい……」柳井が頷く。「一〇年前に殺された釜山克己の娘、釜山真梨恵に間違いないと思います」

「釜山の娘……。それ、どないなっとるんですか……」

信部が驚いたように、片倉と柳井の顔を見た。

「我々も、まだわからないんです。元々、あのアパートの部屋には釜山の別れた妻の釜山絵美の名前がありましたし……」

片倉は、柳井が信部に話すのを聞きながら考えた。

釜山克己を殺した〝真犯人《ホンボシ》〟は、おそらく能海正信だろう。その能海は、〝ニューシャネル〟の経営者の井戸垣清美と繋がっている。さらに井戸垣清美が代表を務める会社が借りているアパートに釜山の元妻の名前があり、娘が〝ニューシャネル〟でホステスとして働いていた……。

複雑だ。だが、この奇妙な人間関係の中に、今回の一連の〝事件〟の本質が隠されているような気がした。

もうひとつ、気になることがある。釜山克己の母親の釜山ハツミが、興味深いことをいっていた。

——確か、店をやってるとかいっとったがや——。

その〝店〟とは、井戸垣清美と関係したものではなかったのか。だとすれば、〝ニューシャネル〟という店名は……。

「康さん、どうしたんです」

橋本にいわれて、ふと我に返った。

「いや、ちょっと気になることがあったものでね……」

「気になるって、何がですか」

柳井が怪訝そうに、片倉の表情を窺う。

「ひとつは、〝ニューシャネル〟という店の名前だよ。まあ、井戸垣清美という女がシャネルを好きだったんだろうが、〝ニュー〟と付くからには以前、ただの〝シャネル〟という店があったんじゃないかと思ってね……」

柳井、橋本、須賀沼、信部、丸山、狭い部屋の中で五人の刑事たちが顔を見合わせる。

「そしたら片倉さん、もし〝シャネル〟ちう店があったとしたら、それにどないな意味があるんですか」

信部が首を傾げる。

「釜山の母親のハツミが、息子は〝店をやっていた〟といっていたんでね。いまのところ釜山克己は三徳運輸という運送会社に勤めていたところまでしか裏が取れていないんだが、もし母親のいっていることが事実なら、その店というのは〝シャネル〟というのではないかと……」

勘に頼っただけの飛躍した推理だが、誰も否定はしなかった。行き詰まった捜査の突破口を開くのは、往々にして一人の刑事の小さな勘であることを皆、わかっている。

「それなら康さん、もし過去に〝シャネル〟という店がこのあたりにあったかどうかを調べれば、何か出てくるかもしれませんね」

橋本がいった。

「そういうことだ。やってみる価値はあると思う。それと、もうひとつ」

「何です」

「例の、釜山の娘だ。もしあの女が本当に釜山真梨恵だとしたら、〝確保〟して聴取すれば何か出てくるかもしれない」

「〝参考人〟で引っ張るんですか」

「いや、それは無理だろう。もっと、いい方法がある。彼女の祖母の釜山ハツミに〝行方不明者届〟を出させて、〝保護〟すればいい」

「なるほど……。そしたら、うちの署に出してもらえれば、後はうまいことやれるかもしれまへんなあ……」

信部が、含みがあるようにいった。

12

平成二二年四月一日、『行方不明者発見活動に関する規則』が施行され、全国の各警察署に通達された。

これにより、それまでの失踪者の捜査に係わる規定が大幅に見直された。さらに行方不明者発見活動に関連する用語の整理等が行なわれ、〝家出人〟は〝行方不明者〟へ、〝捜索願〟は〝行方不明者届〟に変更された。

警察では〝行方不明者〟を次のように規定している。

〈――本人の意思により、又は保護者などの承諾がないのに住居地を離れ、その所在が明らかでない人――〉

今回の一連の〝事件〟の周辺では能海未来、小豆沢佐知子、釜山絵美、その娘の釜山真梨恵が少なくともこれに該当する。実際に、小豆沢佐知子に関しては、すでに亭主の小豆沢茂夫から米子警察署に〝行方不明者届〟が提出されていた。

〝行方不明者届〟を出すことができるのは、次のいずれかに該当する者とされている。

①親権者、配偶者、後見人などの親族や監護者。
②行方不明者の福祉に関する事務に従事する者。
③同居人、恋人、雇主など行方不明者と密接な関係を有する者。
今回の釜山真梨恵の場合、両親が死亡もしくは同じように行方不明になっている。よって祖母の釜山ハツミは、①の〝後見人などの親族〟と解釈することができる。

さらに新しい『行方不明者発見活動に関する規則』には、〝行方不明者届〟の届出場所についても以下のような規定がある。
①行方不明者の行方不明時の住所又は居所を管轄する警察署（最寄りの警察署）。
②行方不明者が行方不明になった場所を管轄する警察署。
③届出をされる方の住所若しくは居所を管轄する警察署。
今回の場合、問題になるのはこの部分だ。もし釜山ハツミが孫の真梨恵の〝行方不明者届〟を届け出る場合、該当するのは自分が居住する鳥取県東伯郡の所轄の倉吉《くらよし》警察署。もしくは真梨恵が最後に居住していたことが確認される住所の、現地の所轄の警察署ということになる。

だが、神戸水上署の信部にいわせれば、まったく別な解釈も可能だということになる。

「その釜山真梨恵というのが何年か前に神戸に旅行に来て、そこで失踪したということにすればいいやないですか。実の祖母が署名して、うちの署が受理するといえば何も問題ありまへんやろ」

乱暴なやり方だが、間違ってはいない。確かにそう解釈すれば、届出場所の規定②に該当する。特に失踪者が〝特異行方不明者〟(何らかの犯罪に遭うおそれがある者、自殺のおそれがある者など)の場合には、どの警察署でも同じような手を使っている。事実、釜山真梨恵が、〝何らかの犯罪に遭うおそれがある〟ことは否定できない。

翌日、片倉は柳井と信部と共に、鳥取県東伯郡北栄町松神の釜山ハツミの家に向かった。

雪は、この日も朝から降ったり止んだりを繰り返していた。橋本と須賀沼、神戸水上署の丸山は、例の雲山のアパートの〝張り込み〟に残してきている。もしアパートに能海正信が姿を現せば、〝緊急逮捕《キンタイ》〟にまで動くように指示してある。

今回は神戸水上署のワゴン車があるので、楽だった。二日前に来た時よりも畦道の雪は多くなっていたが、ゴム長靴で踏めばどうということもない。

釜山克己の生家は、前回と同じように雪に霞む小さな森の中につくねんと佇んでいた。

「ここに、釜山の母親が一人で住んではるんですか……」

信部がいうのも、無理はなかった。荒れ果てて、人の気配がしない。軒下の雨戸が閉まり、今日は庭の下生えの中の小径にも足跡が残っていなかった。

「とにかく、訪ねてみましょう」

柳井が表札の下の呼び鈴を押し、〈——押し売り、泥棒、立ち入るべからず——〉と書かれた張り紙が貼られた戸を叩く。だが、やはり応答はなかった。仕方なく、戸を開けて声を掛けた。

「御免ください。釜山さん、いらっしゃいませんか……。先日、伺った東京の警察の者ですが……」

部屋の中は薄暗く、だが、暖かかった。土間を上がったところに、前と同じように石油ストーブの赤い火が灯っていた。部屋の炬燵には、小柄な白髪の老婆が座っている。

「今日は。お邪魔しますよ」

片倉が土間に入ると、釜山ハツミは炬燵に入ったままぺこりと頭を下げた。

「タダシ、なあ……」

「お婆ちゃん、違いますよ。一昨日にもお邪魔した、東京から来た警察の者ですよ。忘れちゃったかな……」

「さあいな……」

柳井が土間の上がり框に座り、行方不明者届の書類を出した。書類には釜山ハツミの署名欄以外はすでにすべて書き込み、七五三の写真から複写した釜山真梨恵の顔写真が貼ってある。

「今日は、お願いがあってきたんです。この書類を見てくれませんか」

耳が遠いハツミのために、柳井が少し大きな声を出す。

「何な……」

ハツミが炬燵から出てきて框に座り、書類に見入る。書類に貼ってある孫の写真を指さし、かすかに笑った。

「わかりますか」

「……真梨恵だがや……」

「そうです。真梨恵さんです。我々は、行方不明になっている真梨恵さんを捜しているんです。そのためには、この書類が必要なんです。お婆ちゃん、ここに署名して、判子を押してくれませんか」

だが、ハツミはしばらく書類を見つめたまま黙っていた。首を傾げ、やがて困ったようにいった。

「……判子を押すなら、〝タダシ〟に訊かんといかんがね……」

二人のやり取りを聞いていた信部が片倉の腕を引き、小さな声で訊いた。

「〝タダシ〟っていうのは、誰のことですか……」

「さあ……。この前もいっていたんですが、わからないんです。このあたりに住む親族か誰かのことだとは思うんですが……」

片倉も、小声で答えた。

柳井は、老婆と話し続ける。

「お婆ちゃん、お孫さんに会いたいでしょう」

老婆が、考える。

「……会いたいわいや……」

柳井が、老婆の小さな肩に手を置いた。

「お婆ちゃん、真梨恵さんのことが心配じゃないですか」

老婆がまた、考える。

「……心配だがね……」

柳井がペンを出す。

「我々が、真梨恵さんを捜し出して必ずここに連れてきますから」

老婆がこくりと頷き、ペンを手にした。

「柳井さんは、いい詐欺師にならはりますわ……」

信部が、感心したように呟いた。

釜山ハツミから行方不明者届に署名と判をもらい、家を出た。雪がまた、どんよりとした空に舞いはじめていた。

「何だか、あのお婆ちゃんを騙《だま》したようで、気が引けますね……」

柳井がなぜか淋しそうに、ぽつりとそういった。

「気にするな。おれたちは、悪いことをしたわけじゃない」

片倉は携帯を開き、電話を掛けた。

畦道に駐めてある車まで歩く間に、雲山のアパートに張り込んでいる橋本と話した。電話を切ると、信部が訊いた。

「橋本さんですやろ。何ていうてはりましたか」

「二〇六号室に、釜山真梨恵らしき女がいるようです。我々も、向かいましょう」

片倉が、いった。

13

雪が強くなった。

まだ午後の二時を過ぎたばかりだというのに、まるで夕刻のように暗い。

アパートの周囲を、車でゆっくりと回った。雪の降る色彩のない風景の中で、アパートの二〇六号室の窓だけにぼんやりと明かりが灯っている。

「あれですね……。カーテンが、見えますか。あのカーテンが時々、動くんですよ。何か、勘付いているのかもしれませんね……」

橋本が、車の中から説明する。手には、温かい缶コーヒーを握っていた。

「中にいるのは、釜山真梨恵だけか」

片倉が訊いた。

「はい、おそらく。朝の五時ごろにタクシーで帰ってきて、その後すぐに寝たようですね。昼近くに起きて明かりがついたんですが、他に人が出入りしたところは見ていません……」

橋本は前日から、ほとんど眠っていないはずだ。レンタカーを一台借り、その車内で須賀沼と交代で〝張り込み〟を続けていた。だが、顔色に疲れは見せていない。

「押さえるなら、いまですな」

信部がいった。

車がゆっくりと、アパートの裏の角を曲がる。二〇六号室は、二階の一番奥だ。裏側にも、窓が二つある。

「一応、こちら側も押さえておいた方がいいな。ベランダの窓側、角、裏側に三人、配置しておこう」

釜山真梨恵が逃走するとは思えないが、部屋に他の人間――例えば能海正信――が潜伏していた場合にも備えておかなくてはならない。正面は階段が一カ所、外に面した通路が一本だけなので、残り三人で十分だ。

車を、裏通りに駐めた。橋本が須賀沼と丸山を連れ、配置に付く。片倉は柳井、信部と共に、アパートの表側から階段を上り二階に向かった。

「隣の、二〇五号室はどうなってますか」

信部が訊いた。

「現状、空き部屋です。二階で居住者がいるのは、他に二〇一号、二〇三号、二〇四号です」

柳井が答える。

吹きさらしの、北側の通路を歩く。二〇三号室の前には子供用の自転車が置いてあり、薄《うっす》らと雪を被っていた。寒々しい風景だった。

二〇六号室のドアの前に着いた。表札には、何も書かれていない。だが、部屋の中から、かすかにテレビの音が聞こえてくる。

信部がドアの陰になる位置に立ち、片倉は通路を塞ぐように一歩引いた。柳井がドアの正面に立ち、二人に向かって頷く。そして呼び鈴を押した。

部屋の中で、人の気配。間もなく、ドアが開いた。

「はい……」

まだ〝少女〟といっていい年頃の若い女が、顔を出した。怪訝そうに、三人の刑事の顔を見た。

「釜山真梨恵さんですね。お婆さんの釜山ハツミさんから、行方不明者届が出されています」

女は何が起きたのかわからないように、呆然とその場に立ち尽くした。

14

女は、身元を証明する書類も、携帯電話も、何も持っていなかった。

だが、自分で釜山真梨恵〝本人〟であることを認めた。

釜山真梨恵の身柄はその日のうちに、行方不明者届が出されている神戸水上署に移すことになった。その方が事情を聴取する上でも、彼女の身の安全を守るという意味でも都合がいい。

片倉と柳井は信部に同行し、一四時五四分鳥取発の特急〝スーパーはくと10号〟で神戸に向かった。管内で行方不明者を保護したことは鳥取署にも報告し、橋本、須賀沼、神戸水上署の丸山は鳥取に残してきた。この先、事と次第によっては、釜山真梨恵を保護したアパートの部屋やスナック〝ママン〟、〝ニューシャネル〟などの〝現場《ゲンジョウ》〟を〝家宅捜索《ガサイレ》〟する必要も出てくるだろう。

運良く特急に乗れたために、五時過ぎには神戸に着いた。

釜山真梨恵は、終始落ち着いていた。〝スーパーはくと〟の中では三人の刑事に囲まれながら名物の〝かにめし弁当〟をひとつ平らげ、疲れているのかいつの間にか居眠りしていた。神戸水上署に着き、応接室に入ったいまも、ごく普通の若者のように出されたオレンジジュースを飲みながら指先のネイルを気にしている。

だが、頑だった。片倉や信部が何を訊いても、無視したりはぐらかしたりするだけでまともに答えようとしない。まだ、いくらかでも反応があるのは、柳井が話し掛けた時くらいだろうか。

柳井は、三人の中では多少なりとも釜山真梨恵に歳が近い。顔や服装もいわゆる〝いま風〟の雰囲気を持っていて、署内では若い婦警たちにも人気がある。ここはしばらく、柳井にまかせておいた方がいいかもしれない。

「お父さんの名前は、覚えてるかな」

柳井が、訊く。真梨恵が、頷く。

「釜山……克己……」

俯いたまま、答える。

「お母さんは」

「釜山……絵美……」

釜山真梨恵〝本人〟であることは確かなようだ。

「最近、お母さんには会ってる？」

真梨恵が少し、考える。

「会ってない……」

それだけだ。

「どのくらい、会ってないのかな」

聞こえてはいるはずなのに、何も答えない。

柳井が続けた。

「いま、お母さんはどこにいるのかな。お母さんのことも、捜してるんだけど……」

だが、真梨恵は首を横に振る。

「知らない……」

「お母さんから、連絡はないの？」

「ない……」

どうやら真梨恵は、自分の両親のことをあまり話したくはないようだ。無理もない。それを察したように、柳井も話の矛先を変えた。

「お婆ちゃんのことは、覚えてるかな。ハツミさん、真梨恵ちゃんのこと、心配してたよ」

〝お婆ちゃん〟というひと言を聞いた瞬間に、真梨恵の中で何かが変化したように見えた。

視線を、上げた。そして初めて、自分の意志で訊いた。

「お婆ちゃん、元気なの……」

柳井が自分のスマートフォンを開き、中に入っている写真を見せた。

「この七五三の時の写真、お婆ちゃんの所にあったんだ。大切に、持ってたんだろうね。だいぶ耳も遠くなっちゃったし、お母さんのことはもう忘れちゃったみたいだけど、真梨恵ちゃんにはとても会いたがってたよ……」

真梨恵が、小さく頷く。

「私も……お婆ちゃんに会いたい……」

目に、何かが光ったような気がした。

「だいじょうぶだよ。これが終わったら、一緒に会いに行こう」

「うん……」

真梨恵が、頬の涙を拭った。

だが、柳井がここで話題を変えると、真梨恵の顔からまた潮が引くように、表情が消えた。

「ところで、君はなぜ〝ニューシャネル〟に勤めていたのかな」

「〝仕事〟だから……」

当り前の答えが返ってきた。

「誰に、雇われてるの」

「〝ママ〟に……」

殻に閉じ籠もるように、声が小さくなる。

「〝ママ〟って、井戸垣清美さんという人だね」

だが、真梨恵が首を傾げる。

「知らない……」

「あのお店に、よく能海正信という人は来ないかな」

「わからない……」

「小豆沢佐知子という人は？」

「聞いたことない……」

「それならなぜ君は、携帯を持ってないのかな。あの店から、逃げられなくするためなんじゃないのかな」

柳井が、核心を衝いた。だが真梨恵は、何も答えなかった。

片倉の、携帯が鳴った。

鳥取に残してきた、橋本からだった。部屋を出て、電話を繋いだ。

「片倉だ。何か、進展はあったか」

――はい、いくつか。まず、鳥取署の生活安全課からの情報です。康さんがいっていたとおり、以前やはり〝シャネル〟という店はあったようですね。営業の届出が出ているのは平成一五年の一二月で、その後、平成二四年の二月まで営業していたようです。経営者は、こちらも〝ニューシャネル〟と同じ井戸垣清美です――。

平成一五年の一二月……。

釜山克己が絵美と離婚した、その直後だ。

「店があった場所は」

――やはり、〝ニューシャネル〟の近くの末広温泉町です。興味深いのは、その〝シャネル〟が閉店した理由なんですが、奇妙な〝噂〟があったようなんです――。

「どんな噂だ」

――ええ。何件か〝女が行方不明になっている〟という〝密告〟があったそうなんです。その後、店で売春をやっているという〝情報《ネタ》〟が入ったんで鳥取署でも〝捜査《ガサ》〟を入れるように動いていたんですが、その直前に店を畳んで逃げられたそうです――。

行方不明に、売春か……。

これで、辻褄が合ってくる。

「井戸垣清美は、どうしている」

――まだ、動きはありませんね。いまちょうど例の雲山のアパートに戻ってきたところなんですが、〝張り込み〟をしていた須賀沼と丸山君によると、あれから誰も来ていないようです――。

だが、釜山真梨恵がアパートから消えたことは勘付いているはずだ。今夜か、明日にでも〝奴ら〟は動き出すだろう。

「わかった。引き続き、アパートと店の方の動きに気を配っていてくれ。我々は明日、そちらに戻る」

電話を切った。

部屋に戻ろうとしたところに、ちょうどドアが開いて柳井が廊下に出てきた。片倉の顔を見て、助けを求めるように息を吐く。

「どうした」

「いや、手を焼いてまして……」

「わかった。少し、おれが代わろう」

応接室に入ると、信部が片倉を見上げ、〝お手上げ〟というように両手を上げた。真梨恵は黙って俯き、自分の爪を触っている。

片倉は、真梨恵の正面に座った。

「少し、真面目な話をしようか」

真梨恵は、何も聞こえないように無視している。だが、片倉は続けた。

「我々は、刑事だ。いま、ある殺人事件の捜査をしている。その捜査の中で君の存在が浮上し、行方不明者として保護した」

それでも真梨恵は、何もいわない。

「なぜなら、君を一連の事件の被害者だと判断したからだ。しかし、もしかしたら、逆に加害者の可能性もあると考えている」

真梨恵が、視線を上げた。柳井と信部も、驚いたように片倉を見つめている。

「そこで、ひとつ訊きたい。君は、〝砂丘の蛙〟という言葉をどこかで聞いたことはないか」

その瞬間だった。

真梨恵の肩に電気が流れたように力が入り、体がかすかに震え出したのがわかった。何かに縋《すが》り、心の中の現実を否定するように首を横に振った。脅《おび》えた瞳に、恐怖の色が浮かんだ。その目の中に大粒の涙が溢れ、握りしめる手の上に落ちた。

やがて、我慢の限度を超えたのか、堰を切ったように声を上げて泣きはじめた。

「我々は君の味方だ。すべて、話してくれるかな」

片倉が、静かにいった。

15

まだ子供のころに、ひとつの風景を見た記憶がある。

片倉が生まれ育った宮城県の家には、広い庭があった。夏になると庭は草生《くさむ》し、雨の後には無数の蛙が鳴いた。

ある日、やはり夏の雨の後に、庭の草叢《くさむら》から一匹の小さなアカガエルが出てきて跳んだ。家の飼い猫がそれを見つけ、素早く走っていって蛙に爪を立てた。

猫は蛙を生かすでもなく、殺すでもなく、しばらく玩《もてあそ》んだ。猫が蛙を捕ることは、別に珍しいことではなかった。片倉は黙って、その光景を眺めていた。

しばらくすると猫は飽きてしまったのか、瀕死の蛙をその場に放ったまいなくなってしまった。その時だった。どこからか一匹の大きな雀蜂が飛んできて、蛙に止まった。

雀蜂はまだ生きている蛙に噛《かじ》り付き、その肉を鋭い両顎で毟《むし》り取りはじめた。片倉はその光景から目を背《そむ》けることもできず、動くことすらできずに、ただ苦い唾液を呑み下しながら事の成り行きを見守っていた。まだ幼い少年の目には不条理なほど残虐で、それでいてどこか甘美な誘惑をそそられるような光景だった。

やがて雀蜂は毟り取った蛙の肉で器用に肉団子を作ると、それを六本の足で抱えてどこかに飛んでいってしまった。肉が半分なくなった蛙は、まだかすかに動いていた。

その時、縁側で見ていた祖父に声を掛けられた。そして、こう教えてくれたことを覚えている。

——雀蜂は、女王蜂への貢物にするために蛙の肉を取りに来た。巣に持ち帰った肉団子は小さく分けられて、女王蜂が新しく産んだ幼虫たちに食べさせるんだよ——。

片倉は、子供の時に見たあの夏の日の風景を思い出しながら、釜山真梨恵の奇妙な、ともすればこの世に起きたこととは思えないような話に耳を傾けていた。

真梨恵がすべてを克明に覚えているのは、〝お母さん〟の釜山絵美のことだった。父親の釜山克己と離婚した後、絵美はしばらく実家のある岡山県の倉敷市に真梨恵を連れて戻り、小さなアパートを借りて住みはじめた。真梨恵はまだ小学生だった。

生活は、楽ではなかった。最初のうち絵美は近くのスーパーで働いていたが、その収入だけではやっていけなくなった。しばらくして絵美は〝夜の仕事〟をやるようになり、前後して別れた〝お父さん〟が東京で死んだことを聞いた。

真梨恵は、父親の克己の葬式のことをよく覚えていた。母が親戚の伯父や伯母と小声で話す声が聞こえてきて、〝お父さん〟が本当はナイフで刺されて〝殺された〟ことを知った。

それがまだ子供だった真梨恵の心の中に、とてつもなく恐ろしいこととして刻まれたようだった。真梨恵は父親についての記憶を辿りながら、何度も言葉に詰まり、大きく息を吸った。周囲にいる片倉や柳井、信部に対して話しているのではなく、まるで彼女にだけ見える過去の亡霊に向かって語り掛けているようでもあった。

祖母の釜山ハツミに会ったのは、父親の葬式が最後だった。以来、真梨恵は父方の親族だけでなく、母方の親戚にも誰一人として会っていない。

真梨恵の話が理解し難くなっていくのは、ここからだ。

「すると……」言葉が途切れてしまった真梨恵に、片倉が訊いた。「お父さんが亡くなってしばらくして、お母さんと鳥取に戻ったんだね」

真梨恵が涙を拭い、こくりと頷く。

「そう……。鳥取に、いい仕事が見つかったからって……」

「どんな仕事?」

真梨恵が、小首を傾げる。

「スナックのママ……。お父さんが残してくれたお店があって、それをやることになったんだって……」

「それは、〝シャネル〟という店だね」

片倉がいうと、驚いたように真梨恵が視線を上げた。

「そうです……」

だが、当てが外れた。当初、母の店だと思っていた〝シャネル〟には、別のオーナーがいることがわかった。釜山絵美はただの雇われママで、毎月かなりの額の〝家賃〟を支払っていた。

「そのオーナーというのが、井戸垣清美という人だね」

「そう……」

「この人だね」

片倉が、新神戸駅の防犯カメラの映像から引き伸ばした女の写真を見せた。

真梨恵は、しばらく写真を見つめていた。やがて、小さな声でいった。

「そう……。〝ニューシャネル〟の、ママ……」

片倉が柳井と信部に視線を投げ、黙って頷いた。

鳥取に戻って、もうひとつ不思議なことがあった。倉敷の小学校に転校してから友達のできなかった真梨恵は、最初のうちは鳥取に帰れることを喜んでいた。ところが鳥取に帰ってからは、当時小学校の五年生だった真梨恵は一度も学校に通わなかった。

「つまり、鳥取の学校には転校しなかったということ？」

片倉が訊いた。

「そう……」

「中学校にも、行かなかったのかな」

「うん……。一人でアパートから出てもいけないといわれてたの……」

「それなら、携帯電話も……」

真梨恵が、頷く。

「買ってもらったことは、一度もない……。だから、使い方も知らない……」

いわゆる〝居所不明児童〟だ。釜山絵美と真梨恵の住民登録を辿っていけば、何か記録が残っているだろう。

鳥取での新しい生活は、それでも最初のうちは順調だった。少なくとも衣食住に困ることはなかったし、店のオーナーの井戸垣清美も二人には優しかった。だが鳥取に戻って一年ほど経った時に、二人の運命が狂いだすある〝事件〟が起きた——。

ここ数日の鳥取のように、小雪の舞う寒い日の深夜だった。アパートの炬燵でうたた寝していた真梨恵は、仕事から帰ってきた母の絵美に起こされた。

〝お母さん〟の様子が、どこかおかしかった。泣いていたように化粧が崩れ、何かに脅えるように震えていた。そして突然、奇異なことをいいだした。

——いまから、倉敷に帰ろう。早く、荷物をまとめて——。

何が起きたのか、わからなかった。ともかく真梨恵はバッグに着替えだけを詰め、〝お母さん〟と一緒にアパートを出た。タクシーに乗り、鳥取駅ではない別の小さな駅に行き、始発の普通列車に乗って神戸へと向かった。

「それがいつのことだったのか、わからないかな」

片倉が訊くと、真梨恵は首を傾げる。

「わからない……。雪が降っていたから、冬だと思うけど……」

鳥取に雪が降っていたのだとすれば、一月か二月か。

「そのころに他に何があったか、ヒット曲とか覚えてないかな」

真梨恵が、考える。何かを思い出し、顔を上げた。

「嵐……」

「嵐?」

「そう、嵐……。嵐の〝Love so sweet〟って曲が発売されたばかりで、私はそれをウォークマンでずっと聞いていたの……」

柳井がタブレットを起動させ、その場で検索した。

「康さん、これですね……」柳井がタブレットの画面を、片倉に向けた。「〝嵐〟というグループの〝Love so sweet〟という曲が、二〇〇七年……平成一九年の二月二一日に発売になってますね。つまり……」

つまり、そういうことだ。獄中の崎津直也から片倉に初めて書簡が届いたのが、その二カ月後の平成一九年四月だった。さらにその年の八月に届いた暑中見舞には、〈——間もなく若精霊が参ります——〉という謎の言葉が残されていた。

釜山絵美が突然、倉敷に帰るといった理由も、能海未来に何かがあったからではなかったのか。だが真梨恵は、能海未来の名前は知らなかった。

夜逃げをしてから数日後、二人は絵美の実家の近くで待ち伏せされて、鳥取に連れ戻された。

「連れ戻しにきたのは?」

「ママと……、〝小父さん〟……」

真梨恵の様子は、落ち着いている。

「〝小父さん〟というのは、この人かな」

片倉が、やはり新神戸駅で撮られた能海正信と思われる写真を見せた。真梨恵は、しばらく写真を見つめ、考える。

「そうだと思う……」

写真は不鮮明で、これだけで誰かを判別することは難しい。

「能海正信だね」

一応、確認した。だが、真梨恵は首を傾げた。

「知らない……。〝マサさん〟という人……」

真梨恵は、嘘をついてはいない。ただ単純に〝正信〟だから〝マサさん〟と呼ばれていたのか。もしくは、ただ似ているだけでまったくの別人なのか。

だが、もしこれが本当に能海正信だとしたら、ひとつだけどうしてもわからないことがある。なぜ能海正信は、実の娘の未来をこのようなことに巻き込んでしまったのか。

鳥取に連れ戻された釜山絵美と真梨恵の母子には、地獄が待っていた。二人は市内のマンションに監禁され、逃げられないように裸にされて暴力を受けた。ママの井戸垣清美と〝マサさん〟だけでなく、他の女たちにも殴られ、蹴られた。

酷くやられたのは、母親の絵美の方だった。命令されて、真梨恵も〝お母さん〟を殴り、蹴った。もし命令をきかなければ、自分が殴られた。

絵美に対するリンチは一カ月近く続き、そのころには髪も丸刈りにされ、顔も誰だかわからないほどになっていた。やがて制裁も終わると、絵美は顔の腫れが引くのを待って元の仕事に戻った。だが、そのことがあって以来〝お母さん〟はどこか言動がおかしくなり、まるで惚けたように自分の殻の中に閉じ籠もるようになってしまった。

真梨恵は、憑《つ》かれたように話し続ける。涙を流し、脅えながら。

片倉は真梨恵の心をほぐすように、いった。

「だいじょうぶだ。君の責任ではないよ。それで、お母さんはどうしたんだ」

だが、それがいけなかった。

「お母さんは……お母さんは……」

そこまでいうと、真梨恵はもう限界を超えたように声を上げて泣きはじめた。それでも真梨恵は、泣きながら話し続けた。

一度、倉敷から連れ戻されてから、もうここからは絶対に逃げられないのだと思い知らされた。もしまた逃げれば、今度は殺される。少なくとも真梨恵は、そう思っていた。

だが、〝お母さん〟は違った。それから何年も黙って奴隷のように働いていたが、ある日、突然どこかにいなくなった。今度は真梨恵に行き先も告げず、二度と帰ってはこなかった。

「お母さんは、どんな〝仕事〟をやらされていたのかな……」

片倉は、あえて「やらされていた……」という言葉を使った。真梨恵はそれで、片倉の意図を察したようだった。しばらく迷っていたが、はっきりといった。

「売春……」

やはり、そうか。

「君も、だね」

真梨恵が、こくりと頷いた。

「そう……」

「お母さんがいなくなったのは、いつごろか覚えてるかな」

真梨恵が、少し考える。

「……三年くらい前……。クリスマスの前ごろ……」

またしても、ピースが一致した。店で〝女が行方不明になっている〟という噂があったスナック〝シャネル〟が閉店したのが、平成二四年の二月。その二カ月ほど前に、釜山絵美が消えた。おそらく、絵美は生きていないだろう。

「他には、いないのかな。君たちのように逃げてリンチにあったり、お店から消えてしまった女の人は……」

「何人か、いる……」

「誰か、名前がわかるかな」

「一人だけ、知ってる……。小豆沢佐知子という人……」

片倉は、柳井や信部と顔を見合わせた。

「もしかして、この人かな」

柳井が、タブレットの中に入っている小豆沢佐知子の写真を見せた。今度は、鮮明な写真だ。

「そう……。この人……」

「この人も、お母さんと同じように消えちゃったのかな……」

だが、真梨恵は首を横に振った。

「そうじゃない……。私やお母さんと同じように、逃げたの……。それで捕まって、連れ戻されたの……」

「君たちみたいに、監禁されて暴力を受けたのかな」

今度は、頷いた。

「そう……。リンチされて、死んじゃったの……」

小豆沢佐知子も、殺されていた……。

「死体は、どうなったの」

「……砂丘に埋めたって、聞いた……」

鳥取砂丘か――。

真梨恵が続けた。

「ママが、よくいってた……。お前たちはみんな、〝砂丘の蛙〟だって……。砂丘の中の水溜りにいる蛙は、絶対に逃げられないんだって……。もし逃げようとしたら、砂丘で木《ミ》乃伊《イラ》になって死ぬんだって……」

片倉は真梨恵の話を聞きながら、かつて受け取った崎津直也の書簡の一文を思い出していた。

〈――そんな蛙の木乃伊が、砂丘の砂の下には死屍累々と埋まっているのです――〉

やはり、崎津直也は、あの手紙で事件の真相を告発しようとしていたのだ。

16

目の前に、絵画のような風景があった。

暗い雲に被われた空の下に、なだらかな曲線で絵の具を塗り分けたように広大な砂丘が横たわっている。

砂丘は薄《うっす》らと白い雪を被り、誰が付けたのか点々と足跡が続いていた。頂上の向こうには、青い海の水平線が見える。空には海鳥が舞い、静寂な大気の中に、かん高い鳴き声を響かせていた。

砂丘の下には、どこから水が涌いてくるのかオアシスのような小さな水辺があった。周囲には、枯れた草が肩を寄せ合うようにしがみついている。あの水辺には本当に蛙が棲んでいるのだろうかと、片倉はふとそんなことを考えた。

一月一三日――。

片倉は再び鳥取に戻ってきた。最初に立ち寄ったのが、この鳥取砂丘だった。いま、その茫洋とした風景を目の前にしていると、自分の目的の地はここだったのではないかとさえ思えてくる。

釜山真梨恵は、いっていた。

小豆沢佐知子の死体は、砂丘に埋められたのだと。他にも何人か、埋められているはずだと。

だが彼女は、その場所を知らない。死体を埋めるところを、見ていたわけではない。ただ、そう信じているにすぎない。

二〇一一年六月三〇日、この鳥取砂丘で四体の白骨死体が発見されたことがあった。死体は地表から三〇センチから四〇センチの浅い砂の中に、すべて頭を西に向けて縦に並んで埋められていた。後にこの死体は、江戸後期から明治初期ごろに埋められたものであることがわかった。

つまり、四体の白骨死体は、一〇〇年以上も人の目に触れぬまま砂の下に眠っていたことになる。この茫漠とした砂の大地で人間の死体を捜索するのは、正に砂の中の一粒の米を探すことに等しい。

「康さん、あそこに資料館のようなものがありますね」

傍らの、柳井がいった。振り返ると、駐車場に隣接して江戸時代の商家を模したような観光施設が建っていた。

「行ってみるか……」

片倉は砂丘を背にし、駐車場へと向かった。浅い積雪で被われた砂を、長靴で踏み締める。歩きながら、思う。

それにしても彼女たちは、なぜ逃げられなかったのか——。

釜山真梨恵は、鳥取市内の雲山のアパートの一室に住んでいた。以前は母親の絵美と一緒だったし、二年前の一時期には小豆沢佐知子とも暮らしていた。本名はわからないが、何人かの他の女と住んでいたこともある。

だが、最近は一人だった。確かに以前、一度逃げて、捕まったことがあった。その時に親子で受けた制裁によるトラウマがあったことは事実だし、携帯電話を持っていないということもあっただろう。

それでも日常的に監視されていたわけではなかった。逃げる気になれば、いつでも逃げられたはずだ。それなのに、まるで見えない鎖で繋がれたように、逃げなかった。

彼女は、いっていた。自分は「ここにいることが当然だと思っていた……」と。

人間は、そんなものなのかもしれない。

二〇一二年一〇月、兵庫県尼崎《あまがさき》市で、後に日本の犯罪史に深い爪跡を残す連続殺人死体遺棄事件が発覚した。

通称『尼崎事件』――。

当時六十代だった主犯格の角田美代子《すみだみよこ》元被告を中心とした疑似家族の中で、監禁や虐待、暴行などにより複数の人間が失踪、死亡、行方不明になった事件だ。確認された死亡者は、八名。殺人や傷害致死などで主犯格の女を含むその親族など一七名が逮捕され、内一一名が起訴された。

今回の一連の事件は、この尼崎事件と同じ体温を感じる。疑似家族かどうかは別として、女を中心とする少人数の集団で閉鎖的な共同体が構成されていること。その集団の中で日常的に虐待と搾取が行なわれ、暴力によって支配されていたこと。複数の人間が死亡、もしくは行方不明となっていたこと――。

それだけではない。これは後にわかったことだが、尼崎事件でも機会はいくらでもあったのに、逃げない者がいた。たとえ逃げたとしても警察にも届けず、追手の説得により素直に連れ戻された者もいた。そして主犯格の者からだけではなく、同じ被害者同士や親族からも暴力や虐待を受け、殺された。

そう考えれば一〇年前の一一月、東京の関町東二丁目の中華料理店の前で何が起きたのかも理解できるような気がした。釜山克己は、井戸垣清美を中心とする共同体からの逃亡者ではなかったのか。崎津直也と能海正信は、追手ではなかったのか——。

崎津と能海は、東京で釜山を発見した。まず、崎津が鳥取に戻るように説得したが、釜山は従わなかった。もしかしたら、すべてを警察に暴露するとでもいったのかもしれない。それを知った能海が、釜山を殺した。おそらく、そんなところだろう。

わからないのは、なぜ崎津が能海の罪を被ったのかだ。単に、共同体の中での崎津と能海の力関係の上下だったのか。もしくは崎津の〝恋人〟の能海未来を人質に取られていたからなのか。

そしてもうひとつ、一連の事件の主犯格の男が、本当に能海正信だとしたら——。

「なあ、柳井……」

片倉が、歩きながらいった。

「何ですか」

「釜山克己や崎津を殺したのは、本当に能海正信なのかな。それに、おれを刺したのも……」

柳井が不思議そうに、片倉の顔を覗き込んだ。

「いまさら、どうしたんですか。京成バスで崎津を見た女子中学生は、千葉駅で待ち伏せしていた男を〝ノウミさん〟と呼んだのを聞いていたし、美保関の小畑夫婦も写真で、〝能海正信〟だと確認したじゃないですか。それに、康さんだって……」

確かに、そうだ。片倉を刺したのは、あのマスクをして黒いジャンパーを着た写真の男だった。

「だとしたら、なぜ能海は、自分の娘の未来を巻き込んだんだろうな……」

そしておそらく、未来も死んでいる。能海はその後も井戸垣清美から離れず、崎津を殺し、片倉を刺したということになる。なぜなのか……。

「何らかの理由で、冷静な判断を失っていたんじゃないでしょうか。たとえば、井戸垣清美にマインドコントロールのようなものを受けているとか……」

マインドコントロール、か……。

そうなのかもしれない。例の尼崎事件の時には、風俗で稼いだ三億円近い金を疑似家族に貢いだ女がいた。その女は自分の実の息子まで、主犯格の女に差し出した。

二〇〇四年から二〇〇九年にかけて、やはり鳥取のスナックホステスの周辺で連続六人が不審死を遂げた『鳥取連続不審死事件』も同じだった。犠牲者の内の何人かは日常的に女に熱湯を掛けられるなどの虐待を受け、自分がいつかは殺されることをわかっていたはずだ。それでも、逃げなかった。

連続殺人事件ではなくても近年、日本国内で頻発する幼児虐待事件にも、共通の傾向が見られる。両親のうちのどちらかが子供に暴力を振るっても、もう一人はそれを黙視して容認する。特に子供が女性側の連れ子の場合には、新しい継父——もしくは恋人——が自分の子供を虐待しても、母親は逆に男に荷担して暴力をエスカレートさせることもある。最悪の場合には、子供を虐待死にまで追いやることになる。

なぜ、彼らは逃げなかったのか。なぜ、肉親——時には実の子供——にまで暴力を振るい、殺してしまうのか。これらの事件の当事者には、共通する証言がある。

——その時は、それが当り前だと思っていた——。

つまり、マインドコントロールだ。彼ら事件の犠牲者や共犯者たちは、マインドコントロールにより冷静な判断力を失っていた。そして主犯格の人間は、例外なく、個人または集団をマインドコントロールにより操《あやつ》る能力を持っていた。

まるで蜂の巣の、女王蜂のように——。

井戸垣清美が、女王蜂なのか。それとも能海正信が、主犯なのか。それも間もなく、明らかになるだろう。

『鳥取砂丘ジオパークセンター』は、観光名所によくあるようなささやかな資料館だった。鳥取砂丘の自然や生い立ちを紹介する写真パネルやジオラマ、風紋発生風洞実験装置などが展示されている。だが、ここ数日の雪のためか観光客の姿も少なく、館内は閑散としていた。

入口を入ってすぐ左手に、探していたものが見つかった。展示台の上に、プラスチックのケースがひとつ。その中に白い紙が敷かれ、干涸びた蛙の木乃伊が二つ、並んでいた。

これが、〝砂丘の蛙〟か……。

蛙は、まるで生きているようだった。砂の上に座した姿勢で水分を失い、動けなくなってしまったのだろう。両前肢で体を支えた姿勢のまま、干涸びてしまったのだろう。

それだけに、哀れだった。そしてその姿が、崎津直也と、闇に消えていった何人もの女たちに重なった。

二人は無言で、資料館を出た。

片倉は、腕の時計を見た。間もなく、午前一〇時になろうとしていた。

そろそろ、いいだろう。鳥取署では、すでに、橋本と神戸水上署の信部が合同捜査の交渉を始めているはずだ。

17

鳥取警察署の刑事課の会議は、重い緊張感が漂っていた。

すでに石神井警察署は、片倉康孝警部補に対する殺人未遂容疑で〝逮捕令状《レイジョウ》〟を取り、能海正信を指名手配していた。さらに神戸水上署は崎津直也殺人事件の重要参考人として、能海と井戸垣清美の二人に手配を掛けている。しかも〝連続殺人事件〟の可能性も否定できないとなれば、鳥取署としても動かないわけにはいかない。

だが、鳥取署側の捜査主任を務める河本浩貴《かわもとひろたか》警部は、部下の西尾《にしお》警部補と共に苦渋の表情を示した。

「それにしても、何でもっと早く報告を入れてくれんかったのですか……」

石神井署と神戸水上署の一応の説明を聞いた後で、河本が抗議するようにいった。

「まあ、私らもこちらに捜査に入る時には挨拶しましたんですけどな。うちの署に行方不明者届が出とった女を保護したら、いろいろ新しい証言が出てきはりましてな。それで、捜査の方も予想外に急展開しましたんでな……」

信部は、この手の〝逃げ〟と交渉がうまい。

だが、信部のいっていることは満更、嘘ではない。釜山真梨恵を保護し、その証言から井戸垣清美が経営する二軒のスナックの実態がわかったことで、能海正信の〝逮捕令状〟を取るところまで漕ぎ着けたことは事実だ。

「それで、能海という男はどこにおるんですか。もう、立ち回り先も、そちらの方で押さえてあるんですか」

鳥取署の西尾が訊いた。

「いや、それはまだ」橋本が説明する。「ここ数日、我々は市内末広温泉町のスナック〝ニューシャネル〟と弥生町のスナック〝ママン〟を張り込んでいたんですが、能海の姿は一度も見掛けていませんね」

「井戸垣清美の方は？」

河本が訊いた。

「そちらの方は、何度か。〝ニューシャネル〟と〝ママン〟の両店に、何度か出入りしているところは確認しています。乗っている車は、現行型のメルセデス・ベンツAクラスです」

「井戸垣の〝居所《ヤサ》〟の方はどうですか」

「弥生町に。住民票によると、弥生町のマンションに住んでるみたいですね。登記簿では井戸垣清美本人の所有のようです。ここにも出入りしていることは確認しています」

「能海は？」

「未確認です。他にも二軒のスナックで働く女たちを住まわせるために市内の二カ所にアパートを借りているので、そのどこかに能海が潜伏しているのかもしれません」

片倉は黙って、会議のやり取りに耳を傾けていた。能海正信は、本当に井戸垣清美の周辺にいるのか……。

「そうなると、店が二軒に井戸垣のマンション、それにアパートが二カ所……。合計五カ所に同時に〝捜査《ガサ》〟を入れなければならんわけか……」

河本が腕を組み、渋い顔をした。

同時にやらなければ、能海に逃げられる。

〝家宅捜索《ガサイレ》〟一カ所につき捜査官が一〇人として、合計五〇人。かなり大掛かりな〝家宅捜索〟になる。

「ひとつ、よろしく頼みますわ。何しろ〝殺し〟の〝捜査〟ですよってに」

信部がいった。これは、立前の上では正論だ。

「まあ、それだけの人員を出すのはかまわんが、うちの〝成果〟は何か、だね……」

河本が〝成果〟という言葉を使って、こちらの腹の内に探りを入れてきた。つまり、これは交渉だ。主犯格二人を石神井署と神戸水上署に引き渡し、鳥取署はせいぜい〝売春《ウリ》〟容疑の女を何人か〝確保〟するだけでは、五〇人もの人員を動かす所轄としては「面子《メンツ》が立たない」といっているのだ。

「ひとつ、提案があるんですが……」

片倉が初めて、挙手をした。

「何です」

「能海正信は、神戸水上署の信部さんの方で〝殺し〟で挙げたらどうですか。うちは〝未遂〟ですから、〝余罪〟ということで後から回してもらえばかまいません」

腹の傷も、最近はあまり痛まなくなってきている。それに一〇年前の釜山克己の〝殺し〟に関しては、すでに崎津直也が実刑を受けて刑期を終えている。もし能海を確保したとしても、再審に持ち込むのは難しい。

「うちの方はありがたいですが。それなら井戸垣清美の方はどないします」

信部が訊いた。

「井戸垣清美の方は、鳥取署の方が確保したらどうですか。〝売春〟か何かの〝別件〟で〝逮捕令状〟が取れるでしょう。おそらく井戸垣は、一連の〝事件《ヤマ》〟の主犯格です」

片倉の説明を聞き、鳥取署の河本と西尾の二人が顔を見合わせた。もし井戸垣清美を挙げ、本当に〝連続殺人事件〟の主犯だとなれば、鳥取署の大きな手柄になる。十分すぎるほど、面子も立つ。

「私らの方は、そうしてもらえれば、ありがたいですが……」

河本がいった。

これで、話が決まった。

18

スナック〝ニューシャネル〟と〝ママン〟、さらに弥生町のマンションと市内のアパート二カ所同時の〝家宅捜索《ガサイレ》〟は、一月一六日の金曜日まで持ち越された。

理由は、井戸垣清美の〝売春《ウリ》〟容疑の別件の〝逮捕令状《レイジョウ》〟を取るのに手間取ったからだった。釜山真梨恵の「売春をやらされていた……」という証言だけでは、〝逮捕令状〟を請求できない。

だが、この件に関しても、片倉が案を思い付いた。釜山克己が一〇年前に勤めていた、『三徳運輸』の森脇進という営業・総務部長だ。

これも、刑事としての勘だ。あの男は、明らかに挙動不審だった。能海との繋がりを含め、何かを隠している。

片倉の勘は、当たった。鳥取署の刑事課の捜査官が締め上げると、森脇は自分がスナック〝ニューシャネル〟の売春の常連客であったことをあっさりと認めた。さらに森脇は罪に問われないことを条件に、井戸垣清美の周辺に関する細かい事情聴取にも応じた。この調書が決め手となり、井戸垣清美の〝別件〟の〝逮捕令状〟が取れた。

午後六時五〇分――。

一斉〝家宅捜索〟の拠点、五カ所は、すでに総勢五四人の捜査官によって包囲されていた。

片倉と柳井は、〝ニューシャネル〟に近い駐車場に駐められたワゴン車の中で鳥取署の署員と共に待機していた。だが、今回の一斉〝家宅捜索〟を指揮するのは、あくまでも所轄の鳥取署だ。直接、〝犯人《ホシ》〟を確保することはできない。

車内のスピーカーからは、絶え間なく警察無線の交信の音声が流れている。

〈――こちら……弥生町……Aマンション……。いま……主犯格の女が……部屋を出ました……。階下の駐車場にて……赤いベンツに乗車……〉

車に乗ったということは、このまま同じ弥生町のスナック〝ママン〟に行くわけではないようだ。他のアパートに、店の女を迎えに行ったのか。

直後に、神戸水上署の信部からメールが入った。

〈――井戸垣清美が出た後も部屋に明かりがついている。誰かいるのかもしれない――〉

信部と部下の丸山は、能海正信が井戸垣清美のマンションに潜伏していると睨んでいた。もし当たっていれば、能海の確保に立ち会うことができるだろう。

「能海は、本当にいるんでしょうか……」

横で、柳井が呟いた。

「わからんな。もうすぐ、はっきりするさ」

気になるのは、昨年の一一月一二日に大泉学園周辺の防犯カメラに映って以来、能海の存在がまったく確認されていないことだ。

七時〇九分——。

また無線が入った。

〈——こちら、アパートB班……。いま、主犯の女が乗っている赤いベンツが目の前の路上に停車……。別の女が二人、乗り込みました——〉

井戸垣清美はほぼ毎日、二カ所のアパートに女たちを迎えに行き、〝ママン〟と〝ニューシャネル〟に送り届ける。それが、日課になっている。この後は、もう一カ所のアパートに寄るのか。それとも、二軒のスナックのどちらかに姿を現すのか。

七時二二分——。

また無線が入った。

〈——こちら弥生町班……スナック〝ママン〟前……。いま、赤いベンツが来ました……。女が一人降りて、発車……。末広温泉町の方に走り去りました——〉

こちらに、来る。

すでに、手筈は決まっている。もし井戸垣清美が店に入れば、それを合図に各班が一斉に〝現場《ゲンジョウ》〟に踏み込む。もし女だけを店の前で降ろして走り去ろうとしたら、捜査官と警察車輛が車を取り囲んで確保する。

「来ましたね……」

七時二九分——。

井戸垣清美の赤いベンツが、路地を曲ってこちらに入ってきた。片倉が待機するワゴン車の前を通り過ぎる。さらにスナック〝ニューシャネル〟が入ったビルの前を通り、十字路の先の駐車場に入った。

〈——こちらスナック〝ニューシャネル〟班……。いま、主犯格の女の車が駐車場に到着……。車を降り、別の女と二人で店の方に向かいました——〉

間もなく、暗がりから歩いてくる二人の女が見えた。一人は、先日〝ニューシャネル〟で見た〝クミコ〟という女だ。その前を歩く背の低い太った女は、白っぽい毛皮のコートを着て、左手にハンドバッグ――シャネルか――を提げている。

「あれが、井戸垣清美ですか」

助手席の、河本が訊いた。

「そうです。間違いありません」

横の柳井がいった。

井戸垣清美は女を連れ、ビルに入っていった。エレベーターが、動く。間もなくビルの二階の通路に、姿を現した。

河本が、無線のマイクを取った。

「こちら本部……。いま、主犯格の女が〝ニューシャネル〟に着いた……」

井戸垣清美は、まったく気付いていない。そのまま女を連れて、店のドアを開けた。

「いま、店に入った。これから、〝現場〟に向かう。全班、突入！」

車から、降りた。他の捜査官に続き、ビルに向かって走る。周囲からもさらに何人かが集まり、ビルの入口を封鎖した。

本部を中心とする〝ニューシャネル班〟は、総勢一七名。その中には片倉と、柳井も入っている。

エレベーターと階段の二手に分かれ、二階に上がった。裏の非常口からも、さらに四人が入ってきた。窓の下も、すでに別の班が固めている。

先頭を走っていた西尾が〝捜査令状〟を出し、ドアノブを握った。周囲に向かって頷き、低い声でいった。

「よし、突入するぞ」

ドアを引いた。捜査官が一気に、店の中に傾《なだ》れ込んだ。

「警察だ、警察！　ほら、捜査令状！　みんな、動くな！　そこを、動くな！　そのままにしていろ！」

捜査官の怒声にまざり、女の悲鳴が外の廊下まで聞こえてきた。

片倉は、ほっと息を吐いた。傍らを見ると、柳井が親指を立てて頷いた。

「長かったですね……」

「ああ、長かったな……」

だが、まだ終わってはいない。

「さて、我々も中に入るか」

片倉は柳井と共に、最後に店に入った。狭い店の中は、十数人の捜査官でごった返していた。〝クミコ〟と〝リサ〟がソファーで肩を抱き合い、脅えるように捜査官を見上げている。

片倉は、奥に進んだ。カウンターの椅子に、もう一人。派手なピンクのスーツを着た女が、細いタバコを吸いながら座っていた。

「お前が井戸垣清美だな。〝売春防止法違反〟で、逮捕令状が出ている」

河本が、〝逮捕令状〟を出して女に突きつけた。

「あら、そうですか……」

女が平然と、タバコを吸い続ける。

「一月一六日、午後七時三五分……」河本が、腕時計で時間を確認する。「井戸垣清美を、逮捕」

横に立っていた別の刑事が手錠を出し、女の両手首に掛けた。

女は手錠をされた手でゆっくりと最後の一服を吸い、周囲の捜査官を一瞥《いちべつ》した。そして片倉に、視線を止めた。

「あんたが、東京から来た刑事さんだら。うちの女ん子がいっとったけぇ、本当にええ男だいや……」

何人もの働き蜂から蜜を吸い取って太った女王蜂が、ふてぶてしく笑った。

終章　砂塵

1

長い冬が過ぎて、やがて春になった。

いまは砂丘の雪も消え、穏やかな風の中に砂塵が舞っていた。

海鳥がかん高く鳴く空は目映《まばゆ》く霞み、砂丘の先に続く水平線はとりとめもなく茫洋としている。

三月一八日――。

片倉康孝は鳥取砂丘の外れの小高い丘の上で、春風に吹かれながら目の前の光景をぼんやりと眺めていた。

青い制服を着た警察官たちが、何十人も広い砂の上を行き来していた。防風林を切り開いた海沿いの駐車場には、所轄の鳥取警察署の車輛が十数台駐まっている。先程まで稼働していたパワーショベルもいまはエンジンが切られ、砂丘の下のブルーシートで囲まれた一画にしきりに捜査官が出入りを繰り返していた。

片倉は、腕の古いセイコーの時計に目をやった。午前一〇時三〇分——。

もうそろそろ、〝出てもいい〟ころなのだが……。

二カ月前に〝主犯〟の井戸垣清美が逮捕されてから、事件の捜査が大きく進展した。やはり片倉の予想どおり、これまで明らかになっていた釜山克己殺害事件、崎津直也殺害事件、さらに片倉に対する殺人未遂事件は、事件の全体像のほんの氷山の一角にすぎなかった。全貌が解き明かされるにつれて、その裏に隠されていた凄惨な大量殺人が発覚することになった。

井戸垣清美の周辺に、彼女を中心とする奇妙な疑似家族的な集団が形成されはじめたのは、彼女がまだ弥生町で〝きよみ〟という小さなスナックを経営していた一九九〇年代の半ば、阪神・淡路大震災が起きた直後のころだった。当時、鳥取市内には神戸で職を失った帰郷者が多く、井戸垣清美のスナックはそんな被災者たちのある種の駆込み寺のようになっていた。

最初のうちは、人間関係もうまくいっていた。井戸垣清美は働きたいという女がいれば店で雇ったし、それでも生活ができないならば、自分のマンションの部屋に住まわせて面倒を見た。

客の男たちにも、同じだった。清美は金のない客にもツケでいくらでも飲ませたし、好みの男なら誰彼かまわず自分の部屋に泊めた。その中から店の女たちと客の間に少しずつ人間関係——男女関係——が生まれ、いつの間にか十数人の疑似家族的なコミューンのような集団が形成されていったという。

このような内部事情を証言したのは、井戸垣清美本人ではない。主にスナック〝ニューシャネル〟の〝リサ〟——本名、坂巻理佐子《さかまきりさこ》——という女だった。彼女も、一九九五年に鳥取に帰郷し、翌九六年からスナック〝きよみ〟に世話になった疑似家族の初期からの一員だった。理佐子によると、当時の井戸垣清美は、むしろ姐御肌で誰からも頼られる存在だったようだ。

ところがその人間関係が、少しずつ狂いだした——。

理佐子の記憶によると、疑似家族の人間関係に歪みが生じはじめたのは一九九七年か九八年ごろのことだった。ちょうど「香港が中国に返還された前後のことだったと思う……」というが、このあたりの記憶はあまりはっきりはしていない。

原因は〝金〟だった。バブル経済が終焉《しゅうえん》して数年が経ち、鳥取市自体の過疎化が進む中で、井戸垣清美が経営する〝きよみ〟も少しずつ景気が悪くなりはじめた。最初のうちは若いホステスが多いことや、いつでもツケが利くことで常連客も多かったのだが、結果的にはその人件費や売掛金が仇《あだ》となって店の経営が立ち行かなくなってきた。

ある日、井戸垣清美が当時〝きよみ〟にいた三人の女とツケの溜まっていた数人の客たちを集め、一方的にこう切り出した。

――あんたたちには〝貸し〟があるのだから、いますぐ清算するか、借用書を書いてほしい――。

理佐子を含め、女たちは戸惑った。自分たちは生活に困っていたとはいえ普通のスナックのホステスよりも安い賃金で働いていたので、借金をしているという感覚はまったくなかった。だが、「部屋に住まわせて飯を食わせ、小遣いまでやっていた……」といわれれば、確かに〝借り〟があるような気もしてくる。

ツケの溜まっている客たちは、なおさらだった。飲み代に加えて日々の生活まで世話になっているのだから、借金があるのは当然だった。結局、誰一人としてまとまった現金など持っていなかったので、井戸垣清美にいわれるがままに借用書を書くことになった。

問題は、その金額だった。女たちは〝きよみ〟で働いていた期間の差もあるが、一人数百万円。客の中には一〇〇〇万円を超える借用書を書かされた者もいた。「返せ」といわれても、簡単に返せる額ではない。

そしてこの時に書いた借用書が、一連の〝事件〟の発端となった――。

片倉は、時計を見た。

間もなく、午前一一時になろうとしていた。だが、ブルーシートで囲まれた一画に出入りする鳥取署の捜査官たちに大きな動きはない。〝発見〟に、手間取っているのか。

鳥取砂丘は南北二・四キロ、東西一六キロにも及ぶ日本最大級の海岸砂丘だ。観光客などが出入りするのは、その中のほんの一部の大砂丘だけだ。それ以外の周囲の砂丘群には、まったくといっていいほど人間は立ち入らない。

この広大な砂丘の砂の中に埋まる数体の人間の死体を探すことは、奇跡を当てにするに等しい。自分で埋めたとしても、数日もすれば場所がわからなくなるだろう。まして、埋めた本人がいないのでは、なおさらだ。

いま、鳥取署が捜索しているこの現場に辿り着くだけでも、井戸垣清美の逮捕から二カ月もの時間が掛かった。だが、本当にここが遺体遺棄現場なのかどうかは、誰にも確証はない。


一連の〝事件〟のもう一人の主犯は、やはり能海正信だった。

坂巻理佐子の記憶では、能海がスナック〝きよみ〟に出入りしはじめたのは自分が店で働きだして一年か二年後、一九九七年か九八年ごろだという。これは美保関町の小畑夫婦が証言した、能海が「一五年ほど前にどこかの水商売の女に夢中になり、家も財産もなくして姿を消した……」時期の、さらに一〜二年前に当たる。

当初、能海は、ごく普通の客の一人だった。職業は、造船工。このあたりも、小畑夫婦の証言と一致している。鳥取県境港市の本社から同じ系列の造船会社に出向し、数回にわたり長期で鳥取市内に滞在していた。そして鳥取市内にいる間は、ほとんど毎日〝きよみ〟に顔を出す上客でもあった。

能海が店に出入りするようになってから、井戸垣清美を中心とする疑似家族の人間関係にまたひとつ大きな変化があった。最初のうちは現金で払っていたのだが、やがて能海もツケで飲むようになり、それが溜まりはじめたことが理由だった。そのうちに能海も清美のマンションに寝泊まりするようになり、清美に借用書を取られて疑似家族の一員になった。

能海正信が他の客たちと違ったところは、当初から井戸垣清美と男女の関係にあったことだった。そのために能海は、他の客や女たちよりも上位の立場を確保していた。その力関係の中に、新しい秩序と規則、そして軋轢《あつれき》が生まれた。

井戸垣清美は、何をやるのにも能海正信を使った。借用書を書かされていた客や女たちに対する取り立ても、能海の最も重要な〝仕事〟のひとつだった。

能海のやり方は、強硬だった。客の中には住んでいた家を売られ、年金をすべて取り上げられた者もいた。女たちは市内のソープランドやホテトルに働きに出され、その稼ぎを取り上げられた。もし拒めば見せしめのために、容赦ない暴力が振るわれた。

井戸垣清美への借金で苦しんでいたのは、能海自身も同じだった。返済するために妻の佐知子と離婚し、境港市に持っていた家も売ったと聞いた。

なぜ、逃げなかったのか――。

坂巻理佐子はその問いに、「逃げようなどと考えたことはなかった……」と答えた。さらに「逃げれば殺されると思った……」ともいった。

最初の犠牲者が出たのは、一九九九年の夏ごろだった。理佐子は、その時のことをはっきりと覚えていた。阪神の震災があった年から〝きよみ〟に勤めていた〝愛子《あいこ》〟という女が、日常の虐待と暴力、覚醒剤のやりすぎで死んだ。

次の犠牲者は、その翌年だった。井戸垣清美の部屋に住み着いていた〝吉岡《よしおか》さん〟という老人が、やはり虐待と絶食で死んだ。老齢で働けなくなり、「借金を返せない奴には飯を食わせない……」というのが虐待を受けた理由だった。

井戸垣清美のやり方は、執拗だった。表面的には優しさを装うが、働けない者や借金を返せない者は容赦なく甚振《いたぶ》った。いくら働いて返しても利子に消え、元本は一向に減らなかった。

不満を洩らせば、暴力を受ける。しかも井戸垣清美は自分では手を下さない。能海や他の者を焚き付けてやらせ、自分は笑って見ているだけだ。

だが、ある時をきっかけに、コミュニティ――共同体――のバランスが一気に崩れはじめた。その切っ掛けとなったのが釜山克己だった。

釜山克己が初めて店に飲みに来たのは、二〇〇一年の一〇月ごろだった。東京で殺される四年前だ。その年の九月一一日にニューヨークで同時多発テロがあり、店でそんな話をしていたので、理佐子はよく覚えていた。

ひと目見て、〝男振りのいい〟客だった。長距離トラックの運転手で稼いでいるのか、金回りもよかった。釜山が来ると、店の中全体が華やぐような雰囲気があった。

釜山のような上客に、井戸垣清美が目を付けないわけがなかった。清美は能海正信という〝愛人〟がいるにもかかわらず、釜山とも男と女の関係になった。当然、そこに新たな確執が生まれた。

片倉はふと我に返り、また腕の時計に目をやった。

間もなく、一一時半になる。遅い……。

やはり、ここも違ったのか。死体は、他の場所に埋められたのか——。

釜山が井戸垣清美の愛人になったことにより、疑似家族の中であらゆるルールが変わった。最も大きく変化したのが、それまで共同体の中で支配する側にいた能海正信の立場だった。以来、能海は特別扱いされることはなくなり、他の債務者と同じように借金を取り立てられる側になった。

井戸垣清美のやり方は、能海に対しても執拗だった。能海が働かず、金を返す能力がないと判断すると、能海の妻と娘を借金の担保に取った。

実際にスナック〝ニューシャネル〟とその周辺に〝捜査《ガサ》〟を入れた当日、井戸垣清美のマンションの金庫の中から能海の妻だった〝佐知子〟と〝未来〟の名前が入った額面約一二〇〇万円の借用書が出てきている。他に、釜山克己が書いた借用書にも、担保として妻の〝絵美〟と娘の〝真梨恵〟の名前が一筆入っていた。

片倉は、どうしてもひとつだけ、心に引っ掛かっていたことがあった。

能海正信は、なぜ自分の娘まであのような地獄のような世界に巻き込んでしまったのか――。

すべてではないにしろ井戸垣清美の手元に残っていた借用書が、理由の一端を物語っているような気がした。

変わったのは、疑似家族の人間関係や力関係だけではなかった。まず、釜山克己が市内の中心地にマンションを借り、清美と二人で暮らしはじめた。それが、片倉が柳井と訪ねた二階町のマンションだった。

釜山は清美と夫婦同然の関係になると、店の経営にも口を出すようになった。まず借金のある女たちは、理佐子も含めてソープランドやホテトルには行かされなくなった。そのかわり、スナック〝きよみ〟で客を相手に売春をさせられた。

これが、当たった。〝きよみ〟が手狭になると、釜山と清美が共同経営で新しい店をやろうという話になった。それが、平成一五年（二〇〇三年）に鳥取警察署に営業の届出が出されたスナック〝シャネル〟だった。

〝シャネル〟の経営は当初、順調だった。客の中には釜山が勤めていた『三徳運輸』の先代の社長親子や、現在の営業・総務部長の森脇進らもいた。このあたりも、片倉の事前の読みが当たっていた。

だが、やがて井戸垣清美と釜山克己の間にも、少しずつ亀裂が入りはじめる。原因はやはり〝金〟だった。

事の発端は当初、口約束だけで念書も交わさなかったスナック〝シャネル〟の共同経営の取り決めだった。坂巻理佐子の聞いた限りでは、「出資も折半……利益も折半……」という話だった。

だが、釜山も清美も、新しく店を一軒——スナックというより〝サロン〟に近い広い店だった——出すほどの現金は持っていない。そこで二人連名で、清美の親族から金を借りた。

ところが〝シャネル〟が営業を開始すると、清美はどんなに売り上げがあっても「女たちの賃金で利益が出ない……」といって釜山にほとんど金を渡さない。逆に月末になると

「借金の返済分……」を理由に釜山に金を請求する。もちろん釜山が、これに素直に応じるわけがない。

理佐子の知る限りでは、店に利益が出ていない訳はなかった。実際に理佐子をはじめとする常時四～五人の女たちは毎日のように客を取らされながら、金はほとんどもらっていなかった。賃金を払っているといわれても、実際には〝借金の利子〟として帳消しにされる。

つまり、〝金〟はすべて、井戸垣清美が独り占めする仕組みだった。

この井戸垣清美と釜山克己の亀裂に再度、割って入ったのが能海正信だった。

能海は、当然のように井戸垣清美の側に付いた。釜山を黙らせ、清美の気を引き、愛人の地位に返り咲くことを狙った。清美に気に入られるためならどんなことでもいうことを聞き、何でもやった。

そのころ、能海が清美の御機嫌を取るために差し出した、決定的ともいえる貢物があった。それが、借用書にも担保として名が書かれていた、能海の実の娘の未来だった。

坂巻理佐子は未来が初めて〝シャネル〟に連れて来られた日を、「平成一六年の秋か冬ごろ……」と記憶していた。『川村重工神戸造船所』の現場作業員、荒川卓が崎津直也の〝彼女〟として〝ミカ〟もしくは〝ミキ〟という女を紹介されたのが平成一三年か一四年の夏から翌年の新年にかけてのことなので、その二～三年後ということになる。

当時の未来は若く、美しい女だった。この〝金になる女〟を、井戸垣清美は特別扱いしていた。だが理佐子は、まるで少女にも見える若い娘が清美や実の父親の命令で春をひさぐ姿を、痛ましく思いながら見守っていたという。

未来が〝シャネル〟に入ってしばらくして、もうひとつ印象的な変化があった。未来の〝恋人〟だったという若い男が、店に通いはじめたことだ。その男が、崎津直也だった。

当初、崎津は、毎週末の金曜日と土曜日の夜に店に姿を現した。大手の造船所に勤めていて、神戸から通っていると聞いた。店に来れば必ず未来を指名し、客が付かない日には自分が買った。

だが、いくら大手とはいっても、造船工の給料では料金の高い〝シャネル〟に通い続けるのは無理だ。しばらくすると崎津も〝ツケ〟に手を出すようになり、借金を溜め、井戸垣清美の罠に搦《から》め捕られていった。

二〇〇五年の春ごろ、崎津は井戸垣清美の部屋に移り住んできた。これも、崎津が『川村重工神戸造船所』の寮から失踪した時期と一致する。

崎津が他のツケを溜めた客や女たちと共同生活をするようになって数カ月後、疑似家族の共同体の中で大きな事件が起きた。客の一人、〝金山《かなやま》〟という男が〝弓子《ゆみこ》〟という自分の娘を連れて逃亡。能海と清美が数日後に親族の家から連れ戻してきたが、二人ともリンチを受け、それから数週間以内に相次いで死んだ。

これに怒ったのが、釜山克己だった。二〇〇五年一一月三日、「こんな糞溜めにはいられない……」といい残し、自分のマンションから姿を消した。

その後のことは、すでに片倉もよく知っている。逃げた釜山を、能海と崎津が追った。そして二日後の一一月五日、釜山克己は遠い東京の練馬区関町東の路上で刺殺された。

釜山がトラックの仕事で通い馴れた東京に潜伏していることがわかったのは、当時、男と女の関係にあった理佐子が原因だった。理佐子は釜山が東京にいることを清美に教え、能海と崎津に会って話をするよう釜山を説得した。だが、結果としてそれが仇《あだ》となり、釜山は殺された。

理佐子は、「自分が釜山を殺したも同じだ……」といった。そして釜山を刺したのは崎津ではなく、「能海正信だったと思う……」ともいった。

崎津が能海の身代りになって自首したのは、井戸垣清美との間に「未来は一年で年季明けにする……」という約束を取り付けたからだった。だからこそ崎津は、事件後の聴取や裁判でも口を閉ざし続け、すべてを自分が被ろうとした。

だが、小柄で体の弱かった未来は、この時点ですでに体を壊していた。さらに清美に無理を強いられ、一年という年季明けも守られることなく、崎津が収監中の平成一九年（二〇〇七年）二月に死んだ。死因は、衰弱死だった。

地獄だ。

崎津が自らの慟哭《どうこく》を訴えるように手紙に綴った、砂丘の蛙と同じだ。一度、足を踏み入れた者は絶対に逃げられない。逃げれば、殺される。ただ黙って砂丘の小さな池で息を潜めながら、死を待つしかない。

出所直後の崎津を神戸で殺したのも、やはり能海だった。少なくとも坂巻理佐子は、そう証言している。

一一月六日のあの日、理佐子もまた井戸垣清美と能海正信に東京まで同行していた。自分の分の神戸までの乗車券を崎津に渡し、別の新幹線に乗って鳥取まで戻った。これで崎津のポケットに、千葉駅で買ったJRの乗車券が残っていた謎も解けた。

坂巻理佐子と他の女たちが素直に聴取に応じてくれたおかげで、事件の全貌はほぼ明らかになった。だが、井戸垣清美の逮捕から二カ月が過ぎても、時系列や日時、細部に関してはわかっていないことが多い。それらがすべて解明されるにはまだ何カ月も掛かるだろうし、最終的には能海正信の証言を待つしかないだろう。

だが、その能海の行方は、いまだにわかっていない。

能海は年が明けて今年の一月七日の朝、井戸垣清美に行き先も告げずにふらりといなくなった。自分の車で出掛けることは、特に珍しいことではなかった。だが、能海はそのまま帰らなかった。

奴は、井戸垣清美の元から逃げたのか。もしくは、何らかの動物的な直感で警察の捜査が迫っていることを察したのか。一月七日は、片倉と柳井が初めて鳥取市に入った正にその当日だった。


時計が、午後〇時を回った。もう、昼だ。

その時、眼下の砂地に広がる遺体捜索現場に、動きがあった。ブルーシートの中に出入りする捜査官たちの様子が、急に慌しくなった。

ブルーシートがめくれ、コートを着た男が出てきた。鳥取署の河本警部だった。河本はタバコに火をつけ、丘の上に立つ片倉を見つけると、ゆっくりとした足どりでこちらに登ってきた。

片倉も、丘を下った。

「どうしました。〝出ました〟か……」

「ええ、やっといま……」

河本がほっとしたように、高い空にタバコの煙を吐き出した。

「何体、ですか」

片倉が、訊いた。

「いまのところ、四体ほど。まだ、出そうですね……」

「見てもかまいませんか」

「ええ、どうぞ……」

片倉は河本と肩を並べ、遺棄現場へと向かった。

この場所を特定するのにも、紆余曲折があった。何しろ遺体を埋めた能海正信が、失踪したまま見つかっていない。そこで「どこかの観光用の駐車場の近くらしい……」という女たちの証言や、たった一回「死体を埋めるのを手伝った……」という客の記憶。さらに「深夜に不審な車と男を見た……」とする過去の警察への通報などを繋ぎ合わせ、少しずつ遺棄現場を絞り込んでいった。

「どうぞ……」

河本が、ブルーシートを捲った。

「すみません……」

中に入ると、最も新しい遺体でも一年半以上が経っているはずなのに、かすかな腐臭がつんと鼻を突いた。

固く踏み締められた砂地が浅く四角く掘られ、四体の遺体が乱雑に並んでいた。服を着ている者も、裸のまま埋められた遺体もあった。遺体はすべて白骨化していたが、中にはまだ長い髪が残っていたり、口を大きく開けて何かを叫んでいるようなものもあった。

片倉は遺体に手を合わせ、思う。

彼女たちは正に、〝砂丘の蛙〟だった。なぜあの時、崎津からの手紙を読んだ時点で気付かなかったのだろう。もし片倉が気付いていれば、この中の何人かは死なずにすんだかもしれなかったのだ。

この砂の下に、あと何人埋まっているのだろう。小豆沢佐知子とその娘の未来。釜山の元妻の絵美。二〇〇五年にリンチ死した客の〝金山〟と〝弓子〟という親子。一九九九年の夏ごろに虐待と覚醒剤で死んだ〝愛子〟という女と、翌二〇〇〇年に虐待で衰弱死した〝吉岡さん〟と呼ばれていた老人。他にも二〇〇八年から一一年に掛けて、二人の女が井戸垣清美の周辺から消えている。

合計、九人。いや、それだけではないかもしれない。もしかしたら失踪したといわれている能海正信も、この砂の下に埋まっているのかもしれない——。

片倉は遺体を見届け、ブルーシートの囲みの外に出た。春風の中を、砂を踏み締めながら駐車場へと向かう。

見上げると、雲が流れる空に海鳥がかん高い声で鳴いた。

2

久し振りに歩く鳥取駅も、どことなく春の気配に満ちていた。

時刻表で東京方面の列車を調べると、一二時五四分発の特急〝スーパーはくと8号〟があった。ちょうどいい。片倉は姫路駅までの指定席を一枚、買った。

今回は、一人旅だ。捜査ではなく、鳥取署の遺体捜索に立ち会うためだけの〝出張〟だった。こんなのんびりした旅ができるのも、暇を持て余しているロートルの特権だ。

発車まではまだ、二五分近くあった。片倉は以前にも食べた〝かにめし弁当〟をひとつ買い、駅の構内のベンチに座った。

列車を待つ間に使い古したブリーフケースの中からタブレットを取り出し、電源を入れた。嫌な時代だ。もうすぐ引退する者にまで、こんなものが持たされる。

馴れない手付で、メールを一通作成した。

〈――本日、三月一八日午後〇時現在、鳥取砂丘東側の山陰海岸国立公園内にて遺体四体を発見。同地点にまだ複数の遺体が遺棄されている模様――〉

簡単な、報告文だった。これを本署で待つ柳井と、神戸水上署の信部に送信した。さらに詳しい報告は、捜索が終了した時点で鳥取署の方から送られてくるだろう。

発車の一〇分前に、ホームに上がった。間もなく、〝スーパーはくと〟が入ってきた。コートを脱いで窓際の指定席に座り、ほっとひと息ついた。

前回は柳井や信部、釜山真梨恵が一緒だったので、落ち着かなかった。だが、今回は天気もいい。窓の外の風景も、ゆっくりと楽しめるだろう。

今夜は久し振りに、智子との約束がある。午後七時に、銀座四丁目の三越のライオン像の前で待ち合わせをしている。姫路から新幹線に乗れば、時間も十分に余裕がある。

座席のテーブルを出して弁当を置き、タブレットをチェックした。メールが二件、入っていた。一件目は、柳井からの返信だった。

〈――康さん、お疲れ様です。先程、鳥取署の方からも連絡がありました。あとは能海の身柄が確保できれば、事件も全面解決ですね――〉

もう一件は、信部からの返信だった。

〈――片倉様。お疲れ様です。本来は私も立ち会わなければならないのに、わざわざお知らせいただきありがとうございます。

ところで私からも、片倉さんに報告があります。あれから能海正信の件を追い続けていたのですが、昨日あの男の父親の能海勝正《かつまさ》の古い戸籍の原本が出てきて興味深い事実がわかりました。能海正信は昭和四二年、まだ六歳の時に勝正にもらわれてきた養子だったようです――〉

能海正信が、養子だった。いったい、どういうことだ？

〈――能海の実の親は田中初美《たなかはつみ》という女で、これも勝正の戸籍の原本に記載されています。いまはこの田中初美に関して確認作業を進めていますが、何か新しい事実がわかったらまたお知らせします――〉

片倉は、胸騒ぎを覚えた。〝田中初美〟という名前が妙に喉元に引っ掛かった。

田中初美……タナカハツミ……初美……ハツミ……ハツミ……。

まさか……。

発車ベルが鳴った。同時に片倉はコートとタブレットを放り込んだブリーフケースを摑み、車外に飛び出した。その直後にドアが閉まり、〝スーパーはくと〟は連結器を軋ませながら走り去った。

ホームの階段を、駆け下りた。改札を出て、駅の出口に向かう。駅前に並んでいたタクシーに飛び乗り、警察手帳を見せて行き先を告げた。

「東伯郡の北栄町まで。急いでください」

運転手が驚いたように頷き、タクシーのギアを入れた。車と鉄道とではどちらが早いかなどと、考えている余裕はない。

タクシーが動きはじめてすぐに、柳井の携帯に電話を入れた。

「片倉だ。ちょっと訊きたいことがある。釜山真梨恵がいまどこでどうしているか、知らないか」

――彼女は何の罪にも問われませんでしたから、神戸水上署からすぐに釈放されたはずです。前に、北栄町の祖母の家に身を寄せたと聞いたように思いますが――。

やはり、そうか。

「まずいな……」

――何が、まずいんですか――。

「能海の居場所がわかった。もしかしたら、北栄町の釜山克己の実家に潜伏しているのかもしれない……」

――どういうことです。私には、意味がわかりませんが――。

「いや、いいんだ。もしかしたら、おれの思い過しかもしれん。とにかくこれから釜山の実家に行って、確かめてくる……」

電話を切った。

そうだ。単なる思い過しかもしれない。釜山の母親の〝釜山ハツミ〟と、能海の生みの親という〝田中初美〟の名が一瞬、脳裏で重なっただけだ。

〝ハツミ〟と〝初美〟は、読みが同じだ。もしかしたら、同一人物ではないのか……。田中初美という女が正信という子供を生み、何らかの理由で能海という家に養子に出した。その後、釜山という家に嫁に入り、克己という子供を生んだとしたら……。能海正信と釜山克己は、異父兄弟だったということになる。釜山ハツミは、能海正信の実の母親ということになる。そんなことが、あり得るだろうか……。

だが、釜山ハツミを初めて訪ねた時にも、彼女は片倉と柳井を〝タダシ〟という人物と勘違いしていた。二日後に信部と訪ねた時にも、「タダシ、なあ……」といった。

あの家には、誰か男がいたのだ。戸に貼られていた〈——押し売り、泥棒、立ち入るべからず——〉という張り紙も、確かに男の字だった。

〝タダシ〟とは、〝正〟と書くのではないのか。能海正信の〝正〟を意味していたのではなかったのか……。

いや、考えすぎだ。まさか、そんな馬鹿なことが……。

だが、能海正信が井戸垣清美の元から失踪したのが一月七日。片倉と柳井が初めて釜山ハツミを訪ねたのも、同じ一月七日だった。あの時、もしかしたら、能海正信はあの家のどこかで息を潜めて片倉たちを見つめていたのではなかったのか……。

所轄に連絡し、応援を頼むべきか。いや、無理だ。自分が所属する石神井署ならともかく、まさか地方の所轄をこんな刑事の〝勘〟ともつかない妄想に付き合わせるわけにはいかない。

タクシーは坦々と、広い国道九号線を走り続ける。道は、順調に流れていた。

だが、時計の針に追われるかのように、もどかしかった。

タクシーが北栄町松神に着くころには、時計は午後二時を回っていた。

片倉にとって、すでに記憶に刻まれた風景だ。このあたりは雪が消え、春風が吹きはじめても、どこか寒々しかった。

少し離れた場所にタクシーを停め、荷物を預けて降りた。裏手から小さな森を回り込むように、釜山ハツミの家に向かう。

家は二カ月前に来た時と同じように、つくねんとそこに建っていた。雪が消えた以外は、何も変わっていない。入口の戸にも、〈――押し売り、泥棒、立ち入るべからず――〉と書かれた張り紙がそのままになっていた。

だが、家の裏の軒下に、軽自動車が一台。型式は古いが、まだ真新しいナンバープレートが付いていた。釜山ハツミも孫の真梨恵も、運転はしないはずだが……。

今回の出張には、銃を持ってきていない。あるのは携帯式の警棒と、手錠だけだ。片倉はベルトの警棒の位置を確かめ、引き手に手を掛けた。

「釜山さん……。いらっしゃいますか……、入りますよ……」

呼び鈴は押さず、戸を引いてみた。やはり、鍵は掛かっていない。ゆっくりと戸を開き、家に入った。

家の中も、変わっていなかった。薄暗い土間があり、小さな明かり取りからの光の中に、石油ストーブの火が赤く灯っていた。土間を上がった八畳間の炬燵に、小柄な釜山ハツミが座っていた。

「東京の片倉です。お元気でしたか……」

老婆が、背を丸めたまま頭を下げた。

「さあいな……。よう、来んさった……」

何もかもが、まったく変わらない。

「今日は、真梨恵さんに用があって来ました。いらっしゃいますか」

老婆が、少し考える。

「……真梨恵、なぁ……。奥に、おると思うがな……」

やはり、釜山真梨恵はこの家にいたのか。

「今日はもう一人、〝タダシ〟さんにも会いに来たんです。〝タダシ〟さんは、いますか」

老婆はまた少し、考える。そして、いった。

「〝タダシ〟も、奥にいると思うが……」

〝タダシ〟も、いる……。

片倉は、土間をゆっくりと回り込む。ベルトのケースの中の警棒に手を掛け、八畳間の脇に続く廊下を覗いた。黒く磨かれた板張りの廊下の突き当りに、勝手口の戸の小さな窓から明かりが差し込んでいた。

上がろうと思い、靴を脱ぎかけた時だった。どこかで、何かが倒れるような音がした。続いて、女の悲鳴。家の、奥だ。

廊下に、駆け上がった。走る。奥の部屋から、スウェットを着た若い女がころがり出てきた。

真梨恵だった。

「能海は！」

片倉が、訊いた。

「あっち……」

真梨恵が、泣きながら部屋の奥を指さした。

暗い部屋の奥に、小さな箪笥が倒れていた。その上の、白壁に穿《うが》たれた窓が開いている。

片倉が、走った。箪笥を踏み台にして窓枠に手を掛け、外に飛び下りた。

周囲を、見渡す。裏の森に、黒いジャンパーを着て走る男の後ろ姿が見えた。

能海正信……。

「待て！」

片倉は、能海を追った。能海が、逃げる。走りながら警棒を抜き、伸ばした。

「能海、止まれ！」

だが、止まらない。

能海は後ろを振り返り、逃げる。森を抜け、まだ刈根の残る田圃に飛び下りた。

「止まれ！　逃げるな！」

片倉も、飛んだ。泥に足を取られながら、走る。足を取られて倒れ、また起き上がり、追った。

能海も、泥の中に倒れた。そこで、追いついた。だが、能海は起き上がり、ナイフを抜いて向かってきた。

「うわぁぁぁ……」

能海が、叫ぶ。

「止めろ！」

片倉が警棒で、ナイフを叩き落とした。それでも能海は、殴り掛かってきた。

「糞おぉぉぉ……」

片倉はその腕を取り、一本背負いで投げた。田圃の中を、ころげ回る。警棒で、能海の頸《くび》を泥の中に押さえつけた。

「能海正信、崎津直也殺害の容疑で、逮捕する！」

片倉は、ベルトの革ケースから手錠を抜いた。それを能海の、両手首に掛けた。近くに落ちていたナイフを遠くに投げ、自分も能海の横に大の字になった。

荒い息をしながら、空を見上げた。高い空に、鳶《とび》が舞っていた。

「あんたが……片倉さんか……」

能海が、いった。

「そうだ……。おれが、片倉だ……」

片倉が、答える。

「新聞で……あんたが死ななかったと知った時……いつか、おれの前に現れると思っていた……」

「あたり前だ……。おれは、刑事だ……」

二人はしばらく、空に舞う鳶を見つめていた。

「でも、ありがとうよ……」

「なぜだ……」

「これで……おれも、やっと……。地獄から抜け出せるよ……」

能海が、小さな声でいった。

3

すべてが、終わった。

鳥取砂丘の遺体遺棄現場からは、この日の夕方までに計九人分の白骨死体が発見された。年齢や性別の判定、行方不明者との照合は、まだ数週間は掛かるだろう。

他に遺体とほぼ同じ場所に、崎津直也のなくなったもう一つのボストンバッグも埋められていた。バッグの中には、かつて片倉が崎津に書いた十数通の書簡が残っていた。

能海正信を逮捕したことで、また新たな事実がいくつか明らかになった。やはり釜山ハツミは能海の実の母親であり、釜山克己は弟だった。能海の本名は〝正信〟と書いて〝タダシ〟と読むこともわかった。

能海と釜山は、別々の家で育てられても子供のころから多少の接点はあったようだ。少なくともお互いに、〝兄弟がいる〟ことくらいは知っていた。それが能海が鳥取市内に移り住んだことで再会し、井戸垣清美の店の客として誘ったことが悲劇の発端となった。

いまのところ能海は、娘の未来と元妻の佐知子のことや、弟の釜山克己を殺したことについては何も話そうとしない。口を、噤んでいる。だが、それも、時間が経てば明らかになるだろう。

能海がひとつだけ話したのは、母親の釜山ハツミのことだった。片倉が問うまでもなく、「お袋に悪いことをした……」といって涙を流した。人間は、いや男とは、所詮そんなものなのかもしれない。

片倉は鳥取署で借りたスウェットの上下に着替え、刑事課の控室で冷えきった体を暖めながらテレビを眺めていた。ワイドショー番組では早くも遺体遺棄現場の捜索作業の映像を流し、〈――主犯格の男　逮捕――〉の速報を伝えていた。だが、テレビを見ていても、どこか遠い世界の出来事のようにしか思えなかった。

手に握った携帯電話に、視線を落とす。能海を逮捕する際に田圃の泥水に浸かり、まったく機能しなくなっていた。今日の午後七時に銀座で智子と約束しているが、これからではどうやっても間に合わない。連絡の取りようもない。

まあ、仕方ないか。男と女の関係は、昔から間の悪いものと決まっている。

ドアがノックされ、鳥取署の婦警が片倉の背広とシャツを持って部屋に入ってきた。

「少しは乾きましたけれど、これでだいじょうぶですか」

「すみません。助かります……」

受け取った背広はまだ少し水気を含み、泥で汚れていた。

「もしよろしければ、そのスウェットを着て帰られた方が……」

「いえ、平気です。この背広が私の、仕事着ですから」

婦警がいなくなるのを待って、スウェットを背広に着替えた。濡れた靴を履き、コートとブリーフケースを持って部屋を出た。

刑事課の河本に、挨拶に寄った。

「これから、帰ります」

「もう、ですか。お疲れ様でした。でも間もなく、神戸水上署の信部さんが能海の引き取りにこちらに着くみたいですよ」

能海正信の逮捕状が出ているのは、神戸水上署だ。

「いえ、東京に用がありますので、やはり帰ります。信部さんに、よろしくお伝えください……」

「そうですか。それでは、署の車で駅まで送らせましょう」

若い警官が運転する車で、鳥取駅まで送ってもらった。一六時五四分発の特急〝スーパーはくと12号〟に乗った。列車は定刻どおりに姫路に着き、一八時四九分発の新幹線〝のぞみ52号〟に飛び乗った。

自由席に空いている席を見つけ、座った。昼飯を食い損ねたので腹は減っていたが、何も食べる気にはならなかった。仕方なく車内販売のワゴンを呼び止め、缶ビールと、さきイカを買った。

ビールを飲み終え、少し眠った。田圃の中を逃げる能海と、砂の中に並ぶ白骨死体の夢を見ていた。

目が覚めると、もう新横浜駅を過ぎていた。間もなく品川駅に停まり、東京駅に着くころには時計は一〇時近くなっていた。

大泉学園の家に着くのは、一一時過ぎになりそうだ……。

だが、中央線に乗り換えようと思って駅の構内を歩いている時に、ふと智子の顔が脳裏を過った。

まさか……。

片倉は中央線には乗らず、五番線と六番線のホームに上がり、目の前に来た山手線に乗った。一つ目の、有楽町駅で降りる。駅から晴海通りに出て、夜の雑踏を銀座四丁目に向かって歩き出した。

まさか、そんなことがあるわけがない……。

間もなく、数寄屋橋の交差点を越えた。銀座が近付くにつれて、足が速くなる。しばらくすると左手に、銀座三越が見えてきた。

銀座四丁目の交差点に着いた。三越は、もう閉店していた。だが、人が行き交うライオン像の前に、誰かが立っていた。

信号が赤に変わるのを待って、走った。人の波を掻き分けるように、交差点を渡った。

「智子……」

目の前に立つと、智子はやっと片倉に気付いたようだった。

「あら、あなた。お帰りなさい。どうしたんですか、その恰好……」

智子がそういって、笑った。

「これか。いや、何でもない。それよりこんな時間まで、どうしたんだ……」

片倉が、いった。

「別に。私、馴れてますもの。それより、お腹が減ったわ」

「ああ、そうだな。どこか、空いてる店を探そう。何がいい」

「はい。いまのあなたを入れてくれるお店なら、どこでも……」

智子がそういって、片倉と腕を組んだ。

解説――老いてなお刑事は足を使う

村上貴史《むらかみたかし》
（ミステリ書評家）

■砂丘の蛙

砂丘の蛙。

なんとも印象深い題名だ。一度聴いたら忘れられない言葉だが、一方で、具体的になにを意味するのかはよく判らない。そんな言葉が、この小説の題名なのだ。

しかしながら、読了してみると本書で描かれた事件を表現するには、確かにこの題名が最適であっただろうと実感することになる。本作においては、人の心が理不尽に壊され、人の生命が亡きものにされるのだ。命の軽さ――というか人の命を軽いものとして扱える人物がいることの気味悪さを感じさせる事件であり、そうした人間関係が身近なところに存在しうる恐怖を痛感させる事件が、ここにある。

それを象徴する言葉が、そう、砂丘の蛙なのだ。

■崎津直也

この『砂丘の蛙』は、『黄昏の光と影』（二〇一四年）に続く、刑事生活がそろそろ四〇年になろうかという石神井警察署の片倉康孝というロートル刑事が主人公の警察小説シリーズの第二弾だ。「小説宝石」の二〇一五年一月号から一六年一月号にかけて連載され、一六年三月に単行本として刊行された。本書は、その文庫化である。

片倉が九年前に挙げた男が、千葉刑務所を出所した。十一月六日のことである。その男は、釜山克己なる男が刺殺された事件で自首を申し出て片倉に確保され、そして有罪となった人物だった。

自首当時の男は、いささか奇妙な態度を示していた。犯行そのものや凶器の始末については素直に認めたものの、被害者との関係や自分の素性についてはかたくなに口を閉ざしていたのだ。尋問を担当した片倉が、男のちょっとした一言から身元――かつて神戸港で働いていた崎津直也――を突き止めたが、彼は自分が崎津であることは決して認めなかった。結局、男は身元不詳のまま、『石神井警察署留置番号4番』という身分で起訴され、有罪となった。

その4番は、千葉刑務所に収監後、一年以上経ってから崎津直也の名前で片倉に手紙を送った。つまりは自分が崎津直也であることをようやく認めたのである。心変わりの理由は明らかにされないままだった。崎津は、典型的な模範囚として刑務所での生活を終えて十一月六日に出所。そしてその三日後の十一月九日、神戸港で死体となって発見された。

『砂丘の蛙』は、プロローグで千葉刑務所を出所した直後の崎津の様子を描き、続いて、第一章の序盤において、片倉が崎津の死を知った様子を描く。片倉が、九年前に崎津の動機を突き止められなかったことを悔やむ心境が、読者に示されるのだ。ここまででしっかりと読者の気持ちをつかみつつ、柴田哲孝が打つ次の一手がなかなかに強烈だ。シリーズの主人公である片倉が、ナイフで刺されるのだ。何者かに腹を刺されて大量出血。片倉は七年前に別れた妻に刺されたことを告げ、そして意識を失う……。

異色の展開だが、実はこのシーン、連載第一回の最後の場面でもある。雑誌連載開始時に『砂丘の蛙』を読んだ方は、それからどうなるのかが気になり、さぞ、やきもきしたことであろう。

閑話休題《かんわきゅうだい》。さすがに柴田哲孝もこの時点で主人公を葬り去ることはせず、片倉は命を取り留める。そして、石神井署刑事課の若手のエースであり、かつては片倉が仕込んだ柳井淳が、片倉の刺傷事件と、神戸の崎津の変死事件に共通点を感じたことから、その繋がりの意味について考え始める。

まずは、ベッド・ディテクティヴだ。つまりは寝台探偵。ジョセフィン・テイの『時の娘』や高木彬光の『成吉思汗《ジンギスカン》の秘密』などのように、探偵役が怪我などで病院のベッドにいなければならない状況で、文献などを材料として推理を繰り広げるというミステリの一形式である。本書で片倉は、刑務所にいたころの崎津から送られてきていた一六通の書簡を精読する。精読し、そこに手掛かりを発見しようと努めるのだ。このベッド・ディテクティヴの場面が、新鮮かつ刺激的である。崎津の言葉遣いから彼の心を推し量り、また、文面から、当時の捜査で確認していた〝事実〟との相違点を見出《みいだ》したりもする。光景としてはベッドの上で還暦近い男が手紙や葉書を読んでいるだけなのだが、その脳内の活動は、実に読ませるのである。

やがて片倉の傷の回復が進むと、彼は職場に復帰し、足を使い始める。手掛かりを求めて、崎津のゆかりの場所を訪れるのだ。石神井署の副署長に不快な顔をされても、ベテランなりの面の皮の厚さと知恵とでなんとか道を切り拓き、神戸出張も実現させてしまう。もちろん相棒は柳井だ。そして神戸へと向かう新幹線のなかで、片倉は崎津の手紙にあった砂丘の蛙に関する記述について改めて考える……。

という具合に足の捜査が始まる。関係者を訪ね歩き、問いを投げかけ、答えを引き出すのだ。ここがまた読ませる。所轄がすでに一度話を聞いている相手から新たな証言を得るためにはどんな質問を投げかければよいか、あるいは、新たに話を聞く対象をいかに見つけるか、といった知恵の面白味を堪能できるのである。もちろん、そうした足の捜査で得られた新たな情報は、事件の解明を前進させる。前進すればまたそこに新たな足の捜査が必要になる。地道な活動が描かれているのだが、その捜査の進展という意味では、実にダイナミックだ。特に、手応えを得た片倉の行動にそれを感じる。そんな彼の行動力に、アマゾン川での冒険やパリ・ダカール・ラリーでの激闘を重ねてきた著者の姿を垣間見てしまうのは筆者の思い入れのせいか。

さて、こうした片倉と柳井、あるいは所轄の警察官たちの捜査は、徐々に事件の全体像を明らかにしていく。冒頭に記した気味の悪さが、具体的に見えてくるのだ。真相は異形であり意外であるが、それ以上に気味が悪い。生理的に不快な人間関係が、そしてその関係のなかでなにが何故《なぜ》起こったかが見えてくるのだ。柴田哲孝は、いくつかの具体的な実例を示して気味の悪さのリアリティを読者に語る。まさにこれが、この事件そのものが、この本書のユニークネスである。読者は、ベタな動機でもなく、サイコパスでもなく、ちょっとした日常の延長での〝ズレ〟が積み重なってこうした〝化け物〟が生まれてしまうことに戦慄《せんりつ》するのだ。得がたい読書体験である。

■片倉康孝

前作の『黄昏の光と影』もまた、足の捜査の小説であり、問いを重ねて真実を探る小説であった。そうした刑事の小説だったのである。

そしてそれと同時に、前作もまた事件の真相が異形だった。寂《さび》れたマンションの一室で死後数ヶ月の老人が発見されたという、さほど事件性のない死で幕を開けるのだが、そこから先が深かった。その部屋にあったスーツケースからもう一つの死体が発見されたのだ。もしかすると死後二〇年は経過しているかもしれないという女性の白骨死体だった。片倉は、新人の柳井と組んでこの事件の捜査を進める。やはりあちらこちらへと足を運んで、そして、徐々に事件が〝まるで当たり前ではない〟ことを発見していくのだ。そして最終的には、ある人物のドラマが浮かび上がり、さらに最初から本を読み返したくなるような衝撃が読者を襲う。そんな小説だったのである。

この『黄昏の光と影』及び『砂丘の蛙』に共通するのが、刑事の知恵だ。聞き込みの際の質問に関する〝表〟の知恵もあれば、警察署内部での立ち回り方に関する〝裏〟の知恵もある。長年刑事として生きてきた片倉がそうした裏の知恵を身につけているのは当然と言えば当然だが、『砂丘の蛙』においては、柳井もそうした知恵の片鱗《へんりん》を示す。この二冊を刊行順に読んだ者としては、柳井を褒めてやりたくなる。

柳井の成長としては、移動の際の弁当の用意にも注目したい。『砂丘の蛙』の二四七〜八頁で柳井が示す気遣いのなんと大人なことか。褒めてやりたいし、そんな姿を見ることが出来て嬉しくもなる。

もともと特定の弁当にこだわりを持っていたのは片倉だったのだが、それに加え、休日に地方の在来線を訪ねる趣味を持った。捜査のための出張だろうと、列車の写真も撮るときは撮る。片倉は乗り鉄や撮り鉄のタマゴになったのである。片倉のそんな鉄道趣味を知ることが出来るのも、シリーズならではの愉しみである。

シリーズとしては、『黄昏の光と影』の時点で五年前に別れたという片倉と妻との関係も興味深く描かれている。『砂丘の蛙』では、二人の距離に変化が生じているようにも感じられた。ここもまた読みどころになっている。

事件そのものの気味悪さの周辺にこうしたシリーズならではの愉しさをちりばめ、読み心地を改善するという技術は、やはりベテラン作家ならではのもの。そんな彼の作家としてのこれまでの活躍については『黄昏の光と影』の解説に記したので、そちらを読んで戴けるとありがたい。

さて、これまでに幅広く奥深く様々な作品を発表してきた柴田哲孝。彼は片倉をもう一度捜査の現場に送り込むのだろうか。年齢的に酷使はきついかもしれないが、片倉より若干年上の著者は、まだまだ元気に活躍している。日本の戦中戦後の秘話を現在と結んでエンターテインメントに仕上げた『Mの暗号』『Dの遺言』といった新たなシリーズも始めたほどである。片倉もまだしばらくは、現場を歩き続けるのではなかろうか。その姿を読める日を愉しみに待ちたい。

二〇一六年三月　光文社刊

光文社文庫

砂《さ》丘《きゆう》の蛙《かえる》
著者　柴《しば》田《た》哲《てつ》孝《たか》

2018年1月20日　初版1刷発行

発行者　鈴木広和
印刷　堀内印刷
製本　フォーネット社

発行所　株式会社　光文社
〒112-8011　東京都文京区音羽1-16-6
電話（03）5395-8149　編集部
8116　書籍販売部
8125　業務部

ISBN978-4-334-77587-2　Printed in Japan

組版　萩原印刷